괴소 소설
怪笑 小說

KAISHO SHOSETSU by Keigo Higashino

Copyright © 1995 Keigo Higashino
All rights reserved.
First published in Japan in 1995 by SHUEISHA Inc., Tokyo.
Korean translation rights in Korea arranged by SHUEISHA Inc., Tokyo
in care of Tuttle-Mori Agency, Inc., Tokyo through EntersKorea Co., Ltd., Seoul.

괴소 소설

초판 1쇄 펴낸 날 2020년 6월 30일
지은이 히가시노 게이고 **옮긴이** 김난주 **펴낸이** 박설림 **펴낸곳** 도서출판 재인 **디자인** 오필민디자인
등록 2003. 7. 2. 제300-2003-119 **주소** 서울시 강남구 언주로 30길 13 대림아크로텔 1812호
전화 02-571-6858 **팩스** 02-571-6857

ISBN 978-89-90982-90-2 03830   Copyright © 재인, 2020 Printed in Korea.

책값은 뒤표지에 표시되어 있습니다. 잘못된 책은 바꿔 드립니다.

괴소 소설
히가시노 게이고

김난주 옮김

재인

차례

★ 울적한 전철 ★   ★ 007

★ 할머니 광팬 ★   ★ 037

★ 고집불통 할아버지 ★   ★ 067

★ 역전 동창회 ★   ★ 095

★ 초너구리 이론 ★   ★ 127

★ 무인도 스모 중계 ★   ★ 159

★ 시로카네다이 분양 주택 ★   ★ 181

★ 어느 할아버지의 무덤에 향을 ★   ★ 225

★ 동물 가족 ★   ★ 271

작가 후기   311

울적한 전철

전철 안 풍경은 끔찍하리만치 평소와 똑같았다.

저녁 8시가 조금 넘은 시간. 도심에서 교외로 향하는 급행열차는 옴짝달싹 못할 정도로 만원은 아니었지만 신문을 좍 펼치고 볼 수 없을 만큼은 복잡했다. 평일이라 승객은 당연히 회사원이 많았다.

가와하라 히로시는 어쩌다 앞에 앉아 있던 승객이 내린 덕분에 그 자리에 앉게 되었다. 행운이라고 할 수 있었다. 그는 지금 교외에 있는 모 연구소에 가는 길이다. 연구소에서 가장 가까운 역까지 가려면 아직 한참을 더 이 가야 한다.

'휴, 다행이다. 이렇게 짐을 든 채 몇십 분이나 서서 가려면 힘들었을 텐데 말이야.'

그러면서 그는 무릎 위에 올려놓은 가방을 가볍게 톡톡 쳤다. 거기에는 오늘 연구소에 꼭 전달해야 하는 견본 상품이 들어 있었다. 그 견본을 완성하려고 그는 며칠 밤을 새우다시피 했다. 어젯밤에도 겨우 두 시간 남짓 선잠을 잤을 뿐이다.

지쳐서 그런지 전철의 덜컹거림에 몸이 노곤해졌다. 그는 마침내 꾸벅꾸벅 졸기 시작했다.

'쳇, 한발 늦었군.'

바로 앞에 난 자리를 옆에 서 있던 회사원 같은 남자에게 간발의 차로 빼앗긴 오카모토 요시오는 기분이 몹시 언짢았다.

'잠시 한눈을 판 게 실수였어. 설마 이렇게 가까운 데 자리가 날 줄이야. 그래도 그렇지, 젊은 치가 그렇게 기를 쓰고 앉을 게 뭐람. 양보할 줄도 좀 알아야지. 젊은 사람은 서서 가도 되잖아. 에이, 씨. 어디 또 자리 좀 안 나나. 맥주를 많이 마셔서 그런지 다리가 휘청거리는데. 후, 누구 내리는 사람 없나.'

오카모토 요시오는 사방을 두리번거리다가 요란하게 트림을 했다.

와다 히로미는 천장에 달린 가죽 손잡이를 꽉 쥔 채 차내에 걸린 광고를 올려다보고 있었다. 어제 발매된 여성 주간지 광고다. 사실 그녀는 광고 따위에 관심이 없었다. 단지 그녀 오른쪽에 서 있는 늙수그레한 남자가 갈비구이라도 먹고 전철을 탔는지 숨을 내쉴 때마다 지독한 마늘 냄새를 풍겨서 그 반대편으로 얼굴을 돌리지 않고는 도저히 참을 수 없었을 뿐이다. 게다가 남자는 아까부터 끅, 끅, 트림까지 해 댄다. 전철이 다음 역에 정차하면 어떻게든 다른 곳으로 이동해야겠다고 마음먹었다.

'아, 진짜. 이 아저씨, 냄새가 장난 아니네.'

그녀는 '당신도 채소로 살을 뺄 수 있다'라는 기사 제목을 바라보면서 속으로는 그 반대쪽에 선 남자에게 욕설을 퍼부었다.

'도대체 상식이 있는 거야 없는 거야. 혹시 자기가 얼마나 냄새를 풍기는지 모르는 건가? 아무튼 한심한 인간, 왜 사는지 모르겠네.'

그때 갑자기 전철에 브레이크가 걸렸다. 그 바람에 와다 히로미는 뾰족한 하이힐 굽으로 마늘 사내의 발을 밟고 말았다. 일부러 그런 게 아니었다.

"어머, 죄송해요."

그녀가 반사적으로 사과했다.

"괜찮으세요?"

"아, 뭐, 괜찮습니다."

마늘 사내가 싱글거리며 대답한다. 그 순간 마늘 냄새

와 술 냄새가 뒤섞인 입 냄새가 와다 히로미의 얼굴을 덮쳤다.

'지옥에나 떨어져라.'

그녀는 마음속으로 외쳤다.

"이 전철은 여전히 많이 흔들리는군요."

마늘 사내가 말한다.

"정말 그러네요."

와다 히로미는 상냥하게 웃어 보이고는 아무 일도 없었다는 듯이 주간지 광고로 눈길을 돌렸다. 가슴속에서는 욕설이 들끓었다.

이윽고 전철이 멈추고 문이 열렸다. 몇 명이 내리고 몇 명이 새로 탄다. 새로 탄 승객 중에는 할머니도 한 명 있었다.

전철에 오르는 할머니를 보고서 다카스 가즈오는 살짝 짜증이 났다.

그는 지금 노약자석에 앉아 있다. 이 전철의 노약자석은 각 차량 끝에 있고 보통은 여섯 명이 앉을 수 있다. 그는 재빨리 양옆에 앉은 사람들의 눈치를 살폈다. 왼쪽에는 자신과 나이가 비슷해 보이는 남자, 즉 중년의 회사원으로 보이는 남자가 있었다. 그 옆은 쇼핑하고 돌아오는 길인 듯한 중년 여자와 아이다. 그리고 오른쪽에는 학생인 듯한 젊은 남자, 그 옆에는 노인이 앉아 있었다.

'흠, 다행이네.'

다카스 가즈오는 안심했다.

'이 중에서 맨 먼저 일어나야 할 사람은 이 학생이겠지.'

그런데 그 학생은 만화에 정신이 팔려 있는 것 같았다. 학생이 할머니에게 자리를 양보하지 않으면 할머니의 표적이 바뀔 우려가 있었다. 그럴 경우에 대비해 그는 팔짱을 끼고 조는 척하기 시작했다.

다도코로 우메는 전철에 타자마자 사람들을 헤치고 전철 진행 방향으로 걸었다. 경험상 이 시간대 전철에서는 빈자리를 찾기보다 노약자석 앞에 서 있는 편이 결과적으로 빨리 앉을 수 있었다. 그녀는 거치적거린다는 듯이 인상을 찌푸리는 주위 사람들을 싹 무시하고 마침내 노약자석 앞에 섰다.

그곳에는 이미 여섯 명이 앉아 있었다. 비집고 앉을 틈은 없었다.

'아이고, 사람들이 왜 이리 몰상식하다냐. 다들 시치미를 뚝 떼고 앉아 있네. 노약자석은 나 같은 사람이 앉으라고 있는 거잖아. 젊은 사람은 앉으면 안 되는 데야. 왜 나라에서 이런 사람들을 단속하지 않는지 몰라. 나 같은 늙은이가 이렇게 고생을 하는데 말이지. 오늘날의 일본을 만든 사람은 우리란 말이야, 우리. 나라가 나서서 어르신을 공경하라고 교육을 해야 하는데, 원.'

우메는 좌우를 쓱 돌아보고 학생인 듯한 남자 앞에 섰다. 원래대로라면 맨 끝에 앉은 어린아이 앞에 서야 마땅했다. 어린아이들은 평소 학교에서 어르신에게 자리를 양보하라는 교육을 받고 있어서 기회가 오면 반드시 실천하려고 노력한다. 또 아이 옆에 앉은 엄마가 자리를 양보하라고 할 가능성도 있었다. 다만 아이가 앉은 자리까지 가자면 다시 사람들 사이를 헤치고 나아가야 하는데 그러기가 귀찮았다. 그런 데다 그 아이가 사내아이라는 점도 마음에 걸렸다. 여자아이는 대부분 선뜻 자리를 양보하지만 사내아이는 그런 눈치가 없는 경우가 많다. 옆에 앉은 엄마도 가만 보니 영 둔감할 것 같다. 게다가 쇼핑을 하느라 지쳤는지 표정이 뚱하다. 그런 점들을 재빨리 계산하고 학생 앞에 선 것이다.

그런데 그 학생은 의외로 엉덩이가 무거웠다. 고개를 푹 숙인 채 만화를 볼 뿐 도무지 얼굴을 들려 하지 않는다. 얼굴을 들지 않으면 앞에 할머니가 서 있는지 어떤지 알 수 없고, 그러면 자리를 양보하겠다는 생각도 하지 못할 터였다.

우메는 휘청거리는 척하면서 다리로 학생의 무릎을 툭 쳤다.

'자, 고개를 들어!'

그녀는 속으로 텔레파시를 보냈다.

'학생이 고개를 들면, 아이고, 미안해요, 내가 나이가 들어서, 라고 말해야지. 그렇게까지 하는데 자리를 양보하지 않을 수 없겠지.'

하지만 학생은 꿈쩍도 하지 않았다. 얼굴을 들 기미조차 없다. 우메는 입을 비죽거렸다.

'아주 작정을 했네, 작정을 했어. 노인네가 코앞에 서 있다는 걸 뻔히 알면서도 만화에 빠진 척하며 버티는 것 좀 봐. 부끄러운 줄 알아!'

우메는 파마를 했는지 약간 구불구불한 학생의 머리를 노려보았다. 그리고 그 옆의 살짝 벗어진 머리로 시선을 옮겼다.

'할 수 없지. 이쪽으로 갈아타야겠군.'

다카스 가즈오는 할머니의 미세한 움직임으로 할머니의 표적이 자신으로 바뀌었다는 것을 이내 눈치챘다. 그 순간 그는 몸에 잔뜩 힘을 주고, 내친김에 눈도 꾹 감았다. 조금 전까지는 눈을 살짝 뜨고 상황을 살피고 있었다.

'저도 양보 못합니다, 할머니.'

다카스 가즈오는 속으로 중얼거렸다.

'저도 하루 종일 일해서 힘들거든요. 아침 일찍 일어나서 이 전철과는 비교도 안 될 만큼 복잡한 만원 전철을 타고 출근하는 것만으로도 지치는데, 돌처럼 머리가 굳은 간부들에게 보고서를 정리해서 설명해야죠, 멍청한 부하 직원들에게는 업무 지시를 내려야죠, 고객의 비위도 맞춰야죠, 게다가 사장배 골프 대회 사전 준비까지 했단 말입니다. 그 쥐꼬리만 한 월급을 받으면서 말이에요. 그것도 다 주면 좋게요. 이것저것 제하고 나면 먹고살기도 빠듯해서 번듯한 집을 산다는 건 꿈도 못 꿔요. 기껏해야 저 변두리에 있는 집이나 살까요. 그러니 그 먼 곳에서 이렇게 힘들게 통근하는 악순환이 계속되는 거죠. 월급에서 제하는 게 어디 한두 가지라야 말이죠. 그중에서도 가장 납득할 수 없는 게 연금이에요. 납입료를 꼬박꼬박 내고는 있지만, 우리가 할머니 같은 노인이 되었을 때 과연 연금을 제대로 받을 수 있을지 의문이란 말입니다. 그럼 내가 낸 돈은 다 어디로 갔느냐. 바로 할머니 같은 노인들한테 빠져나간 거죠. 그런 점에서 저는 충분히 노인들에게 공헌하고 있습니다. 그렇게까지 하는데 그걸로도 모자라서 또 자리를 양보해야 합니까. 출퇴근 시간에는 노약자석을 없애야 해요. 그리고 노인들도 이런 시간에는 밖에 나와서 얼쩡거리지 말고요. 전철이 타고 싶으면 낮에 타면 되잖아요.'

다카스 가즈오는 조그맣게 코 고는 소리를 냈다. 그러면서 그는 분노의 화살을 옆 자리 학생에게 돌렸다. 학생이 만화를 보지 않는다는 걸 그는 알고 있었다. 아까부터 페이지가 한 장도 넘어가지 않았던 것이다. 만화에 정신이 팔린 척함으로써 할머니의 공격을 비껴가려는 속셈이었다. 정말 치사한 놈이라고 생각했다.

마에다 노리오는 다도코로 우메나 다카스 가즈오가 짐작하듯이 무릎에 만화책을 펼쳐 놓고 있지만 보는 건 아니었다. 그렇다고 바로 앞에 서 있는 할머니를 의식하는 것도 아니었다. 고개를 푹 숙인 그의 눈길은 통로 건너편을 향해 있었다. 대각선 방향에 젊은 여자가 앉아 있었다. 회사원은 아닌 듯했다. 대학생 아니면 전문학교 학생일 거라고 그는 짐작했다. 하지만 그런 건 아무 상관 없었다. 그가 바라보고 있는 곳은 여자의 하반신이다. 여자는 몸에 딱 달라붙는 검은 미니스커트 차림으로 다리를 꼬고 앉아 있었다. 그런데 치마가 끌려 올라가 허벅지가 훤히 드러나 보였다. 마에다 노리오의 시선은 양 허벅지가 겹쳐진 부분에 고정되어 있었다.

'딱 좋은 자리에 앉았어.'

그는 속으로 히히거렸다.

'다리를 바꿔 꼬지 않을까. 그럼 보일 수도 있는데. 흐흐흐.'

그러나 그의 짜릿함은 오래가지 않았다. 새로 올라탄 승객이 그와 여자 사이를 가로막고 선 것이다. 여자의 하반신은 그 승객이 든 가방에 가려졌다.

'아우, 씨, 이런 멍청이. 비켜, 비키라고! 아저씨, 그 가방 좀 치우라고요.'

그의 마음속 외침이 들린 것도 아닐 텐데 승객이 자리를 옮겼다. 그는 기쁘기 짝이 없었지만 그 기쁨도 잠시, 가방에 가려 있던 사이에 여자가 다리를 가지런히 하고 앉아 있었다. 게다가 무릎에 가방을 올려놓아 치마 속이 보이지 않도록 단단히 단속했다. 쳇, 그는 혀를 찼다.

나카쿠라 아키미는 무릎 위에 올려놓은 가방의 손잡이를 꼭 쥔 채 건너편 왼쪽에 앉은 회색 양복 차림의 아저씨를 노려보았다. 사십 대 중반으로 보이는 아저씨는 회사원으로 보였다. 경제지를 펼쳐 들여다보고 있다.

'저런 인간이 꼭 일류 기업에 다닌다니까.'

건너편 오른쪽의 노약자석에 앉은 학생이 만화를 보는 척하면서 자신의 허벅지를 힐끔거린다는 건 이미 알고 있었다. 흔히 있는 일이어서 그런 사람을 일일이 신경 쓰다가는 미니스커트를 아예 입을 수 없다는 것이 그녀의 지론이었다. 게다가 그녀에게는 일부러 다리를 바꿔 꼬면서 달라지는 상대의 눈빛을 관찰하고 즐길 만큼의 대담함도 있었다.

그런데 왼쪽 앞에 앉은 남자는 참을 수 없었다. 그는 아까부터 얼굴을 잔뜩 찡그린 채 경제지를 읽는 척하지만 실은 아키미의 얼굴과 가슴, 허리, 다리를 핥듯이 훔쳐보고 있었다. 물론 그 눈길이 그녀의 허벅지 위를 스칠 때는 시선의 이동 속도가 느려졌다. 그리고 그 시선에는 젊은 여자를 성욕의 대상으로밖에 여기지 않는 그 연배 남자 특유의 저열함도 담겨 있었다.

'얼굴은 멀쩡하게 생겼으면서 밝히기는. 그렇게 보고 싶으면 차라리 부탁을 해, 치마 속 좀 보여 달라고 말이지. 팬티도 보여 주세요, 해 봐. 흥, 너 같은 놈한테 내가 보

여 줄 리 없겠지만.'

아키미는 자리에서 일어나 선반 위에서 쇼핑백을 내린 다음 그걸 자신의 다리 앞에 놓았다.

그 모습을 눈 한쪽 끄트머리로 포착한 사토 도시유키는 부아가 치밀었다.

'뭐야, 뭐야. 왜 그런 걸 앞에 놓는 거야. 어럽쇼, 나를 노려보네. 왜 그러는데? 내가 뭘 어쨌다고.'

일부러 부스럭부스럭 소리까지 내면서 그는 경제지 페이지를 넘겼다. 그러나 기사는 한 줄도 읽지 않았다.

'마치 내가 치마 속을 들여다보기라도 했다는 투군. 말이 돼? 아니, 궁금해서 슬쩍 훔쳐본 건 인정하겠어. 하지만 그게 전부야. 그 정도는 다들 하잖아. 저기 있는 남자도, 또 저기 앉은 남자도 다들 봤을 거야. 그런데 왜 나만 노려보지, 어?'

부스럭부스럭, 부스럭부스럭.

'말이 나왔으니 말인데, 그렇게 짧은 치마를 입고서 보지 말라는 게 더 이상하지 않나? 아니지, 톡 까놓고 말해서, 남들이 봐 줬으면 하는 마음이 있으니까 그렇게 짧은 치마를 입은 거 아니겠어. 한마디로 노출광 아니냐고. 그러니까 보여 주면 되잖아. 그렇게 애매하게 보일락 말락

•

안달 나게 하지 말고, 화끈하게 가랑이를 좍 벌려. 어차피, 어차피, 어차피, 숫처녀도 아닐 텐데 뭘 그래. 밤마다 신나게 하고 돌아다닐 거 아니야, 온갖 남자랑 말이지. 보라고, 저 몸, 저 가슴, 저 허리, 저 엉덩이…… 뻔할 뻔 자야. 요즘 젊은 여자가 다 그렇지. 다들 쉽게 벌리잖아. 쳇, 우리 젊었을 때는 안 그랬는데. 요즘 젊은것들은 좋겠어. 저런 여자와 쉽게 할 수도 있고. 제길, 나한테는 기회가 안 오려나. 어떻게든 저 젊은 몸뚱어리를……'

부스럭부스럭, 부스럭부스럭.

'이 아저씨, 정말 사람 성가시게 하네.'

옆에 앉은 중년 남자가 계속 부스럭거리면서 신문을 넘겨 대자 야마모토 다쓰조는 짜증이 솟았다. 그는 현재 실업자다. 그런 주제에 경륜장에 갔다가 몽땅 털리고 빈 털터리로 돌아가는 길이었다. 그에게 경제지를 읽는 사람만큼 신경에 거슬리는 존재도 없었다.

'자식, 너, 일부러 그러지? 유능한 엘리트 사원인 척하려고 말이야. 속 보인다, 속 보여. 네놈 눈에 나 같은 인간은 쓰레기로 보이겠지.'

야마모토 다쓰조는 뒷주머니에서 신문을 꺼냈다. 전철을 타기 전에 쓰레기통에서 주운 스포츠 신문이었다.

옆에 앉은 남자에게 화풀이할 셈으로 일부러 소리를 내면서 신문을 탁 펼쳐 오락면을 읽기 시작했다.

옆에 앉은 막노동자 분위기의 남자가 스포츠 신문을 펼치자 가사이 사치코는 미간을 찡그렸다. 남자가 보는 오락면에는 젊은 여자의 알몸을 찍은 컬러 사진이 실려 있었다. 섹스 산업을 소개하는 기사인 듯했다. 사진 속의 여자는 제 손으로 자기 가슴을 애무하면서 황홀한 표정을 짓고 있다.

'으, 징그러워.'

가사이 사치코는 그쪽을 외면하고 얼굴을 찌푸리면서 안경을 고쳐 썼다.

'사회가 이런 사람을 그냥 내버려 두니까 여자의 사회적 지위가 이 모양 이 꼴이지. 그러니까 회사에서도 성희롱이나 성추행이 사라지지 않는 거고. 요즘 같은 세상에도 연말이면 누드 캘린더를 보내는 하청업자가 있지 않나, 그걸 또 내심 기다리는 한심한 남자 사원이 있지 않나. 회사가 그런 얼간이들에게는 월급을 잔뜩 주면서 우리한테는 지갑을 단단히 여민다니까. 여자들이 일도 훨씬 잘하는데, 여자라는 이유로 차별이나 하고 말이야. 아참, 그러고 보니까 그 무능한 과장이 오늘 나더러 뭐랬더라. 은근슬쩍 결혼 얘기를 꺼내면서, 그러다 안 팔리면 어쩌냐는 식으로 말했지. 삼십 대 중반쯤 되면 결혼에 대한 동경도 없어지는 모양이라고 하면서 말이지. 날 뭘로 보는 거야. 흥, 동경? 결혼 따위는 일에 방해될 뿐이라고.'

다시 전철이 멈추고, 승객 일부가 교체되었다. 새로 탄 승객 하나가 자기 앞에 서자 가사이 사치코는 맥이 탁 풀렸다. 임신복을 입은 여자였다.

'임신한 여자가 왜 하필 이런 시간에 전철을 타는 건데? 조금만 생각해 봐도 전철이 얼마나 붐빌지 알 텐데 말이야. 다들 민폐라고 여긴다는 걸 모르나? 아아, 그래. 늘 집에 있으면서 밥 먹고 낮잠이나 자니까 그런 일반 상식이 없나 보구나. 남자에게 의존해서 살다 보면 그렇게 되나 봐. 아아, 싫다, 싫어.'

가사이 사치코는 자리에서 일어나 임신부에게 미소를 건넸다.

"여기 앉으세요."

"아니에요, 괜찮아요."

임신부가 손을 살랑살랑 흔들었다.

"그러지 말고 앉으세요. 저는 금방 내려요."

"아, 그래요? 그럼…… 감사합니다."

임신부가 고개를 숙여 인사하고 그 자리에 앉았다.

'흥, 마치 양보하는 게 당연하다는 표정이네. 임신이 뭐 그리 대단한 일이라고. 섹스의 결과일 뿐이잖아. 개도 돼지도 임신은 할 줄 안단 말이지.'

가사이 사치코는 임신부에게서 고개를 돌렸다.

니시다 기요미는 자신을 보는 주위의 시선이 반드시 호의적인 것만은 아니라는 사실을 잘 알고 있었다.

'그래도 하는 수 없지.'

그녀는 그렇게 생각했다.

'임신부도 볼일이 있으면 이 시간대에 전철을 탈 수 있다고. 나라고 이런 배로 나다니고 싶겠어? 얼마나 힘든데. 그래도 자리를 양보해 주니 다행이네. 뭐, 당연한 일이지만. 난 지금 엄청난 일을 하고 있단 말이야. 한 생명을 낳으려고 하잖아. 그 숭고한 의미가 저 여자에게도 전해진 거 아니겠어.'

니시다 기요미는 꼼지락꼼지락 엉덩이를 움직였다.

'그런데 자리가 왜 이렇게 좁지. 누가 좀 일어나 주면 좋겠네. 좀 더 여유 있게 앉도록 말이야. 다들 참 눈치도 없어. 내 모습이 안 보여? 나 임신부야. 신경 좀 쓰지 그

래. 누가 한마디 안 해 주나.'

전 역에서 임신부인 니시다 기요미를 비롯한 그 누구보다도 빨리 전철에 올라탄 아베 기쿠에는 아직 자리를 확보하지 못하고 서 있었다. 그녀는 손잡이를 꽉 잡은 채 연신 사방을 두리번거렸다.

'아아, 자리가 영 안 나네. 저 임신부는 재주도 좋아. 자리를 양보할 듯한 여자를 제꺼덕 알아보고 그 앞에 가서 섰네. 하기야 나 같은 사람에게 누가 자리를 양보하겠어. 살은 쪘어도 어디로 보나 임신부는 아니잖아. 이게 다 나잇살이야. 아이고, 무거워라. 뭐가 이렇게 무겁지? 아, 그래, 쌀을 샀지, 참. 5킬로그램짜리를 샀으니 무거울 만도 하네. 팔 떨어지겠다. 누가 좀 안 내리나. 어, 저 아이, 일어날 것 같은데. 다음 역에서 내리려나.'

기쿠에와 3미터 정도 떨어진 자리에서 초등학생으로 보이는 사내아이가 일어섰다. 학원에서 돌아오는 길인 듯했다.

"죄송합니다, 죄송합니다. 조금만 비켜 주세요."

그녀는 장바구니가 주위 승객들의 몸에 부딪히는 것도 아랑곳하지 않고 목표 지점을 향해 돌진했다. 몇 사람이 싫은 내색을 했지만 그녀는 개의치 않았다. 마침내 그녀가 목표 지점에 도달했다. 남자아이가 앉았던 자리는 너비가 채 20센티미터도 되지 않았다. 하지만 그녀는 그 점에 대해 깊이 생각하지 않았다. 지금은 무엇보다 자리가 비었다는 사실이 중요했다.

그 20센티미터 남짓한 공간 양옆으로 한쪽에는 후지모토 슈코라는 젊은 여성이, 다른 한쪽에는 이치하라 게스케라는 남자 회사원이 앉아 있었다. 두 사람은 뚱뚱한 중년 여자가 자신들 옆 자리를 향해 돌진해 오는 모습을 보고 거의 동시에 비슷한 생각을 했다.

'으아, 설마 여기 앉으려는 건 아니겠지.'

'말도 안 돼. 저 엉덩이가 어떻게 여기에 들어온다는 거야.'

'제발 그만둬. 어어, 온다. 정말 앉을 셈인가 봐.'

'살가운 척 웃기는……. 으악, 엉덩이를 들이미네. 크기도 해라. 무리야, 무리. 절대 무리라고!'

아베 기쿠에의 엉덩이는 어림잡아 폭이 50센티미터는 넘을 것 같았다. 그런데 기껏해야 20센티미터밖에 안 되는 공간에 끼워 넣으려고 하니 당연히 30센티미터가 모자랐다. 그녀가 양옆에 앉은 사람들의 엉덩이를 약 15센티미터씩 밀쳐 냈다. 옆에 다른 승객이 앉은 이치하라 게

스케는 그나마 나았다. 끝자리에 앉은 후지모토 슈코는 아베 기쿠에의 엉덩이와 난간 사이에 끼인 꼴이 되고 말았다. 견디다 못한 그녀가 벌떡 일어서서 중년 여자를 내려다봤다. 여자가 사과라도 한마디 할 줄 알았지만 그건 어림없는 착각이었다. 여자는 미안해하기는커녕 아아, 이제 좀 편하게 앉겠네, 하는 표정으로 엉덩이를 후지모토 슈코가 앉았던 쪽으로 옮기더니, 조금 남은 공간에 장바구니를 올려놓았다. 후안무치하다고밖에 표현할 말이 없었다.

'아유, 이 염치없는 아줌마.'

후지모토 슈코는 조금 전 엉덩이에 짓눌렸을 때 생긴 재킷의 주름을 들여다보는 척하면서 중년 여자를 노려보았다.

'여자도 저쯤 되면 갈 데까지 간 거지. 어쩜 저렇게 뻔뻔스러울까. 남에게 폐를 끼치는 줄도 모르고 말이야. 궁상맞은 옷차림에 푸석푸석한 파마머리하고는. 화장도 저렇게 할 바에야 안 하는 게 낫겠다. 그건 그렇다 치고, 어떻게 하면 저렇게 뒤룩뒤룩 살이 찔까? 아아, 싫다, 싫어. 나이를 먹더라도 저렇게 되지는 말아야지.'

후지모토 슈코의 시선을 아베 기쿠에가 느끼지 못한

것은 아니었다.

'뭐야, 이 여자. 뭘 그렇게 노려봐? 흥, 젊어서 잘 모르나 본데, 여자가 나이 들어서 살아가기가 얼마나 고달픈 줄 알아? 남자가 거들떠보기를 하나, 집안일은 산더미에 돈은 하나도 없지. 전철을 타도 체면을 차릴 여유 따위는 없어. 너도 곧 알게 되겠지. 어차피 나처럼 될 테니까.'

'천만에요. 절대 아줌마처럼 되지는 않을걸요.'

'글쎄, 두고 보라니까. 반드시 이렇게 될걸. 다 마찬가지야. 너라고 다를 것 같아?'

물론 두 여자 사이에 보이지 않는 불꽃이 튀고 있다는 걸 알아차린 사람은 아무도 없었다.

"엄마, 나 앉고 싶어."

후쿠시마 다모쓰가 어린아이 특유의 카랑카랑한 목소리로 칭얼거리자 차내의 분위기는 긴장감이 한층 더해졌다.

"알았어, 잠깐만. 어디 빈자리가 없으려나. 아유, 이걸 어째, 빈자리가 없네."

다모쓰의 엄마 요코가 주위를 돌아보면서 아쉬운 듯이 말했다. 가슴에 코끼리 그림이 그려진 맨투맨 티셔츠를 세트로 입은 두 사람은 바로 전 역에서 전철을 탔다.

청바지를 입은 점도 둘이 똑같다.

"싫어, 싫어. 나, 빨리 앉고 싶단 말이야."

발을 동동 구르던 다모쓰가 그 자리에 털퍼덕 주저앉았다.

"나 앉을래, 응? 엄마, 나 앉고 싶어."

"어머, 안 돼, 다모쓰. 그런 데 앉으면 바지가 더러워지잖아. 아, 바깥이 보이네."

요코가 아들을 일으켜 세워 출입문 근처로 데리고 갔다. 그러는 동안에도 그녀는 빈자리가 나지 않는지 연신 돌아보았다.

'누가 좀 일어나지 않나. 애가 이렇게 보채잖아. 이렇게 귀여운 애가 앉고 싶다는데 왜 아무도 자리를 양보하지 않는 거야. 야박한 사람들 같으니라고. 좀 일어나면 어디가 덧나기라도 하나?'

"으앙!"

다모쓰가 악을 쓰듯이 울음을 터뜨렸다.

"앉고 싶어. 나, 다리 아프단 말이야."

"쉬, 쉿."

요코가 집게손가락을 입술 앞에 세우고 말했다.

"조용히 해야지. 너처럼 큰 소리 내는 사람이 아무도

없잖아. 자, 착하지."

주위의 시선이 아무래도 신경 쓰이는지 그녀는 아들을 달랬다. 그러나 내심으로는 사람들에게 폐를 끼치고 있다는 의식이 거의 없었다.

'뭐야, 뭐, 응? 왜들 그래. 어린애가 큰 소리 좀 냈기로서니 뭘 그렇게 못마땅한 얼굴을 하고 그래. 어린애가 그럴 수도 있지. 우리 다모쓰는 예민한 아이란 말이야. 다른 애들과는 다르다고. 봐, 이 귀여운 얼굴을. 이 얼굴을 보고도 화를 내면 그게 사람이야? 얼마 있으면 아역 모델 오디션에 나갈 거야. 틀림없이 붙을걸. 이렇게 예쁜 아이를 떨어뜨리겠어? 그리고 금세 스타가 될 거야. 다들 깜짝 놀라겠지. 그땐 이런 전철, 타나 봐라.'

"앉고 싶어, 앉고 싶어, 앉고 싶단 말이야! 꺄아아아."

다모쓰가 괴성을 지르기 시작했다.

'요놈의 자식을 확, 그냥.'

보고서를 들여다보던 하마무라 세이치는 고개를 들고 옆에서 고함을 지르는 아이를 째려보았다. 그녀는 내일 있을 회의를 앞두고 보고서의 내용을 빈틈없이 익혀 두어야 했다. 그래서 전철을 타고 가는 시간조차 아까워 이렇게 들여다보고 있었는데, 공중도덕을 모르는 이 모자가 타고부터 머리가 산만해서 도무지 보고서 내용이 눈에 들어오지 않았다.

"너, 여기 앉을래?"

하마무라가 아이에게 물었다. 아이는 하마무라를 힐끗 쳐다보고 나서 엄마를 바라보며 몸을 비틀었다.

"어머나, 괜찮으시겠어요?"

아이 엄마가 미안하다는 듯이 말했지만 손은 이미 아이의 등을 떼밀고 있었다.

"우리 다모쓰, 잘됐네. 여기 앉을까?"

목소리가 간드러진다.

하마무라가 자리에서 일어나자 아이는 원숭이처럼 잽싸게 좌석에 올라가 창문을 향한 채 좌석 위에서 무릎을 꿇었다.

"아이, 그렇게 앉으면 안 되지. 다모쓰, 신발 벗자."

엄마가 아이의 신발을 벗겼다.

"아이가 참 귀엽네요."

하마무라가 비아냥거릴 셈으로 내뱉었다.

'귀엽기는커녕 원숭이를 똑 닮았네. 그 엄마에 그 아들이야.'

"아유, 무슨 말씀을요."

그러면서 후쿠시마 요코는 콧구멍을 벌름거렸다.

'귀엽지, 귀엽고말고. 그걸로 끝이야? 좀 더 얘기해 봐.'

그러나 요코의 기대와는 달리 하마무라는 한마디도 더 말하지 않은 채 사라져 버렸다.

후지모토 슈코는 생각했다.

'멍청한 여자네. 저런 여자가 결국은 살이 뒤룩뒤룩 쪄서 이렇게 뻔뻔한 중년 아줌마가 되는 거겠지. 무신경하고 둔감한 사회생활 부적응자 말이야.'

아베 기쿠에는 생각했다.

'또 노려보네, 이 여자. 흥, 어디 마음껏 노려보라지. 주부는 아무나 하는 줄 알아? 저기 봐, 저 젊은 엄마 말이야. 어린애 하나 가지고도 저렇게 쩔쩔매잖아. 너도 살다 보면 알게 될 거야.'

니시다 기요미는 생각했다.

'도저히 못 봐주겠어. 뭐 저런 엄마가 다 있어. 나는 절대 저렇게 되지 말아야지. 저 아이는 또 어떻고. 귀여운 데가 하나도 없네. 저런 애가 태어나면 어쩌지. 아니야, 나랑 그이가 낳은 아이가 그럴 리 없어. 그건 그렇고, 아유, 갑갑해. 누가 나한테 신경 좀 써 주면 좋겠는데.'

가사이 사치코는 생각했다.

'왜 이렇게 여자 망신을 시키는 족속이 많은지 모르겠네. 저 엄마도 그렇고 이 임신부도 그렇고, 여자의 자립이라는 걸 생각이나 해 봤는지 몰라. 아아, 정말 짜증 나. 이러니까 남자들이 우리를 깔보잖아. 아니, 저 남자는 여태 스포츠 신문을 보고 있네. 도대체 무슨 생각으로 벌건 대낮에 저런 사진을 보는 걸까.'

야마모토 다쓰조는 생각했다.

'옆에 앉은 양반, 여전히 경제지를 부스럭대는군. 짜증 나게 말이지. 게다가 포마드 냄새는 어찌나 지독한지. 다른 사람 생각도 좀 해야지.'

사토 도시유키는 생각했다.

'저 아가씨가 아직도 이쪽을 노려보네. 내가 뭘 어쨌다고 그래. 나는 아무 짓도 안 했어. 그저 봉긋한 가슴을 곁눈으로 슬쩍 봤을 뿐인걸. 그게 뭐 대수라고. 이 남자 저 남자랑 섹스나 하고 다니는 주제에 말이야. 돈만 주면 아무하고나 할 텐데, 전철 안에서 슬쩍 보는 것쯤 문제 될 것 없잖아, 어?'

나카쿠라 아키미는 생각했다.

'정말 지독하게 밝히는 아저씨네. 아직도 힐끔거리잖아. 저 번들거리는 얼굴 좀 봐, 속이 다 메스껍네. 어, 저 학생

도 여전히 나를 보고 있네. 저 녀석, 뭐 하는 놈이야.'

마에다 노리오는 생각했다.

'아, 좀 보여 주면 안 되나. 저 누나 말이야. 잠깐이라도 좋으니까 미니스커트 속 좀 보여 주지 그래.'

다카스 가즈오는 생각했다.

'이 할망구야, 이제 그만 다른 데로 가시지. 나는 안 일어난다고요. 내릴 때까지 앉아 있을 거예요. 하루 종일 일에 시달려서 피곤하단 말입니다. 오늘의 일본을 지탱하고 있는 일꾼이 전철 안에서 잠깐 쉰들 뭐가 잘못이겠습니까. 돈 한 푼 못 버는 노인네들은 집에 들어가세요. 현역을 방해하지 말고요.'

다도코로 우메는 생각했다.

'이것들은 전부 인간쓰레기야. 나이 든 노인이 이렇게 서 있는데 아무도 자리를 양보하지 않다니. 이러면 어쩔 수 없지. 오기로라도 일으켜 세울 수밖에. 일어날 때까지 내가 꼼짝하나 봐라.'

와다 히로미는 생각했다.

'아, 진짜 못 참겠네. 간신히 마늘 아저씨한테서 벗어났다 했더니 이번에는 니코틴 아저씨라니. 뭐야, 이 퀴퀴한 냄새는. 폐암에나 걸려서 죽어 버려라.'

오카모토 요시오는 생각했다.

'에이, 씨. 도무지 자리가 안 나는군. 어떻게 된 거야.'

전철이 다시 멈췄다. 역 이름을 알리는 방송이 울려 퍼졌다.

꾸벅꾸벅 졸고 있던 가와하라 히로시는 출입문이 닫히기 직전에야 퍼뜩 알아차리고 전철에서 뛰어내렸다. 하마터면 큰일 날 뻔했다.

"휴, 간신히 내렸네."

그가 걸음을 내디디려는데 가방 속에서 쉭, 쉭, 하는 소리가 났다. 그는 깜짝 놀라 가방을 열었다. 가방 속에는 조그만 가스봄베가 두 개 들어 있었다. 그중 하나의 밸브가 헐거워져 안에서 가스가 새어 나오고 있었다. 아뿔싸, 하고 그는 생각했다.

그 가스는 경찰청의 의뢰로 만든 자백 가스였다. 가스를 흡입한 사람은 하고 싶은 말을 참지 못하게 된다.

그는 시계를 보았다. 가스를 흡입한 후 효과가 나타나려면 일정한 시간이 지나야 한다. 그는 자신이 전철에 올라탄 시각을 떠올렸다. 서서히 효과가 나타나기 시작할 것이다.

'뭐, 별일 없을 거야. 서로 모르는 사람들이 탄 전철이잖

아. 지금 당장 하고 싶은 말이 뭐가 있겠어.'

그는 선로 저 앞을 바라보았다.

전철은 이미 보이지 않았다.

할머니 광팬

공연은 절정을 향해 치달았다.

금빛으로 번쩍거리는 양복을 입은 스기히라 겐타로가 자신의 최고 히트곡을 부르며 무대 한가운데로 천천히 걸어 나왔다. 그는 고개를 깊이 숙이며 객석을 쓱 훑어보았다. 관객이 다 함께 손뼉을 치기 시작했다.

가쓰타 시게코는 입을 쩍 벌린 채 무대에서 시선을 떼지 못했다. 분위기에 완전히 압도되었다.

그때였다. 시게코 옆에 앉아 있던 노부인이 벌떡 일어섰다. 그녀가 좌석 밑에 놓아두었던 종이봉투에서 꽃다발을 꺼내는가 싶더니 갑자기 계단을 후다닥 뛰어 내려갔다. 돌아보니 그녀 말고도 계단을 내려가는 이들이 몇 있었다.

너 나 할 것 없이 손에 꽃다발과 쇼핑백 같은 것을 들고 있던 그들은 무대 밑에 나란히 서더니 앞다투어 스기히라 겐타로에게 손에 들고 있던 것을 내밀었다.

시게코 옆에 앉아 있던 노부인도 옆에 서 있는 여자의 머리를 짓누르듯이 하며 꽃다발을 든 오른팔을 기를 쓰고 내뻗었다. 그 모습에 시게코는 어미 새에게 먹이를 받아먹으려고 한껏 부리를 쳐드는 제비 새끼들을 연상했다.

스기히라가 마이크를 든 채 그녀들 쪽으로 다가갔다. 그가 맨 먼저 받아 든 물건은 예의 노부인이 내민 꽃다발이었다. 그는 마이크를 든 손으로 그 꽃다발을 끌어안고 빈손을 그녀에게 내밀었다. 노부인이 기뻐 어쩔 줄 몰라하며 스기히라와 악수하는 모습이 시게코의 자리에서도 훤히 보였다.

스기히라는 허리를 굽히고 다른 여자들에게도 일일이 공손하게 악수로 답했다. 악수를 나눈 여자들은 이제는 죽어도 여한이 없다는 표정을 지으며 각자의 자리로 돌아갔다.

옆 자리의 노부인도 돌아왔다. 어둠 속에서도 얼굴이 벌게진 걸 알 수 있었다.

부르던 노래가 끝나자 스기히라가 인사를 했고 무대는 일단 막을 내렸다. 그러나 물론 공연이 모두 끝난 것은 아니었다. 박수 소리가 끝없이 이어지더니 마침내 막이 다시 오르고 스기히라가 무대로 나왔다. 박수 소리가 한층 커졌다.

스기히라는 앙코르 요청에 응해 두 곡을 더 불렀다. 그리고 이번에야말로 막이 완전히 내렸다.

시게코는 다른 관객들에게 떠밀리듯이 공연장을 나왔다. 머리가 조금 멍했다. 싸늘한 바람이 상쾌하게 두 뺨에 닿았다.

역을 향해 걸어가며 그녀는 다시 한 번 공연장에 걸린 간판을 돌아보았다. '스기히라 겐타로 특별 공연'이라는 글자 옆에 스기히라의 웃는 얼굴이 있었다. 떠돌이 행색인 이유는 공연 전에 연극 '떠돌이 나그네의 사모곡'에서 연기를 했기 때문이다.

간판에 그려진 스기히라의 상냥한 눈매가 자신을 향한 것처럼 보여 시게코는 가슴속이 순간적으로 화끈 달아올랐다.

"이거, 신문 배달하는 아저씨가 서비스라면서 줬는데 우리 집에는 갈 만한 사람이 없어요. 할머니가 가실래요?"

며칠 전 아파트 앞에서 마주친 이웃집 주부가 앞치마 주머니에서 공연 티켓 한 장을 꺼내어 내밀면서 말했다.

그 주부와 특별히 친한 사이는 아니었다. 주부 입장에서는 상대가 누가 되었든 상관없었을 것이다.

티켓에는 '스기히라 겐타로 특별 공연'이라고 인쇄되어 있었다.

"호오, 스기히라 겐타로네!"

"네. 내키지 않으시면 적당히 처분해도 괜찮고요."

"아, 그래요? 그렇다면……."

시게코가 거기까지 말했을 때 주부는 이미 저만치 걸어가고 있었다.

시게코는 새삼스레 티켓을 들여다보았다. 스기히라 겐타로라는 배우가 있다는 건 이전부터 알았다. 그의 팬 대부분이 중장년층 여성이라는 것도 소문을 들어 알고 있다. 시게코가 병원에서 만나는 여자들 중에도 스기히라의 팬이 여럿 있는 걸 보면 소문이 사실일 것이다. 그러나 그녀는 내심 그런 여자들을 깔보았다. 그깟 배우에게 열을 올리다니, 다들 제정신이 아니군, 그런 데다 돈을 쓰다니 머리가 어떻게 된 거 아니야? 하고.

그런데 그 스기히라 겐타로 티켓이 시게코 손에 들어온 것이다.

어쩔까 하고 그녀는 망설였다. 평소 그녀라면 누군가

에게 팔아넘겨졌을 것이다. 2천 엔 정도면 사려는 사람이 있을 거라는 계산도 서 있었다.

그때 웬일인지 문득 마음이 동했다. 가끔은 그런 공연을 보는 것도 나쁘지 않겠다는 생각이 든 것이다. 물론 별 기대는 없었다. 그저 심심풀이나 하자는 생각이었다.

그런데.

실제로 본 스기히라 겐타로는 정말 멋졌다. 연기할 때는 늠름하고, 노래할 때는 우아하고, 말할 때는 재미있는 남자였다.

'세상에 저렇게 괜찮은 남자가 있다니.'

그날 밤 시게코는 흥분으로 잠을 이루지 못했다.

다음 날 아침 6시에 눈을 뜬 시게코는 머리맡에 놓아둔 어제 공연의 팸플릿으로 손을 뻗었다. 떠돌이 행색의 스기히라 겐타로가 싱긋 웃고 있었다. 그 모습을 보는 것만으로 어제의 흥분이 되살아나는 것 같았다.

'정말 좋았어. 그 연기, 그 노래들……'

한 번 더 보고 싶다고 시게코는 생각했다. 팸플릿에 따르면 공연은 사흘간이니 오늘과 내일이 남아 있었다.

물론 티켓이 없으니 공연을 보러 가려면 지갑을 열어

야 한다. 생활비에서 몇천 엔이 사라지는 것이다. 그런 생각을 하자 속이 아렸다.

그녀는 동네 노인들 사이에서 구두쇠로 통했다. 오사카 출신인 데다 말투에 아직 사투리가 남아 있는 점도 그런 이미지를 증폭시키는 요인이었지만, 실제로도 그녀는 절약 정신이 투철했다. 옷차림에 신경을 쓰지 않는 것은 물론이고 식사도 간소하게 했다. 신문은 구독하지 않고, 텔레비전은커녕 라디오도 없다.

그녀에게는 의지할 만한 피붙이가 없었다. 재작년에 연로한 남편을 저세상으로 떠나보낸 후로는 줄곧 혼자 살아왔다. 수입이라고는 쥐꼬리만 한 연금뿐이고, 남편이 남겨 준 저금과 생명 보험이 유일한 버팀목이다. 그러니 '최대한 돈을 쓰지 않는 것'은 그녀가 자신의 생활을 보호하는 수단이었다.

시게코는 다시 팸플릿을 들여다보았다. 스기히라 겐타로가 여전히 웃고 있었다. 상큼하게 미소 짓고 있다.

'안 되지, 안 보는 게 약이야. 내게 이런 사치를 부릴 여유가 어디 있다고.'

그녀는 팸플릿을 이부자리 밑에 쑥 집어넣었다. 스기히라 겐타로는 그만 잊을 작정이었다.

●

그랬는데…….

그날 오후, 시게코는 어제 그 공연장 앞에서 서성거리고 있었다. 공연이 시작될 때까지는 아직 시간이 있었다. 그녀가 들어갈지 말지 결정하지 못하고 망설이는 사이에도 관객들이 속속 공연장 안으로 빨려들듯이 들어가고 있었다. 다들 행복해 보이는 얼굴이다.

노부인 하나가 당일권 매표소로 다가가더니 허리춤에서 지갑을 꺼냈다.

"당일권, 아직 있나요?"

노부인의 질문에 판매원이 뭐라고 대답하는 것 같았다. 그러자 노부인이 고개를 살짝 끄덕였다.

"네, 좌석은 아무 데라도 괜찮아요."

창구에 요금을 밀어 넣고 티켓을 받아 쥔 노부인이 공연장 입구로 향했다.

'그렇구나, 꾸물대다가는 표가 매진되겠어.'

그런 생각이 들자 시게코는 초조해졌다. 망설일 때가 아니라는 쪽으로 마음이 움직였다.

정신을 차렸을 때 그녀는 당일권 매표소 앞에서 지갑을 열고 있었다. 천 엔짜리 몇 장을 꺼내는데 손이 살짝 떨렸다.

그러나 스기히라 겐타로의 공연이 시작되자 시게코는 돈 따위는 까맣게 잊어버렸다. 스기히라 겐타로는 역시 멋지고 우아하고 섹시했다. 어제와 똑같이 연기하고 똑같은 노래를 부르는데도 시게코는 어제 이상으로 감격하고 흥분했다. 박수를 하도 많이 쳐서 손바닥이 새빨개졌는데도 앙코르 때는 남들보다 몇 배나 열렬히 박수를 쳤다.

'아아, 좋아. 스기히라 겐타로는 굉장해. 저렇게 멋진 남자는 아무리 봐도 질리지 않을 거야.'

어제처럼 잔뜩 흥분한 상태로 시게코는 집에 돌아왔다. 그리고 저녁 찬거리를 사려고 슈퍼마켓에 가서 지갑을 여는 순간 현실로 되돌아왔다.

'이런……'

그녀는 절망감에 빠졌다. 형편에 맞지 않게 사치를 부렸다는 걸 절감했다.

결국 그날 시게코는 아무것도 사지 않은 채 슈퍼마켓을 나왔다. 저녁은 된장국과 채소 절임으로 때우기로 했다. 그리고 다짐했다. 정말로, 정말로, 스기히라 겐타로는 이제 끝이라고.

그 결심은 다음 날 오전까지 변하지 않았다.

다시 말하자면 다음 날 오전까지밖에 지속되지 않았다. 오후가 되자 그녀는 안절부절못했다.

조금 있으면 스기히라 겐타로의 공연이 시작된다고 생각하자 가슴이 두근거렸다. 아직은 시간이 남았으니 지금 바로 나가면 볼 수 있지 않을까. 그런 마음을 자제심이 억눌렀다. 이 바보야, 그럴 돈이 어딨어. 스기히라 겐타로 따위는 깨끗이 잊으라고.

그러나 마음이 붕 떠서 아무 일도 손에 잡히지 않았다. 설거지를 하다가도 멍하니 손을 멈췄다가 수돗물이 줄줄 쏟아지고 있다는 깨닫고 물 값만 버렸다며 혀를 찼다.

고민하며 몸부림친 끝에 시게코는 또다시 공연장으로 향했다. 다만 마음속으로는 이렇게 외쳤다.

'오늘이 마지막이야. 이게 정말 마지막이야. 어차피 공연도 오늘이 마지막이니까 내일부터는 보고 싶어도 볼 수가 없지. 깔끔하게 마무리를 짓기 위해서라도 오늘은 다른 생각 말고 마음껏 즐기자.'

그런데도 당일권을 사면서 마음이 찢기는 듯한 고통을 느꼈다. 아아, 이 돈이면 영양가 있는 음식을 잔뜩 먹을 수 있을 텐데, 하고 생각했다.

하지만 그런 후회도 무대에 등장한 스기히라 겐타로

를 보는 순간 싹 날아가 버렸다. 거의 무아지경에 빠진 채 시게코는 꿈 같은 시간을 보냈다.

그리고 아파트 근처까지 돌아왔을 즈음 그녀의 마음에 후회의 폭풍이 몰려왔다. 오늘은 공연을 보는 것으로도 모자라 공연장을 나올 때 스기히라 겐타로의 사인이 들어 있는 포스터까지 충동적으로 사고 말았다. 평소 같으면 이따위 종이 한 장이 왜 이렇게 비싸냐고 화를 냈을 테지만, 포스터에 인쇄된 스기히라 겐타로의 얼굴을 보는 순간 최면술에라도 걸린 것처럼 지갑을 열고 말았다.

'그래, 괜찮아. 오늘이 마지막이니까 그 기념이야.'

그날 저녁 반찬은 채소 절임 딱 한 가지였다.

금단 증상은 일주일 후에 나타났다.

그녀의 상태를 고려하면 일주일도 잘 버틴 편이라고 할 수 있었다. 그러는 데는 예의 포스터가 크게 기여했다. 시게코는 온종일 벽에 붙어 있는 포스터를 바라보며 지냈다. 혼자서 히죽히죽 웃기도 하고, 때로는 포스터에 말을 걸기도 했다. 그러면 욕구를 어느 정도 해소할 수 있었다.

그러나 일주일이 지나자 포스터만으로는 버틸 수 없

게 되었다. 노래하고 말하며 무대를 오가는 진짜 스기히라 겐타로를 어떻게든 보고 싶어졌다.

그때부터 시게코는 집 근처 공원에 가는 일이 잦아졌다. 쓰레기통에 버려진 신문을 보려는 것이었다. 물론 기사에는 관심이 없었다. 그녀가 찾는 것은 콘서트나 공연 광고였다. 전에는 거들떠보지도 않던 것들이었다.

공원에 드나든 지 닷새째 되던 날 아침, 시게코는 드디어 원하는 정보를 얻었다. 이웃 현의 K시에서 다음 주에 스기히라 겐타로의 공연이 시작된다는 내용이었다. 절찬리에 발매 중, 이라는 문구가 눈에 들어왔다.

'K시라⋯⋯, K시에서 스기히라 겐타로의 공연이 있단 말이지.'

K시라면 한 시간 반이면 가는 곳이다. 공연은 지난번처럼 사흘 동안 열렸다.

도저히 참을 수 없었다. 티켓 값을 보고 숨이 턱 막혔지만 돈 걱정은 접기로 했다. 시게코는 신문의 그 부분만 찢어 들고 집으로 돌아왔다.

다음 주, 시게코는 결국 사흘 내리 K시를 오갔다. 스기히라 겐타로를 만날 수 있다고 생각하면 한 시간 반 거리는 문제가 아니었다. 그러면서 그녀는 한 가지 결심을 했다. 앞으로는 티켓 값을 아끼지 않겠다는 것이었다. 그의 공연을 보지 못한다는 것이 뼈에 사무치도록 괴롭게 느껴졌기 때문이다.

'B석은 값이 뻔하잖아. 다른 데서 그만큼 아끼면 되지, 뭐.'

보고 싶으면 보자, 그렇게 마음먹었다.

그러나 실은 보고 싶지 않을 때가 없었다. 시게코는 당일로 다녀올 수 있는 거리라면 어디든지 쫓아갔다. 심지어 일주일을 하루도 빼놓지 않고 다닌 적도 있다. 그러는 내내 그녀는 저녁을 우동으로 때웠다. 평소 같으면 체력이 바닥났겠지만, '스기 사마를 만날 수만 있다면 무슨 일이든 참을 수 있어.' 하는 오기로 간신히 버텼다.

그런 식으로 출석하다시피 공연을 찾아다니던 어느 날, 스기히라 팬클럽 회원이라는 여자가 말을 걸어왔다. 그녀는 시게코와 연배가 비슷했지만 차림새는 비교하기 어려울 만큼 세련되어 보였다.

여자는 시게코의 모습이 자주 보여 말을 걸게 되었다면서 팬클럽에 들어오는 게 어떻겠느냐고 권했다.

"스기 사마의 공연 스케줄이 낱낱이 나와 있는 회보도

받을 수 있고, 티켓도 저렴하게 구입할 수 있어요. 게다가,"

여자가 목소리를 낮췄다.

"공연이 끝난 후 대기실에서 스기 사마와 대화도 나눌 수 있답니다."

"스기 사마와 대화를요?"

시게코의 눈이 휘둥그레졌다. 꿈만 같은 얘기였다.

"들어갈게요, 들어가고말고요. 들어가게 해 주세요."

그렇게 팬클럽에 들어가고 나서 첫 번째 공연이 끝난 후 시게코는 다른 회원 몇 명과 함께 대기실을 방문했다. 그리고 진짜 스기히라 겐타로가 눈앞에 나타났다.

"야, 이거 고맙습니다. 앞으로도 잘 부탁드립니다."

그러면서 스기히라는 회원들과 악수를 나누었다. 시게코는 다리가 후들거렸다. 그토록 만나고 싶던 스기 사마가 눈앞에 있는 것이다. 그것도 손을 뻗으면 닿을 만한 거리에.

스기히라가 시게코의 손을 쥐며 말했다.

"앞으로도 변함없이 응원해 주세요."

시게코는 마치 화산이 폭발하는 것처럼 얼굴로 피가 솟구치는 것을 느꼈다. 온몸이 화끈 달아올랐다. 네, 하고 대답하는 그녀의 목소리가 마치 소녀 시절로 돌아간 것처럼 가냘팠다.

그러고는 뭐가 어떻게 되었는지 기억이 별로 없다. 정신이 들었을 때는 이미 집에 돌아와 있었다. 여전히 얼굴이 화끈거렸다. 귀에는 그의 목소리가 쟁쟁했다. 앞으로도 변함없이 응원해 주세요…….

그런데 서서히 냉정을 되찾으면서 시게코는 마음이 우울해졌다. 거울에 비친 자신의 모습을 보며 '난 왜 이리 초라한 걸까. 푸석거리는 머리카락에 화장기 없는 얼굴……. 스기 사마가 궁상맞은 할머니도 다 보겠다고 생각했을 거야.'

지난 몇 년간 새 옷을 산 적이 없었다. 구두도 핸드백도 액세서리도 마찬가지였다. 그런 데 돈을 쓸 시기는 지났다고 여겼다.

하지만 앞으로도 스기 사마를 만날지 모른다고 생각하자 지금 이 모습으로는 곤란하다는 생각이 들었다.

다음 날 그녀는 은행에 가서 돈을 조금 찾았다. 그리고 그길로 미용실로 향했다. 그런 다음에는 미용실에서 가르쳐 준 고급 부인복점에 들렀다. 집으로 돌아오는 시게코의 양손에는 쇼핑백이 들려 있었지만 은행에서 찾은 돈은 한 푼도 남아 있지 않았다.

팬클럽에 들어간 이후 석 달 동안 시게코는 정장 다섯 벌과 기모노 두 벌을 지었다. 구두는 열 켤레도 넘게 샀다. 미용실에는 매달 갔고, 화장품의 가짓수도 비약적으로 늘었다. 화장대도 새로 샀다.

반면 생활의 버팀목이었던 예금 잔고는 점점 줄어들었다. 그 숫자를 두 눈으로 보는 일은 고통스러웠지만, 신기하게 돈을 쓸 때는 망설임이 없었다. 스기 사마를 위해서라면, 10만 엔을 쓰든 20만 엔을 쓰든 아깝지 않았다.

시게코의 잔고에 직격탄을 날린 것은 액세서리였다. 처음에는 잘 몰랐지만 팬클럽의 다른 회원들은 스기히라 겐타로를 만날 때마다 반드시 지난번과는 다른 액세서리를 걸쳤다.

"스기 사마가 악수할 때 반지가 똑같다는 사실을 눈치채면 창피하잖아요."

어느 회원이 그 이유를 설명해 주었다.

번듯한 액세서리 하나 없는 시게코로서는 생각도 못해 본 일이었지만 듣고 보니 그런 것 같기도 했다. 옷이나 구두가 새것이라도 액세서리가 항상 똑같으면 돋보이지 않을 것이다.

그리하여 시게코는 귀금속점에도 드나들게 되었다.

그리고 당연하게도 은행에서 그만한 돈을 찾아야 했다. 그 액수는 옷값이나 식비에 비할 바가 아니었다.

'큰일이네. 이대로 가다가는 파산하고 말겠어.'

예금 잔고를 볼 때마다 우울해졌지만, 반면에 스기 사마를 만나고 싶다는 생각은 날로 커져만 갔다. 마침내 그녀는 가까운 지역뿐 아니라 스기히라 겐타로의 공연이 있는 곳이면 일본 내 어디든 마다하지 않고 달려가기에 이르렀다. 당연히 숙박을 해야 하니 그 비용도 눈덩이처럼 불어났다. 그러나 그만큼 열심히 쫓아다닌 덕분에 최근에는 스기히라 겐타로 쪽에서도 그녀를 알아보는 것 같았다. 한번은 대기실에 갔을 때 그에게서 "매번 찾아 주셔서 감사합니다."라는 말을 들은 것이다. 그 한마디에 우울함이 싹 달아났다. 스기 사마가 나를 기억하고 있다고 생각하니 구름 위에 둥둥 뜬 기분이었다.

'돈이 있어도 쓰지 않으면 무슨 소용이람. 저세상에 갈 때 통장을 가져갈 것도 아니고. 스기 사마에게 돈을 들여서 이 세상에서 천국을 맛보는 거야.'

그를 위해서라면 시게코는 어떤 고통도 견딜 수 있었다. 그녀는 생활비로 나가는 돈은 단 한 푼이라도 아꼈다. 식사는 하루에 두 번, 그것도 반찬은 딱 한 가지.

먼 데서 하는 공연을 보러 갈 때도 그녀 나름의 작전을 펼쳤다. 팬클럽 회원들과 함께 가려면 신칸센을 이용하고 호화로운 호텔에 묵어야 한다. 그래서 그녀는 현지에서 그들과 합류하기로 약속하고 혼자서 심야 버스를 탔다. 묵는 곳도 늘 허름한 민박이었다. 날씨가 괜찮을 때는 역 대합실에서 밤을 보내기도 했다.

옷은 되도록 세일할 때 샀다. 단, 스기 사마에게 보여서 부끄럽지 않을 만한 옷을 사야 하니 고르는 데 신중했다. 백화점을 순례하듯 돌아다니는 일이 다반사였다.

액세서리는 금을 돌려 막는 방법으로 비용을 줄였다. 어제까지 반지였던 금을 오늘은 브로치로 만들고, 한 달 후에는 그걸 다시 펜던트로 세팅하는 식이었다.

"금을 왜 그렇게 자주 세팅하십니까?"

귀금속점 주인이 의아하다는 듯이 물었지만 시게코는 속내를 말하지 않았다.

시게코가 스기히라 겐타로의 팬이 된 지도 2년이 되었다. 그녀도 어느새 일흔 줄에 접어들었다.

그날도 그녀는 아침부터 화장대를 마주한 채 화장을 하고 있었다. 저녁때 근처 현민 회관에서 스기히라 겐타로의 공연이 있기 때문이다. 게다가 그녀는 무대 밑에서 그에게 꽃다발을 안길 예정이었다. 그건 그녀로서도 처음 있는 일이라 여간 설레지 않았다.

오늘을 위해 새로 산 정장이 옷걸이째 벽에 걸려 있었다. 목걸이도 반지도 새로 준비했다. 어제는 미용실에도 다녀왔다. 새 구두에, 노안경은 렌즈를 새것으로 바꿨다. 모든 것이 완벽했다. 남은 일은 화장하는 것뿐이었다.

시게코는 얼굴의 주름을 메우기라도 하듯이 뽀얗고 두껍게 파운데이션을 바르고, 새빨갛게 립스틱을 바르고, 시커멓게 아이섀도를 발랐다. 지난 2년 동안 그녀의 화장은 섬찟하리만큼 짙어졌지만 그녀 자신은 그 사실을 전혀 알아차리지 못했다. 더 아름다워지겠다기보다는 늙고 추한 얼굴을 가리겠다는 마음이 앞섰다.

약 두 시간을 시게코는 화장대 앞에 앉아 있었다. 화장하는 시간이 점점 길어지는 것도 그녀가 미처 깨닫지 못한 것 중 하나였다.

화장이 잘되었는지 꼼꼼하게 체크한 다음 그녀는 정장을 입고 의자에서 일어섰다.

그 순간 격심한 현기증이 그녀를 덮쳤다. 눈앞이 캄캄해지고 머릿속이 빙빙 돌아 어디가 위쪽이고 어디가 아래쪽인지 알 수 없어졌다. 쿵, 하는 충격과 함께 그녀는 다다미 위에 쓰러졌다.

'아이고, 어지러워라.'

다시 일어서려고 했지만 몸이 말을 듣지 않았다. 그리고 그녀는 그대로 의식을 잃었다.

쓰러져 있는 가쓰타 시게코를 발견한 사람은 아파트 주인이었다. 시게코의 아랫집에 사는 사람에게 뭔가 큰 소리가 났는데 무슨 일이 있는 거 아닌지 모르겠다는 연락을 받고 마스터키로 문을 따고 들어간 것이다.

아파트 주인은 소심한 중년 남자였다. 그는 쓰러진 시게코를 발견했을 때 너무 놀라고 겁이 난 나머지 하마터면 뒤로 나자빠질 뻔했다. 그녀의 새하얀 얼굴을 보고는 뭔가 나쁜 병에라도 걸려 죽은 게 아닐까 생각했던 것이다. 미라처럼 깡마른 그녀의 몸매도 공포를 증폭시켰다. 그 얼굴이 두꺼운 화장 때문이라는 것을 깨닫기까지는 수십 초가 걸렸다. 그러는 와중에 그는 속옷에 소변을 살짝 지렸다.

시게코는 죽은 게 아니었다. 정신을 잃었을 뿐이다. 아파트 주인은 서둘러 가까운 병원의 의사를 불러왔다. 의

사도 그녀의 모습을 보고 기겁했다.

"영양실조입니다."

의사가 그녀의 맥을 짚으며 말했다.

"몸이 굉장히 쇠약해졌어요. 아무래도 식사를 제대로 하지 않은 듯합니다."

"그런 것 같군요."

아파트 주인이 싱크대를 바라보면서 말했다. 거기에는 식빵 테두리가 가득 담긴 비닐봉지가 놓여 있었다. 빵 가게에 가면 거저 주는 것이다.

"돈이 없어서는 아니겠죠?"

의사가 물었다.

"네, 아마도요."

그러면서 아파트 주인은 집 안을 둘러봤다.

시계코에게 정신이 팔려 있을 때는 몰랐는데 집 안 풍경이 상당히 묘했다. 벽이란 벽에는 온통 포스터와 달력이 붙어 있었다. 무슨 수로 붙였는지 천장까지 그런 상태였다. 그리고 그 포스터와 달력의 사진은 주인공이 모두 같은 인물이었다.

"이 할머니에게 이런 취미가 있을 줄이야."

가쓰타 할머니가 요즘 굉장히 화려한 차림새로 외출

하는 일이 잦다는 소문은 그도 들어 알고 있었다. 노인회에서 마음이 맞는 할아버지라도 만난 모양이라며 웃어넘겼는데, 설마 스기히라 겐타로에게 푹 빠져 지내는 줄은 꿈에도 몰랐다.

"이대로 둬서는 안 될 것 같습니다. 아무래도 입원을 시켜야겠어요."

"그럼 사람을 불러오겠습니다. 차가 있는 사람을요."

"아, 그러는 게 좋겠습니다. 제가 먼저 병원에 돌아가 있을 테니 얼른 모셔 오세요."

아파트 주인과 의사가 서둘러 시게코의 집을 나섰다.

그들의 발소리가 멀어지자 시게코는 눈을 뜨고 몸을 비틀어 시계를 봤다. 낭패였다. 오후 4시가 지났던 것이다.

'아이고, 큰일이네. 공연에 늦겠어.'

머뭇거리다가는 병원에 실려 갈 판이었다. 그렇게 되면 공연에 갈 수 없고 스기 사마도 만날 수 없다.

시게코는 혼신의 힘을 다해 자리에서 일어났다. 그리고 벽에 걸려 있던 투피스를 끌어 내리고 핸드백을 옆구리에 낀 후 새로 산 구두를 신고 집을 나왔다. 아직 평형 감각이 돌아오지 않은 탓에 몸이 휘청거렸지만 여기저기 부딪혀 가며 아파트를 뒤로했다. 다행히 아파트 주인

눈에는 띄지 않았다. 지나가던 사람들이 다들 수상하다는 듯한 눈초리로 그녀를 바라보았다.

지하철을 탈 만한 체력이 안 되어 택시를 잡아타기로 했다. 남편이 죽은 후 처음이었다. 그런데 좀처럼 택시가 잡히지 않았다. 빈 택시가 다가오기는 했지만 하나같이 그녀를 무시하고 내달렸다. 그런 일이 계속되자 자신이 택시를 타지 않는 동안 택시 잡는 방법이 달라졌나 하는 생각도 해 보았다. 자신의 행색이 너무 괴상해서 차에 태우기를 꺼리는 줄은 꿈에도 몰랐다.

하지만 세상에는 호기심 많은 운전사도 있는 법이어서 마침내 택시 한 대가 그녀 앞에 와서 섰다.

"어디까지 가세요?"

운전사가 물었다.

"스기 사마가 계신 곳이오."

시게코가 대답했다.

"네, 어디라고요?"

"스기 사마가 계신 곳이 현민 회관이지 어디겠어요. 빨리 갑시다!"

시게코가 침을 튀기며 외쳤다.

길이 별로 막히지 않아 택시는 목적지를 향해 순조롭

게 달렸다. 그런데도 시게코는 초조하고 불안해서 안절부절못했다. 과연 공연 시작 전에 도착할 수 있을지, 택시 요금은 얼마나 나올지 짐작이 가지 않았던 것이다.

현민 회관 근처까지 오자 그녀는 택시에서 내렸다. 요금이 더 올라가면 돈이 부족할지도 몰랐기 때문이다. 게다가 옷도 갈아입어야 했다.

빌딩과 빌딩 사이의 좁은 골목을 발견한 시게코는 그곳으로 들어갔다. 그리고 입고 있던 회색 스웨터를 벗은 뒤 집에서 가져온 투피스로 갈아입기 시작했다. 그때 골목으로 노숙자풍의 남자가 들어왔다가 벌거벗은 그녀를 보고 걸음아 날 살려라 하고 도망쳤다.

서두르다 보니 옷을 갈아입는 데 시간이 오히려 더 걸렸다. 땀이 줄줄 흘러 눈으로 들어갔다. 손등으로 땀을 훔치자 화장이 번져 얼굴이 마치 추상화처럼 엉망진창이 되었지만 거기까지 신경 쓸 여유가 없었다.

악전고투한 끝에 시게코는 옷을 갈아입고 액세서리도 걸쳤다. 이제 당당하게 스기 사마를 만날 수 있다고 생각하며 골목에서 나왔을 때 또다시 현기증이 그녀를 덮쳤다.

'안 돼, 여기서 쓰러지면 안 돼.'

버티려고 했지만 몸의 균형을 유지하기 힘들었다. 그

녀는 비틀거리며 차도로 뛰어들었다.

그 순간 그녀 쪽으로 자동차가 빠른 속도로 달려왔다.

타이어 마찰음에 이어 쾅, 소리가 나더니 시게코의 몸이 길 위에 뒹굴었다.

"으아, 사람을 치었어."

소리를 지른 사람은 운전하던 남자가 아니라 뒷자리에 타고 있던 사토 요시오였다. 보닛에 사람이 부딪히는 모습이 똑똑히 보였다.

운전자는 핸들을 꽉 잡고 목을 움츠린 채 눈을 꽉 감았다. 큰일 났다는 생각밖에 안 들었다. 순간적으로 판단력이 사라져 버렸다.

"이봐, 가서 살펴봐."

사토가 운전자의 어깨를 흔들며 말했다. 운전자가 벌벌 떨면서 차에서 내렸다.

자동차 주위로 사람들이 모여들었다. 그 광경을 본 사토는 자신도 내리는 게 좋겠다고 판단했다. 아무리 매니저가 운전했다고 해도 이런 판국에 뒷자리에 앉은 채 나몰라라 하면 이미지가 실추될 우려가 있었다. 그는 선글라스를 끼면서, 구경꾼들에게 자신의 정체가 드러났을 때 어떻게 대응하면 좋을지 재빨리 머리를 굴렸다.

사토의 예명은 스기히라 겐타로. 그는 현민 회관 공연을 앞두고 있었지만 애인과 헤어지는 일이 잘 풀리지 않아 호텔에서 늦게 출발했다. 그런 탓에 어떻게든 공연 시간에 대려고 서두르다가 그만 사고가 난 것이다.

사토의 머릿속에 몇몇 실력자의 이름이 떠올랐다. 괜찮을 거야. 이 정도 사고는 간단히 처리할 수 있어.

차에서 내린 그는 어쩔 줄을 모르고 서 있는 매니저에게 다가갔다. 구경꾼들은 아직 사토가 스기히라 겐타로인 줄 모르는 눈치였다.

"이봐, 어때?"

매니저에게 소곤거리며 물었다.

"그게 말이죠……, 꼼짝도 안 합니다."

매니저가 울상을 지은 채 대답했다.

쓰러진 사람은 싸구려 정장 차림으로, 할머니인 것 같았다. 엎드려 있어서 얼굴을 볼 수 없었다.

"좀 더 자세히 살펴봐."

사토의 말에 매니저는 더욱더 울상을 짓다가 어쩔 수 없다는 듯 할머니 옆에 쪼그리고 앉더니 할머니의 몸을 조심스럽게 움직였다.

"꺅!"

할머니의 얼룩덜룩한 얼굴을 본 매니저가 손을 놓자 쿵, 소리와 함께 할머니가 다시 아스팔트에 이마를 박았다.

"뭐, 뭐지, 방금 그 얼굴은."

사토가 중얼거렸다.

그때였다. 지금껏 꼼짝하지 않던 할머니가 꿈틀꿈틀 몸을 움직이더니 고개를 들어 사토를 올려다봤다. 할머니의 깨진 이마에서 흘러나온 새빨간 피가 온 얼굴을 얼룩덜룩하게 적시고 있었다.

다음 순간 스기하라를 알아본 할머니가 눈을 휘둥그렇게 뜨더니 히죽거리기 시작했다.

"헉."

사토가 저도 모르게 뒷걸음질을 쳤다.

그리고 믿을 수 없는 일이 벌어졌다. 중상을 입었을 것이 틀림없는 할머니가 벌떡 몸을 일으켰다. 그리고 양팔을 앞으로 내민 채 사토를 향해 걸어왔다. 주위에 있던 구경꾼들 사이에서 비명이 터져 나왔다.

"으아아."

사토는 도망치려 했지만 다리가 엉키는 바람에 엉덩방아를 찧고 말았다. 일어서려 해도 맥이 풀려 허리가 말을 듣지 않았다. 그저 두 다리만 버둥거릴 뿐이었다.

얼굴이 피로 범벅된 할머니가 여전히 히죽거리는 표정으로 천천히 다가오면서 뭐라고 중얼거렸다.

"으아, 으아! 저리 가, 저리 가란 말이야! 으흐흑."

사토가 끝내 울음을 터뜨렸다. 두 다리 사이에서 액체가 흘러내렸다.

만약 그가 냉정을 잃지 않았다면 할머니가 중얼거리는 소리를 알아들었을 것이다. 그 내용은 이런 것이었다.

"스기 사마, 오늘 공연에서는 뭘 보여 주실 건가요?"

고집불통 할아버지

엄마가 사내아이를 낳았다는 소식을 들었을 때 나는 뛸 듯이 기뻤다. 마침내 그 비참한 생활에서 벗어날 수 있겠다고 확신했기 때문이다.

물론 아빠의 기쁨은 나보다 한층 컸을 것이다. 나와 함께 집에서 기다리고 있던 아빠는 병원에서 온 소식을 내게 전하고 나서 보디빌더처럼 온몸에 힘을 주어 근육을 불끈불끈 일으키면서 1분도 넘게 끙끙거리더니 "드디어 해냈다, 아키코!"라고 하늘에 닿을 만큼 큰 소리로 외쳤다. 그 소리에 놀란 동네 개들이 일제히 왕왕 짖었을 정도다.

나는 아빠와 함께 병원에 갔다. 아빠는 위업을 달성한 엄마에게 그 노고를 짧게 치하한 뒤 어서 갓난아기를 보여 달라고 채근했다. 그리고 간호사가 갓난아기를 안고 나오자 아기 얼굴에는 눈길도 주지 않은 채 아랫도리부터 뒤졌다.

"오호, 있구나, 고추가 있어! 사내아이야, 정말 사내아이야. 으하하하하. 드디어 내 꿈이 이루어졌구나."

아빠가 흥분해서 떠들어 대는 동안 내 기분은 묘하게 냉정해졌다. 나는 침대에 있는 엄마를 봤다. 방금 출산을 마쳤는데도 엄마는 시큰둥한 표정을 짓고 있었다. 눈을 마주친 우리는 서로의 심중을 헤아린 듯 조그맣게 한숨을 내쉬었다.

"아아, 네가 사내아이였더라면……."

내가 말을 알아듣기 시작하면서부터 아빠에게 줄곧 들었던 말이다. 귀에 못이 박히는 정도가 아니라 아예 귀가 못이 될 정도로 들었다. 자라면서 충분히 삐뚤어질 수 있는 상황이었는데 그러지 않았던 것은 아빠가 그런 말을 하는 이유가 실로 하찮다는 걸 알았기 때문이다. 하기야 아빠 자신은 결코 하찮다고 생각하지 않는 것 같았지만.

아빠의 꿈은 아들을 프로 야구 선수로 키우는 것이었다. 그 배경에는 아빠 자신이 야구 선수가 되고 싶었는데 그러지 못했다는, 그야말로 뻔한 스토리가 있었다.

엄마 말을 들어 보니 아빠가 야구 선수가 되지 못한 것은 그저 재능이 없었기 때문인 듯했다. 그렇다면 그 아들에게도 대단한 성공은 기대할 수 없지 않을까 싶은데 아빠의 판단은 엄마와는 조금 달랐다.

"내가 대성하지 못한 것은 야구를 너무 늦게 시작했기 때문이야. 그러니까 어렸을 때부터 훈련하면 내 아들은 틀림없이 프로 선수가 될 수 있을 거다."

아빠는 그렇게 믿었다. 그리고 사내아이가 태어나면 반드시 실천하겠노라고 엄마와 결혼하기 전부터 부르짖었던 모양이다.

그러나 세상일이란 뜻대로 되지 않는 법이다. 결혼하고 얼마 있다 태어난 아이는 공주였다. 요컨대 그게 나다. 실망한 아빠는 다음으로 태어날 아이에게 희망을 걸기로 했다. 내 이름이 노조미(望美)인 것은 그런 연유다.

그러나 내 이름은 조금도 신통력을 발휘하지 못했다. 그 후로 엄마는 좀처럼 임신이 되지 않았던 것이다. 초조해진 아빠는 매일 밤 이를 악물고 힘을 썼지만(그랬을 거라고 생각한다.) 별로 성과는 없었다.

내가 다섯 살이 되었을 때 결국 아빠는 포기했다. 대신 엉뚱한 생각을 해냈다. 어느 날 어린이용 글러브를 사 들고 와서 "노조미, 아빠랑 캐치볼 하자."라고 말한 것이다.

그때까지 인형 놀이를 하고 있던 나는 "아이, 싫어." 하고 대답했다.

"싫긴 왜 싫어? 캐치볼이 얼마나 재미있는데. 자, 빨리 운동복으로 갈아입어."

아빠는 억지로 나를 밖으로 데리고 나가 강제로 캐치볼을 시켰다.

그날부터 내 생활에 암담한 시간이 끼어들었다. 아빠는 매일 날이 채 밝기도 전에 나를 깨워 두 시간 넘게 캐치볼을 시켰다. 때로는 신문 배달원보다 빨리 나가 있어서 신문 배달원이 새벽부터 땀을 뻘뻘 흘리며 캐치볼을 하는 부녀를 어이없다는 표정으로 바라보기도 했다.

요컨대 아빠는 아들에게 시키려고 했던 일을 내게 시키기로 결심한 것이다. 어쩔 수 없는 상황이니 딸로 만족해 보자고 생각한 듯하다.

"뭐, 노조미가 어른이 될 무렵에는 여자 프로 야구가 생길지도 모르잖아. 안 생기면 만들면 되지. 요즘은 여자들이 점점 남자 세계에 파고들잖아. 그러니까 현실성 없는 얘기는 아니야."

캐치볼을 마친 후 아침을 먹을 때마다 아빠는 걸핏하면 그렇게 말했다. 아마 아빠 스스로에게 들려주는 말이었을 것이다.

그러나 그런 아빠의 환상에 부응해야 하는 나로서는 조금도 달갑지 않은 얘기였다. 나는 몇 번이나 저항을 시도했다. "나, 야구 싫어!"라고 대놓고 말한 적도 있다. 그런데 그럴 때마다 나를 설득한 사람은 엄마다.

"어차피 저러다 말 거야. 그러니까 그때까지만 아빠랑 놀아 줘."

엄마가 부탁하면 저항을 계속하기 어려웠다. 그래서 내내 아빠를 상대해 주게 되었다.

초등학교에 들어가자 내 뜻과는 상관없이 지역 리틀 야구 리그에 소속되었다. 여자아이라고는 나 하나뿐이었다. 처음에는 나를 놀려 대던 또래 남자아이들이 내가 가장 뛰어나다고 판명되자 아무 말도 하지 못했다.

아빠는 시간이 날 때마다 연습하는 나를 보러 왔다. 어느 때는 가만있지 못하고 나뿐 아니라 다른 아이들에게까지 코치 노릇을 하려 들기도 했다. 감독은 아무래도 좀 불편해하는 눈치였다.

별로 열심히 연습하지도 않았는데 나는 정규 선수가 되었고 시합에도 나가게 되었다. 당연히 아빠는 응원하러 경기장에 왔다. 내가 시합에서 활약을 많이 한 날은 나보다 아빠가 더 흥분했다. 혼자 신나서 떠들다가 마지막에는 꼭 이렇게 덧붙였다.

"아아, 네가 사내아이였더라면……."

그 말을 들을 때마다 나는 내가 사내아이로 태어나지 않은 것을 신에게 감사했다. 동시에 한시빨리 이런 상황에서 벗어날 수 있기를 기도했다. 나는 평범한 여자아이로 살고 싶었다. 친구 중에는 초등학교 3학년인데도 벌써 요염함이 묻어나는 아이도 있었다. 나는 약간 초조했다. 나는 옷도 온통 남자아이 것밖에 없었다. 귀여운 원피스를 입고 싶어도 얼굴은 새까맣고 팔다리는 상처투성이라 어울리지 않기 때문이었다.

엄마의 임신이 판명된 것은 내가 4학년에 올라가기 직전의 일이었다. 그날부터 아빠와 나에게는 기도의 나날이 시작되었다. 아빠는 포기했던 꿈을 실현하기 위해, 나는 지금의 상황에서 벗어나기 위해 기도했다. 우리 둘의 소원은 오직 하나, 제발 사내아이를 주세요, 였다.

그리고 마침내 사내아이가 태어났다. 유마라고 이름 지어진 이 아이의 운명은 태어나기도 전에 이미 결정되었다고 할 수 있다.

마치 난생처음 꽃씨를 뿌려 본 아이처럼 아빠는 유마의 성장을 매일 점검했다. 재봉용 줄자를 들고 와서 머리끝부터 발끝까지 키를 재고는 "호오, 어제보다 5밀리미터나 자랐군." 하며 싱글벙글했다. 아들과 함께 야구를 하는 날이 기다려져서 견딜 수 없다는 듯이 말이다.

　　한편 나로 말하자면 남동생이 태어나고 그다음 달에 리틀 리그를 그만두었다. 엄마에게 그 말을 전해 들은 아빠의 반응은 "아아, 그래?" 한마디뿐이었다고 한다. 무사히 야구 지옥에서 해방된 나는 머리를 기르기 시작했고(그때까지는 스포츠머리 비슷한 이상한 스타일이었다.), 피부색이 하얘지도록 가능하면 외출하지 않으려고 노력했다.

　　유마가 세 살이 되었을 때, 아빠는 유마의 손에 연식공을 쥐여 줬다. 물론 그때까지도 공놀이는 늘 시켜 왔지만 그 무렵부터 본격적으로 야구 훈련이 시작된 것이다.

　　아빠는 유마에게 공을 왼손으로 던지도록 했다.

　　"왼손잡이 투수는 매우 귀중한 존재야. 오른손잡이 투수보다 구속이 10킬로미터나 늦어도 대우는 비슷하게 받으니까 말이지. 좌 타자를 상대할 때도 훨씬 유리한 데다, 1루 주자를 견제하기도 쉬워서 결과적으로 자책점을 줄일 수 있지."

세 살짜리 아이에게 그런 얘기를 해 봐야 알아들을 리 없는데도 아빠는 끊임없이 설명했다.

아빠의 왼손잡이 투수 만들기 계획은 그 후로도 갖가지 방법으로 실행되었다. 유마는 원래 오른손잡이라서 젓가락이든 연필이든 오른손으로 잡는데, 아빠는 그것마저 바꿔 놓았다.

한번은 아빠가 구슬을 잔뜩 사 들고 와서 그걸 사발에 담았다. 그리고 그 옆에 빈 사발을 하나 더 놓은 다음 유마에게 젓가락을 건네면서 말했다.

"유마야, 잘 들어라. 왼손으로 젓가락을 쥐고 구슬을 집어서 다른 쪽 사발에 옮기는 거야. 빨리 할 수 있을 때까지 매일 연습하거라. 알겠지?"

구슬을 젓가락으로 집으라니, 오른손으로 해도 쉽지 않을 텐데. 유마는 거의 울다시피 하면서 매일 그 연습을 해야 했다. 아빠는 아들 앞에 앉아서 시간을 쟀다. 그리고 "안 되지, 안 돼. 어제보다 5초나 늦었잖니."라고 야단을 치곤 했다.

엄마도 그 일에는 기가 질리는지 아빠에게 항의를 했다. 그런데 아빠는 "여자가 남자 하는 일에 감 놔라 배 놔라 하면 안 되지."라고 시대착오적인 말을 서슴지 않으면서 엄마의 말을 귓등으로도 듣지 않았다. 하는 수 없이 엄마는 아빠가 출근하고 없는 낮 시간에라도 유마가 최대한 오른손을 쓸 수 있도록 했다. 어린 동생은 서로 어긋나는 아빠와 엄마의 교육 방침에 처음에는 조금 혼란스러워하더니만, 어린아이 특유의 유연성으로 그럭저럭 그 복잡한 상황을 이겨 나갔다. 유마가 양손으로 글자를 쓰고 젓가락질도 할 수 있는 것은 그 덕분이다.

유마가 유치원에 들어가자 아빠의 특별 훈련이 조금씩 심해졌다. 그 시작은 달리기였다. 새벽에 캐치볼을 하고 나면 유치원 버스가 올 때까지 부자가 동네를 달린다. 처음에는 그대로 유치원까지 뛰어가게 할까도 생각했다.

"어린애가 버스 같은 걸 왜 타냐, 뛰어가면 되지."

그러나 그 방법은 안전상 바람직하지 않다는 유치원 측의 완곡한 만류에 단념했다.

그다음은 캐치볼이 끝난 후 토끼뜀하기였다. 집 앞길을 토끼뜀을 하면서 몇 번이나 오가는 것이다. 동네에 소문이 쫙 퍼지는 바람에 나랑 엄마는 창피해 죽겠는데도 아빠는 아랑곳하지 않고 비가 오나 바람이 부나 절대 빼먹지 않았다.

그러던 어느 날, 아빠는 어디선가 낡은 타이어를 구해

와 로프로 유마의 몸에 매단 후 그걸 질질 끌면서 토끼뜀을 하는 특별 훈련을 시켰다. 아빠 말에 따르면 그건 야구 선수가 되려는 아이들이 기본적으로 해야 하는 훈련이라는데, 왜 그런 믿음을 갖게 되었는지 나로서는 알다가도 모를 일이었다.

그 특별 훈련은 내가 고등학교 때 체육 선생님에게 "토끼뜀은 허리와 무릎 관절에 부담만 줄 뿐 근력을 키우는 데는 아무 도움이 되지 않는다."라는 얘기를 듣고 집에 와서 전한 후로 중단되었다. 물론 처음에는 내가 그 얘기를 하자 아빠는 불같이 화를 내며 "그럴 리 없어. 그 특별 훈련이, 타이어를 끌며 토끼뜀을 하는 훈련이 무의미하다니, 그, 그럴 리가, 그럴 리가 절대 없지."라고 마치 자신의 존재를 부정당하기라도 한 것처럼 소리소리 지르더니 내가 선생님에게 받은 트레이닝 전문 서적 복사본을 보고 나서야 입을 다물었다. 아빠는 벌겋게 달아오른 얼굴이 파래지더니 그 후로 한 사흘은 기운이 없어 보였다.

그런데 이 낡은 타이어 일화에서 알 수 있듯이 아빠는 자기 나름으로 훈련 방법 연구하기를 즐기는 눈치였다. 그 사례 중 하나가 철제 나막신이다. 유마가 초등학교 저학년일 때라고 기억한다. 그날 아빠는 조그만 철판 두 장을 들고 들어왔다. 그리고 그 철판에 구멍을 뚫고 줄을 꿰어 나막신을 만들었다. 그걸 신고 평소처럼 달리라고 하자 유마는 조금 달리다가 발가락이 아프다면서 눈물을 찔끔거렸다. 그러자 아빠는 "참아야지. 꾹 참으면 안 아프다."라고 말했다.

결국 그 철제 나막신은 사흘 만에 쓰레기 신세가 되었다. 유마의 발가락 사이가 새빨갛게 부어올라 정작 야구용 스파이크를 신을 수 없었기 때문이다.

그러나 아빠가 고안한 훈련 방법 중 어처구니없기로 으뜸은 뭐니 뭐니 해도 '그것'이었을 것이다. 아빠가 한동안 방에 꾹 틀어박혀 있기에 대체 뭘 하나 했더니 어느 날 '그것'을 들고 나왔다.

그것은 언뜻 보기에 익스팬더(양쪽으로 잡아당겨 늘이도록 되어 있는 운동 기구 – 옮긴이)처럼 보였다. 복잡하게 이어 붙인 가죽 벨트에 굵은 스프링이 여러 개 붙어 있었다. 실제로 익스팬더의 스프링을 활용한 것 같았다.

"유마야, 이리 좀 와 봐라."

아빠가 부르자 유마가 머뭇거리며 다가갔다. 당시 동생은 초등학교 5학년이었다.

"옷 벗고 이걸 차거라."

"뭔데요, 그게?"

동생이 불안한 표정으로 물었다.

"이거? 이건 말이지,"

아빠는 숨을 들이쉬며 콧구멍을 부풀렸다.

"프로 야구 선수 양성용 깁스란다."

"깁스요?"

"그래. 이걸 차고 생활하면 저절로 근육이 발달해서 프로 야구 선수가 될 만한 몸이 만들어지는 거야."

"아니, 여보."

엄마가 인상을 썼다.

"애한테 왜 그렇게 이상한 걸 차라고 해요?"

"뭐가 이상하다는 거야. 당신이 뭘 몰라서 그러는데, 이건 아주 유명한 트레이닝 기구야. 자, 유마, 빨리 옷을 벗으렴."

"안 돼요."

웬일로 엄마가 강경하게 나왔다.

"다치면 어쩌려고."

"걱정 말고 나를 믿어. 그렇게 걱정스러우면 내가 먼저 차서 보여 줄까? 후후후, 이건 말이지, 어린애들부터 어른들까지 누구나 착용할 수 있어요. 벨트의 길이를 조절

할 수 있도록 만들었거든. 유마가 성장해서도 사용해야 하니까 말이지."

그러고서 아빠는 웃통을 훌떡 벗더니 깁스를 몸에 차기 시작했다. 스프링 소리가 차르르 울렸다. 엄마는 미간을 찡그렸고, 유마는 어이없다는 표정으로 쳐다보았다. 나는 구경꾼이 된 기분이었다.

마지막 호크를 잠그자 아빠가 가슴을 좍 폈다.

"어때, 굉장하지?"

그렇게 말한 직후였다. 우두둑, 하는 소리와 함께 아빠의 양팔이 뒤로 확 젖혀졌다. 그러자 아빠는 접영 선수가 수면 위로 쑥 올라왔을 때와 같은 모습이 되었다.

"으아악, 아, 아, 아, 아파. 우우우우."

아빠가 얼굴을 찡그리며 신음했다.

"어머머, 이를 어째."

엄마와 내가 얼른 달려들어 깁스를 풀고 양팔을 움직이려 하자 아빠는 아프다며 비명을 질러 댔다. 병원에 데리고 갔더니 양어깨와 양 팔꿈치의 근육이 파열되고 양 손목의 인대가 손상됐다고 했다. 게다가 양팔에 군데군데 내출혈이 있었다. 피부가 스프링에 끼인 탓이었다. 그 일로 아빠는 회사를 이틀간 쉬었다.

그러나 그만한 일로 포기하지 않는 끈기가 아빠의 훌륭한 점인지도 모르겠다. 지난번의 실수를 거울삼아 양팔을 움직일 수 있도록 한 '프로 야구 선수 양성 깁스 2호'를 만든 것이다. 2호에는 스프링 대신 자전거 타이어 튜브가 사용되었다. 그리고 부상을 입지 않도록 고무의 강도도 그렇게 세지 않게 했다. 유마는 그걸 장착하고 캐치볼을 하게 되었는데, 거치적거리기만 했지 훈련 효과가 있는 것처럼 보이지는 않았다. 그러나 아빠에게는 아무튼 깁스를 장착하는 것이 중요한 듯했다.

이렇게 해괴망측하고 효과는 별로 없는 훈련도 많았지만 어찌 되었건 명색이 영재 교육을 실시한 만큼 유마의 야구 실력은 나름 향상되었다. 리틀 리그에서는 에이스로 4번을 달았고, 전국 대회에도 출전해 아빠를 만족시켰다.

중학교에 올라가서도 유마는 당연히 야구부에 들어갔다. 그 무렵 아빠의 낙은 저녁을 먹은 후 유마에게 야구부 얘기를 듣는 것이었다. 그것도 그냥 듣기만 하는 것이 아니어서, 그 광경은 마치 야구부 활동 상황 보고회 같았다.

"그럼 감독이 마쓰모토를 3루수로 보낸다고 했단 말이냐?"

"응, 그랬어요."

"그건 아니지. 마쓰모토는 던지는 데 결함이 있는데. 그런 녀석이 3루에 있으면 인코스에서 승부를 겨루기가 어려워지잖아. 감독은 대체 무슨 생각을 하는 거야."

아빠는 자기 공책을 보면서 못마땅한 표정을 지었다. 나도 몇 번 그 공책을 본 적이 있는데, 거기에는 유마의 연습 경기를 보러 갔을 때의 경기 내용이 낱낱이 기록되어 있었다.

"그래서, 다음 경기의 톱타자는 누군데?"

"고사카요."

"고사카? 흠, 발이 빠르기는 한데……."

그러면서 아빠는 공책을 보았다. 도루 성공률, 타율 등이 한눈에 알아볼 수 있게 정리되어 있었다.

"출루율이 좀 그렇군. 녀석은 배트를 너무 크게 휘둘러서 탈이야. 그걸 고치면 톱타자로도 손색이 없을 텐데. 아무튼 감독이 그러기로 했다면 당분간 지켜봐야겠지."

거의 총감독 행세였다.

경기가 다가오면 이번에는 전력 분석원으로 변신한다. 평범한 회사원인 아빠가 대체 시간을 어떻게 짜내는지 궁금했지만, 아빠는 어느 틈엔가 상대 팀의 연습을 정찰하고 와서는 유마에게 작전을 내리는 것이었다.

"잘 들어라. 오야마라는 타자를 조심해야 해. 덩치가 커서 풀 히터처럼 보이지만 사실은 아웃코스가 주특기야. 그 녀석이 타석에 서면 과감하게 인코스로 던져. 걱정 마라. 네가 던지는 공은 녀석이 건드리지도 못할 테니까."

나중에 유마에게 들어 보니 그런 조언들이 도움이 되는 경우도 있지만 전혀 엉뚱한 경우도 있었다. 아빠가 '인상을 보니 그 팀에서 가장 겁나는 타자'라고 지목했던 선수가 실은 야구부에 갓 들어온 보결인 적도 있었고, '상대 투수의 구질은 직구랑 커브, 딱 그 두 가지야. 별거 없어.'라고 했는데 정작 경기에서 변화구를 던지는 바람에 당황한 나머지 제대로 대처하지 못한 적도 있었다고 한다.

그럼에도 아빠의 그런 노력이 전혀 헛되지는 않아서 유마의 이름이 지역의 중학 야구계에 조금씩 알려지게 되었다. 그런 사실을 뒷받침하듯이 유마가 3학년이 되자 여러 고등학교에서 관계자가 우리 집을 찾아왔다. 한두 번은 고시엔에 출전한 적도 있는 고등학교의 관계자들이었다.

유마는 학업 성적도 그런대로 괜찮은 편이라서 추천

을 받으면 어느 고등학교든 별문제 없이 들어갈 터였고 특대생으로 받아들여질 것도 확실했다.

문제는 어느 고등학교를 선택하느냐 하는 것이었다.

나와 엄마는 KK학원이 좋을 거라고 했다. 이유는 남녀 공학이기 때문이다. 공학에 다니는 편이 유마의 고교 생활이 즐거울 것이라고 생각했다.

그런데 아빠는 우리 의견을 싹 무시했다.

"야구에 여자는 필요 없다. 여자랑 같이 다니면 쓸데 없는 일에 정신이 팔려서 연습에 전념할 수가 없어. 그런 일은 프로 구단에 들어가서 좋은 성적을 거두고 난 뒤 결혼할 나이가 돼서 생각해도 충분해."

그리고 내게는 "동생 걱정 말고 너는 시집갈 궁리나 해."라고 말하는 것이었다.

참고로 나는 그 무렵 프로 골퍼를 목표로 골프장에서 일하기 시작한 참이었다. 그 사실을 알렸을 때 아빠의 반응은 "아아, 그래."가 전부였다.

아빠가 유마를 보내기로 한 고등학교는 부코쓰칸 고교라는, 보수적이기로 유명한 남고였다. 물론 야구부는 머리를 시퍼럴 정도로 빡빡 깎아야 한다. 나는 헉, 했지만 아빠는 그 점이 특히 마음에 든다고 했다.

입학이 결정된 날 유마에게 내가 말했다.

"너 말이야, 어느 정도는 자기주장도 있어야 하지 않을까. 매사를 아빠 말대로 해서는 안 돼. 하고 싶은 말이 있으면 딱 부러지게 해야지. 너는 아빠의 로봇이 아니잖아."

그러나 동생의 반응은 나를 더 답답하게 했다.

"하지만 나는 특별히 하고 싶은 일도 없고 야구가 싫지도 않은걸, 뭐. 이런저런 문제점이 없는 건 아니지만, 그래도 아빠가 시키는 대로 하면 크게 틀리지는 않을 거라고 생각해."

이 녀석 머리를 한 대 콕 쥐어박을까 하는 생각이 들었다.

그런데 그런 유마도 고등학교에 들어가고 얼마 후부터 조금씩 변화가 보이기 시작했다. 어딘가 모르게 이전보다 생기발랄해 보였다. 야구부 연습도 지금까지는 아빠의 지시를 따랐다면 고등학생이 되고부터는 자기 나름으로 열심히 해 보려는 의지가 보였다.

유마가 그렇게 변한 이유는 아무래도 친구 때문인 듯했다. 야구부 동기인 포수 반노다.

"반노랑 배터리가 되면서부터 투구가 재미있어졌어. 이심전심이라고 할까, 서로 무슨 생각을 하는지 알겠더

라고. 자, 이번 타자는 이렇게 공격해야지 하고 생각하면
반노가 내 생각대로 사인을 보내는 거야."

유마의 얘기에 아빠는 더할 나위 없이 기뻐했다.

"친구란 좋은 거야. 특히 배터리가 친구라면 아주 이상
적이지."

그리고 아빠는 문득 생각났다는 듯이 물었다.

"숙명의 라이벌은 누구냐?"

"숙명의 라이벌요?"

"그래. 함께하는 친구도 필요하지만, 운동하는 사람에
게는 서로 자극이 되는 라이벌도 필요한 법이거든. 그런
상대는 없니?"

없는데요, 하고 유마가 대답했다. 그러자 아빠는 대뜸
불만스러운 표정을 지었다. 그리고 한시라도 빨리 라이
벌을 찾아야겠군, 하고 중얼거렸다.

그로부터 얼마 지나지 않아 아빠는 유마의 숙명의 라
이벌을 찾아냈다. 이웃 현의 강호 팀 4번 타자로, 프로에
서도 주목하는 선수였다. 아빠는 신문에 커다랗게 실린
그 선수의 얼굴을 오려 내어 유마에게 보여 주면서 선언
했다.

"오늘부터 이 선수가 너의 숙명의 라이벌이다."

나는 일방적으로 숙명의 라이벌이 되고 만 그 선수도 참 딱하다고 생각했다.

그로부터 얼마 후 유마는 그 숙명의 라이벌과 연습 시합에서 맞닥뜨렸다. 아빠는 시합 전날 밤을 꼬박 새워 가며 '무찌르자! 숙명의 라이벌'이라고 쓰인 현수막을 만들었다. 그러나 그렇게 응원한 보람도 없이 유마는 그 선수의 방망이에 두 번이나 얻어맞고 말았다. 그 선수 입장에서는 현수막에 쓰인 '숙명의 라이벌'이 자신일 줄을 꿈에도 몰랐을 것이다.

유마는 고등학교 2학년 때 에이스 넘버를 받았지만 고시엔에는 끝내 가지 못했다. 가장 근접한 때가 고등학교 3학년 여름, 이때는 지구 예선전에서 결승까지 올라갔다. 결승에서 맞붙게 된 팀은 엄마와 내가 권했던 KK학원 팀이었다. 나는 이때 처음으로 동생을 응원하러 구장에 갔다. 한편 이 기회에 어떻게든 고시엔행을 실현해 프로 구단의 주목을 받으려는 속셈이었던 아빠는 허리에 손을 얹고 얼굴에는 잔뜩 힘을 주고 스탠드의 제일 앞줄에 우뚝 선 채, 1회 초에서 9회 말까지 시합의 향방을 주시했다. 온몸에서 불길이 활활 타오를 것처럼 박력이 넘쳤다. 시합이 부코쓰칸 고교의 패배로 끝난 후에도 한참을 그렇게 선 채 꼼짝하지 않았다. 충격이 어지간히 컸는지 아빠는 다음 날 회사에도 가지 않았다. 또 해마다 거의 빠뜨리지 않고 봤던 고교 야구 다이제스트도 이해에는 절대 보려 하지 않았다.

나는 마침 그 직후에 프로 골퍼 테스트에 합격했다. 그래서 아빠에게 보고했더니 아빠는 역시 "아, 그러냐." 하는 한마디뿐이었다.

유마는 그해의 드래프트 회의에서 어느 팀의 지명도 받지 못했다. 당일 회사를 쉬면서까지 구단의 전화를 기다렸던 아빠는 고시엔 출장의 꿈을 이루지 못한 데 이어 지명까지 받지 못하자 심하게 낙담했다. 어느 스포츠 신문의 '올해의 고교생 드래프트 후보'라는 기사에 유마의 이름이 살짝 비쳤기 때문에 기대가 컸던 것이다.

"프로 구단은 대체 뭘 보고 선수를 지명하는 거야."

차를 벌컥벌컥 마시고 만주를 꾸역꾸역 먹으면서 아빠는 밤새 소란을 피웠다. 참고로 말하는데, 아빠는 술을 아예 마시지 못하는 체질이다.

"좋아, 이왕 이렇게 된 거 입단 테스트를 받아라."

아빠는 유마에게 그런 명령을 내렸다.

"그리고 스카우트돼서 들어온 놈들에게 본때를 보여

주는 거야. 테스트를 거친 선수 중에도 대단한 인물이 많았지. 예를 들면⋯⋯."

아빠는 왕년의 스타들을 줄줄이 열거했다.

그러나 이 폭거에 가까운 제안을 단념케 하기는 아주 쉬운 일이었다. 그 무렵 이미 룰이 바뀌어 입단 테스트는 드래프트 전에 실시되었고, 테스트에 합격한 선수도 드래프트에서 지명을 받지 못하면 입단이 불가능했기 때문이다.

"음, 그랬군. 그런 줄은 몰랐어."

아빠는 몹시 아쉬워했다.

결국 유마는 대학에 진학했다. 그래도 나름 프로 야구선수를 몇 명 배출한 대학이었다. 아빠는 다음 드래프트까지 4년이나 기다리고 싶지 않다는 이유로 유마를 취직시키고 싶어 했지만, 이때만은 유마의 의지가 관철된 셈이다. 친구 반노도 같은 대학에 들어갔다고 했다.

유마는 자연스럽게 야구부에 들어갔지만, 당장 눈에 띄는 활약은 하지 못했다. 그런데 4학년이 되면서부터 갑자기 두각을 나타내기 시작했다. 유마가 공을 던진 시합에서는 팀이 패배하지 않았다. 유마는 순식간에 에이스로 등극했다.

그와 동시에 반노도 주목을 받게 되었다. 그는 강인한 어깨에 힘찬 타구와 함께 유마의 힘을 최대한 이끌어 내는 능력도 높이 평가받기 시작했다.

'배터리의 힘으로 연전연승'.

그런 기사 제목이 스포츠 신문 한구석에 실리게 되었다. 아빠는 기쁘고 흐뭇하다는 듯이 미소 지으며 그 기사들을 꼼꼼히 오려 내어 스크랩북에 붙였다.

그리고 아빠가 기다리고 기다리던 날이 다가왔다. 신문에서 점치는 드래프트 후보 중에 이번에는 유마의 이름이 확실하게 올랐기 때문이다. 이번에야말로 반드시, 하고 아빠의 가슴이 불타올랐을 것이다.

그러나 유마보다 반노 쪽이 지명될 확률이 높아 보였다. 상위 지명은 확실. 어쩌면 1위가 될 가능성도 있다고 했다.

그런데 전혀 예상치 못한 일이 벌어졌다. 반노가 프로 입단을 거부한 것이다. 더욱이 그 이유가 야구팬 입장에서는 이해할 수 없는 것이었다.

'자유의 나라 미국에 가고 싶다' 는 것이다. 프로 야구라는 좁은 세계에 얽매이고 싶지 않다는 말도 덧붙였다.

그리고 실제로 그는 드래프트 회의를 앞두고 혼자 미

국으로 가 버렸다. 대학에서는 그 사태를 휴학으로 처리
했다는 후문이었다.

이 사건에 유마는 몹시 동요하는 눈치였다. 혼자 생각
에 잠기는 일이 많아졌다.

그러나 아들의 그런 변화를 알아차리지 못한 채 아빠
는 득의양양한 나날을 보내고 있었다. 어느 구단에서
"지명할지도 모르니 그때는 잘 부탁합니다."라는 뜻의
전화가 온 것도 한몫했다. 아빠는 자기 아들이 벌써 프로
야구 선수가 된 양, 신문 기자에게 인사하는 연습을 하기
도 했다. 사실 나는 그 얼마 전에 있었던 골프 시합에서
처음으로 3위로 치고 올라갔는데, 그 얘기를 하는데도
아빠는 듣는 둥 마는 둥 "아, 그러냐." 하는 말뿐이었다.

그리고 드디어 운명의 날이 찾아왔다. 아빠는 당연히 회
사를 쉬고 전화기 앞에 진을 치고 앉아 낭보를 기다렸다.

나도 그날 어쩌다 집에 있어서 상황을 지켜보기로 했
다. 유마는 자기 방에서 도통 나오지 않았다. 엄마는 부
엌에서 식사 준비를 했다.

드래프트 회의는 오전 11시에 시작된다. 그러나 1위나
2위로 지명된 선수에게나 곧바로 전화가 걸려 온다. 신문
에서 예상한 순서로 봐도 유마의 이름은 그렇게 빨리 등

장할 리 없었다. 그런데도 아빠는 팔짱을 낀 채 안절부절 못하고 전화기만 노려보았다. 11시 50분에 한 번 전화벨이 울렸는데, 엄마 친구가 기모노 전시회가 있는데 같이 보러 가지 않겠냐고 하는 전화였다. 엄마가 통화하는 동안, 아빠는 앞에 서서 빨리 끊으라고 몇 번이나 몸짓으로 압력을 넣었다.

그 후에는 전화벨이 울리지 않았다. 1시가 되고 2시가 되어도 마찬가지였다. 아무리 기다려도 전화벨이 울리지 않자 아빠는 몇 번이나 수화기를 들어 귀에 대고 혹시 전화가 고장 나지 않았는지 확인했다. 나는 그런 아빠 모습을 곁눈질하면서 퍼트 연습을 하고 있었다.

2시 30분쯤 되어 아빠가 일어났다. 화장실에 가는 것 같았다. 그러자 마치 그때를 기다렸다는 듯이 전화벨이 울렸다. 내가 전화를 받았다.

상대는 이쪽의 이름을 확인한 후 자신의 정체를 밝혔다. 모 프로 야구팀의 스카우트부 부장이었다.

어느 틈엔가 아빠가 옆에 와 있었다. 바지 지퍼가 열린 채였다. 나는 수화기를 아빠에게 건넸다. 받아 드는 아빠의 손이 부들부들 떨렸다.

"아, 네, 전화 바꿨습니다. 네, 네, 아, 아, 아버지입니다.

······네? 6위 지명요? 아하, 아하, 그렇군요. ······아닙니다, 무슨 말씀을요. ······물론 기꺼이. ······네, 그야 당연······."

아빠의 말소리를 들으면서 나는 2층으로 올라가 유마 방을 노크했다. 그런데 대답이 없었다. 이상하다 싶어 문을 열어 보았다. 어느 틈에 나갔는지, 방에는 아무도 없었다.

이상하네. 그렇게 생각하며 방 안을 둘러보는데 책상에 놓인 메모가 보였다. 나는 메모지를 집었다. 유마의 필체였다. 거기에는 이렇게 쓰여 있었다.

'죄송합니다. 나는 도저히 반노를 잊을 수 없습니다. 고등학교에 다닐 때부터 그를 좋아했습니다. 그도 나를 사랑합니다. 그와 함께 있을 수 있는 기쁨에 야구를 계속했습니다. 나는 그와 미국에서 행복을 찾으려 합니다. 나를 찾지 마세요. 안녕. 유마.'

아래층에서는 여전히 아빠의 흥분된 목소리가 들려왔다.

나는 이 메모를 아빠에게 보이는 순간을 상상하고는 마음이 설레었다.

역전 동창회

동창회란 대개 과거 같은 반이었던 친구들이 모이는 것을 말한다. 그 친구들은 초등학교 때 친구일 수도 있고, 고등학교 시절 친구일 수도 있다. 즐거운 추억은 별로 없을지 몰라도 재수 학원 시절 동창회도 가능하다. 또 만주에서 다녔던 초등학교 시절 동창회도 가능할 것이다.

아무튼 동창회라고 하면 모이는 사람은 당시의 학생들이다. 그리고 이런 모임은 비교적 주위를 살뜰히 살피는 몇 명이 중심이 되어 마련된다. 또 그 시절 친구들을 다시 한 번 보고 싶네 어쩌네 하는 얘기가 오가다 일이 추진된다.

여기서 말하는 '친구'에 담임선생은 당연히 포함되지 않는다. 선생을 초대하는 안건에 대해서는, 계획이 점차 무르익는 중에 어떤 마음씨 고운 여자가 "우리 모처럼 만나는데 야마다 선생님도 초대할까?" 하고 제안하면 비로소 검토하게 된다. 이때 간사 중 한 명이 "싫어. 왜 지금 우리가 그런 늙은이 얼굴을 봐야 하니." 하고 거부하면, 그것으로 끝이다. 반면 "그래, 나도 그 선생님에게 신세를 많이 졌는데, 오랜만에 얼굴이나 뵐까." 하고 모두가 찬성하고 나서면 그 선생은 영광스럽게도 초대를 받게 된다. 초대 손님이라고 하면 말이야 그럴듯하지만, 요컨대 선생은 동창회의 주역이 아니다.

그런데 좀 색다른 동창회를 갖는 그룹이 있었다. '스바루 고교 15기 담임 동창회'가 그 모임의 명칭이다.

현립인 스바루 고등학교는 일반계 고등학교 중 중하위 수준으로 올해 창립 37주년을 맞았다. 그러니까 15기 입학생이 이 학교에 다닌 것은 약 20년 전의 일이다.

15기 담임 동창회는 그 무렵 스바루 고등학교에서 교편을 잡았던 선생들의 모임이었다. 멤버는 열 명 전후. 물론 당시에는 선생이 더 많았지만, 이 모임에 참가하는 면면은 그뿐이다.

이 모임이 발족된 계기는 아주 단순하다. 오미야 가즈오라는 선생이 정년퇴직한 후, 연하장을 보내 준 과거의 동료와 연락을 주고받은 것이 시작이었다. 두 사람은 스바루 고등학교에서 같이 선생 노릇을 했다. 오랜만에 만나 얘기를 나누다 보니 죽이 잘 맞아, 그 당시 선생들끼리 모임을 만들어 볼까하다가 시작하게 되었다.

　그러나 그렇게 충동적으로 가진 모임이었으면 한 번 모인 것으로 끝났을 법하다. 그런데 이 동창회는 벌써 다섯 번이나 모임을 가졌다. 해마다 9월에 모이는 것이 연례행사처럼 되어 가고 있다. 모임이 끝날 즈음, 다음 간사가 이렇게 인사말을 하곤 한다.

　"자, 그럼 내년에는 내가 연락드리겠습니다."

　이 모임은 어찌하여 그렇게 오래 이어질 수 있는가. 가장 큰 이유는 스바루 고등학교에서 교편을 잡았던 시기가 각자의 인생에서 제일 충실했던 한때였다는 점에 있는 듯하다. 특히 15기 입학생은 모두가 가르친 보람이 있었다고 입을 모았다. 학군 조정의 영향으로 그해에 입학한 학생들부터 결이 완전히 달라졌던 것이다. 분명하게 말하면 학력 수준이 몇 등급 올라갔다. 학군 조정이 없었다면 입시를 치러 훨씬 좋은 고등학교에 들어갔을 우수한 학생들이 우르르 몰려왔다.

　"이 기회를 놓쳐서는 안 됩니다."

　교장의 그런 방침하에 선생들은 수업에 정열을 쏟았다. 스바루 고등학교를 굴지의 일반고로 올려놓자는 의욕에 다들 불타올랐다. 가르치는 내용은 수준이 높아졌고 시험 문제도 어려워졌다. 그러다 보니 선생들도 나름 대로 노력을 해야 했다. 그리고 그런 노력이 눈앞에 현실로 나타날수록 학생들의 학력은 신장되었다.

3학년이 된 15기 입학생의 진학 지도는 담임선생들에게 더없는 긴장감을 야기했다. 학생들이 희망하는 대학에 국립대학과 유명 사립대학 이름이 수두룩하게 등장했다. 도쿄대학을 지망하는 학생도 열 명 이상 있었다. 그때껏 스바루 고등학교에서는 도쿄대학 합격자를 한 번도 배출하지 못했다. 합격자는커녕 사실은 원서를 낸 학생조차 없었다. 흥분한 교장은 도쿄대학 지망자들을 교장실로 불러 격려했다.

15기 입학생의 입시 결과는 실로 눈부셨다. 각종 주간지에 실리는 전국 고교별 유명 대학 합격자 일람에도 스바루 고등학교의 이름이 얼핏얼핏 보였다. 담임선생 여러 명이 그 페이지를 오려서 간직했다.

그러나 황금기는 오래 지속되지 못했다. 그 이후에 들어온 학생들의 학력이 계속 미끄럼을 탔던 것이다. 중학교 쪽에서도 '그렇게 우수한 학생들을 스바루 같은 곳에 보내다니, 큰 실수를 했지. 다음부터는 학력이 더 낮은 학생들을 보내도록 해야겠어.' 하고 생각하게 된 듯했다.

15기 입학생이 졸업한 이듬해에는 주간지의 전국 고교별 유명 대학 합격자 일람에서 스바루 고교의 이름이 사라졌다.

물론 우수하면 다 좋고 우수하지 않으면 다 나쁘다는 말이 아니다. 15기 중에도 불량 학생은 있었다. 그러나 그런 학생들 역시 도쿄대학에 진학한 제자들만큼이나 기억에 인상 깊게 남아 있는 것은 결국 선생들 자신의 마음가짐이 달랐기 때문이었다.

그런저런 이유로 당시 스바루 고등학교에서 교편을 잡았던 선생들에게 15기생은 특별한 존재였다.

올해 스바루 고교 15기 담임 동창회의 간사는 후루사와 마키코였다. 그녀는 당시 국어를 가르쳤다. 은퇴 후에는 가끔 문화 센터에 다니는 나날을 보내고 있다. 그녀의 남편도 교사였는데, 지금은 텃밭에 채소를 가꾸는 낙으로 살고 있다.

7월의 어느 날, 그녀에게 오미야 가즈오의 전화가 걸려 왔다. 오미야도 국어 선생이었고 후루사와 마키코와는 현역 시절부터 친분이 두터웠다.

날씨가 참 덥다고 인사말을 나눈 후, 오미야는 모임 준비는 잘돼 가고 있느냐고 물었다. 그녀는 지금부터 시작해야 한다고 대답했다.

"아, 그래. 하긴 아직 두 달이나 남았으니까. 저, 그런데 말이야, 실은 이렇게 해 보면 어떨까 싶은 일이 있어서 전화했어."

"뭔데?"

"음, 그게, 우리 그 모임 말이야, 늘 똑같은 얼굴만 모이니까 재미가 없잖아. 그래서, 손님을 부르면 어떨까 하는데."

"손님? 그럼 다른 선생에게도 연락해 보자는 말이야?"

"아니, 그런 게 아니라 학생들을 부르면 재미있지 않을까 싶은데."

"학생들을?"

"응. 옛날 얘기를 하는 것도 뭐 나쁘지는 않지만, 당시 학생들이 지금 어떻게 지내는지 궁금하잖아."

"그렇긴 하지. 회사에서도 나름대로 자리들을 잡았을 테니까."

"그렇지. 어때? 한번 검토해 볼래? 물론 후루사와 선생에게 다 떠맡기지는 않을 거야. 졸업생에게 연락을 하게 되면, 얼마든지 도와줄게."

"아, 아니야. 그건 나 혼자서도 어떻게든 할 수 있는데, 그런데 누구를 불러?"

"흠, 그게 문제네."

"부른다면 15기생이겠지."

후루사와 마키코가 그렇게 말하자, 오미야의 목소리가 약간 높아졌다.

"그야 당연하지. 15기생이 아니면 우리 모임에 왜 부르겠어."

"그럼 누구를……."

"가시와자키는 어때? 연락이 되려나."

"아, 가시와자키."

가시와자키는 과거에도 선생들이 모이면 반드시 화제에 오르는 제자였다. 성적은 중상위권이었지만, 엉뚱하고 재미있는 성격이라 학생들 사이에서도 선생들에게도 인기가 있었다. 수학여행에서 여장을 하고 여학생들 방에 몰래 숨어 들어가려 했던 일화는 아주 유명하다. 그때 상황을 눈치채고 가시와자키를 잡은 사람이 오미야였다. 그는 해마다 꼭 이 얘기를 한다.

"알겠어. 그럼 가시와자키에게 연락해 볼게. 그리고 당시 동창생들에게 죽 연락을 해 달라고 부탁하지, 뭐."

"응, 그럼 되겠네. 그렇게 하는 게 좋겠어."

오미야는 전화기 저편에서 만족스럽게 말했다.

후루사와 마키코는 졸업생 명부에서 가시와자키의 주소를 찾아내 전화를 걸어 보았다. 다행히 가시와자키의 집은 이사를 하지 않았고, 그 어머니가 전화를 받았다. 그러나 가시와자키 본인은 그곳에 살지 않았다. 주소와 전화번호를 묻자 어머니가 자세히 가르쳐 주었다. 고등학교 시절 선생이 전화를 거니 반가운 마음이 일었는지도 모른다.

"그런데 가시와자키는 지금 무슨 일을 하나요?"

"아, 네, 하나마루 상사에서 일해요."

"어머나, 그래요?"

하나마루 상사는 이 지역에서 유명한 회사였다. 그러나 가시와자키가 그 회사에서 무슨 일을 하는지는 짐작할 수 없었다.

"출세했군요!"

"아유, 무슨 말씀을요. 이제 겨우 과장인걸요."

대답은 그렇게 하면서도 어머니는 자랑스러워하는 눈치였다.

전화를 끊은 후 후루사와 마키코는 곧장 가시와자키에

게 편지를 보냈다. 모임의 취지를 설명하고 며칠 후에 전화할 테니 참석 여부를 알려 달라고 덧붙였다.

편지를 우편함에 넣은 지 나흘째 되는 날 밤 가시와자키의 집으로 전화를 걸자 본인이 받았다.

"선생님, 정말 오랜만입니다. 보내 주신 편지는 잘 받았어요. 제가 답장을 보내려고 했는데 차일피일하다가 그만……. 먼저 전화를 드리지 못해서 죄송해요. 편지 내용으로 볼 때는 건강하신 것 같던데요."

후루사와 마키코가 끼어들 틈도 없이 그는 주르륵 말을 쏟아 냈다. 마치 몇 차례 연습이라도 해 둔 것처럼 매끄러운 말투였다.

"그래, 건강은 그럭저럭 괜찮아. 가시와자키도 잘 지내는 것 같아서 기뻐."

"감사합니다."

"그런데 저, 그 편지에 쓴 일 말인데."

용건을 꺼내면서 후루사와 마키코는 왠지 자신이 긴장하고 있다고 느꼈다. 통화 상대가 그 장난꾸러기 학생 가시와자키라고 믿기 힘들었다. 하지만 생각해 보면 당연한 일이다. 지금은 유명한 무역 회사의 과장이 아닌가.

가시와자키는 후루사와 마키코의 부탁을 흔쾌히 들어

주었다. 그리고 참가하는 멤버가 정해지는 대로 연락해
주겠노라고 했다.

"그래, 그럼 저, 바쁠 텐데 미안하지만 좀 부탁할게."

전화를 끊은 후, 그녀는 가벼운 불안감에 휩싸였다. 뭔
가 잘못되고 있지 않은가 하는 불안감이었다.

제6회 스바루 고등학교 15 담임 모임은 9월 20일 금요
일 저녁 7시로 정해졌다. 장소는 늘 모이던 일식집이다.

간사인 후루사와 마키코는 물론 다른 선생들도 6시 50분
에는 모두 그곳에 도착했다. 다들 가벼운 흥분 상태였다.

"왜 이렇게들 늦는 거야."

오미야 가즈오가 턱을 문지르며 입구 쪽을 본다.

"아직 7시 전이잖아."

그러면서 오미야 가즈오를 달랜 사람은 과학 교사였
던 스기모토다. 스기모토는 오늘 입으려고 웃옷을 새로
마련했다.

"7시를 넘기면 지각이야. 지각하면 벌이라도 줄까?"

사회 교사 출신인 니미가 주름이 자글거리는 얼굴로
벙글거리며 말했다. 그는 그 옛날 학생 지도부장을 지냈
다. 학생들이 뒤에서 '꼰대'라고 부르는 것을 내심 마음

에 들어 했다.

"오늘, 누가 온대요?"

수학 교사였던 나이토가 후루사와 마키코에게 물었다.

"가시와자키랑 고야마, 마쓰나가, 간다, 그리고 미쓰모
토와 고다요. 미쓰모토와 고다는 결혼해서 성이 각각 가
와시마랑 모토하라로 바뀌었다네요."

"오호라, 고야마라는 학생은 확실히 기억이 나요."

영어 선생 도키타가 반가운 듯 말했다.

"아마 음악 밴드를 했을 거예요. 언젠가 수업 중에 사
전을 들춰 가며 뭔가를 열심히 하고 있기에 뒤에서 들여
다봤더니 외국 가수의 노래를 일본어로 번역하고 있더
라고요. 제가 뭐 하는 거냐고 꾸짖는데도 태평스러운 얼
굴로 선생님, 이 부분은 어떻게 번역하면 좋을까요, 하고
묻는 거예요. 재미있는 녀석이었죠."

"아, 그 시절에는 그런 학생이 많았지. 개성이 넘친다
고 할까, 좀 삐딱하다고 할까, 천편일률적이지 않았어.
수학 문제를 풀 때도 저마다 다른 방식으로 풀고 말이야.
예를 들자면, 음…… 뭔가 적당한 사례가 없을까?"

수학 선생 나이토는 적절한 에피소드를 얘기하고 싶
은 모양이었지만 안타깝게도 잘 떠오르지 않는지 팔짱

을 낀 채 생각에 잠겼다.

"무슨 일들을 하는지는 아세요?"

과학 교사였던 스기모토가 후루사와 마키코를 보며 물었다.

"그게 그러니까……,"

후루사와 마키코가 메모지로 눈을 돌렸다.

"가시와자키가 하나마루 상사에 다닌다는 말씀은 드렸죠? 그리고 마쓰나가는 현경 본부에 있대요."

네에? 하면서 모두가 눈을 번쩍 떴다.

"경찰관이라고요, 그 녀석이?"

학생 지도부장이었던 니미가 믿기지 않는다는 듯 되물었다.

"마쓰나가라면 그 녀석이잖아, 걸핏하면 수업 시간에 빠져나가서 동네 오코노미야키 가게에 갔던 녀석 말이야. 한번은 붙잡으러 갔더니 뒷문으로 도망쳐 버렸지 뭐야."

그러면서도 니미는 재미있다는 듯이 벙글거렸다.

"그런 녀석이 경찰 본부에 떡하니 자리를 차지하고 있다니, 이거야 원. 이 지역 치안이 심히 걱정스럽군. 오늘 그 녀석이 오면 일을 제대로 하고 있는지 한번 물어봐야 겠어."

"맞는 말씀이야. 가시와자키만 해도 고등학교 때를 생각하면 하나마루 같은 회사의 과장은 언감생심이지. 아닌 게 아니라 일이나 제대로 하고 있는지 걱정스럽군."

오미야가 니미에게 질세라 큰 소리로 말한다.

"내가 얘기한 적이 있는지 모르겠지만 말이야, 그 녀석 장난기에는 두 손 두 발 다 들었어. 수학여행에서 밤에 여장을 하고 여학생들 방에 몰래 숨어 들어가려고 했다니까. 대담무쌍하다고 해야 하나 뭐라고 해야 하나."

오미야가 지금까지 몇 번이나 되풀이했던 얘기를 또 늘어놓으려고 하는 참에 종업원이 누군가를 그 방으로 안내하는 기척이 들렸다. 잠시 후 미닫이문이 열리더니 남자 셋이 나타났다.

"기다리시게 해서 죄송합니다."

밤색 양복 차림의 남자가 고개를 숙이자 뒤에 선 두 사람도 따라서 고개를 숙였다. 하지만 전직 교사들은 침묵할 뿐이었다. 그 침묵에는 이유가 있었다.

"어……, 가시와자키…… 맞지?"

후루사와 마키코가 조심스럽게 확인했다.

"네, 가시와자키입니다."

밤색 양복 차림의 남자가 고개를 끄덕였다.

"그럼 뒤에 있는 두 사람은⋯⋯."

"고야마입니다."

"마쓰나가입니다."

그들의 자기소개로 선생들은 비로소 감색 양복 차림의 자그마한 남자가 고야마고 회색 양복을 입은 야윈 남자가 마쓰나가라는 걸 알았다.

"아아, 그래, 마쓰나가! 맞아, 맞아."

니미가 반색하며 말했다.

"옛날 모습이 남아 있어. 하하하. 그래, 마쓰나가야."

"안녕하세요."

마쓰나가가 다시 머리를 가볍게 숙였다.

"그렇게 꿔다 놓은 보릿자루처럼 있지 말고 이리 와서 앉지. 앉고 싶은 자리에 앉아."

오미야의 말에 세 남자는 "그럼 실례하겠습니다."라고 하더니 옛 선생들과 마주하는 형태로 자리에 앉았다. 아직 오지 않은 사람도 있지만 일단 시작하고 보자며 마키코가 대기하고 있던 종업원에게 음식과 술을 시켰다.

"야, 그때는 얼마나 놀랐는지. 그쪽에는 여학생들만 있다고 생각했는데, 아무리 봐도 여자 체형이 아닌 거야. 그래서 불러 세웠더니 냅다 달아나는데, 틀림없이 가시와 자키더라고. 당시에 그런 엉뚱한 짓을 할 녀석은 자네밖에 없었으니까."

오미야는 같은 얘기를 끊임없이 늘어놓고 있었다. 듣고 있는 상대는 말할 것도 없이 가시와자키 본인이다. 그는 그저 쓴웃음만 나온다는 표정이었다.

그 옆에서는 마쓰나가가 니미의 먹잇감이 되어 주고 있었다. 예의 오코노미야키 사건을 비롯해서 옛날 일들이 하나하나 까발려졌다.

"그런데 자네, 술은 안 마시나?"

니미 옆에 앉은 스기모토가 물었다. 마쓰나가 앞에 놓인 맥주가 조금도 줄어들지 않았던 것이다.

"아, 네. 못 마십니다."

마쓰나가가 머리를 긁적거린다.

"아니, 무슨 경찰이 술을 못 마셔? 멋대가리 없게 말이야."

니미가 금니를 드러내며 웃었다. 그는 벌써 술기운이 올라 머리까지 벌겋다.

"아무튼 경찰이란 녹록한 직업이 아니야. 서민의 모범이 되어야 하니 말이지. 그런 점에서 잘해 주기 바라네."

그가 혀 꼬부라진 소리로 말했다.

"네, 명심하겠습니다."

그러고서 마쓰나가는 니미의 잔에 맥주를 따랐다.

고야마는 다른 선생들을 상대하고 있었다. 선생들은 현재 그가 하고 있는 일에 관해 주로 물었다. 고야마는 자동차 회사에 다니고 있다.

"생산 기술의 공정을 설계하는 일을 합니다. 쉽게 말해서 물건을 어떻게 만드느냐, 그걸 생각해 내는 일이죠."

"자동차를 만드는 방법이 그렇게 여러 가지인가?"

수학 선생 나이토가 물었다.

"아니, 저, 자동차 자체만이 아니라 각각의 부품에도 생산 라인이 있으니까 그 공정을 연구할 필요가 있거든요."

"흠, 그래……?"

나이토는 여전히 납득이 안 간다는 표정이었다. 하지만 고야마 역시 더는 설명할 마음이 없어 보였다.

그런데 가시와자키는 오미야를 상대하면서도 뭔가 할 말이 있는지 고야마 쪽을 흘끔거렸다.

가와시마 아야카와 모토하라 미사에가 나타난 건 바로 그때였다. 이미 삼십 대 후반인 그들이지만, 여성이 새로 나타난 것만으로 분위기가 단숨에 화사해진 느낌이었다.

"오오, 미쓰모토가 통역사가 되었다고? 그것참."

도키타가 가와시마 아야카의 얘기를 듣고 기쁜 듯이 반응했다. 영어 교사였던 그로서는 제자 중에 그런 인재가 나왔다는 사실이 자랑스러울 터였다.

"그래서, 어디서 일하지? 역시 여행사 같은 곳인가?"

"아뇨. 지금은 특허 사무실과 계약이 되어 있어요."

"특허 사무실?"

도키타가 통역과 특허 사무실이 무슨 관계냐고 묻는 듯한 표정을 지었다.

"요즘은 일본 기업이 해외의 특허 문제로 마찰을 빚는 일이 많거든요. 그럴 때 통역이 필요하죠."

"일이 어렵겠는데?"

이렇게 말한 사람은 도키타가 아니라 고야마였다.

"그럴 때마다 특허 관련 전문 용어 같은 것도 익혀야 하잖아."

"그렇지. 용어를 익히는 정도가 아니라 내용까지 이해해야 해."

"우리 회사도 얼마 전에 미국 기업이 클레임을 걸었는데, 이론으로 무장하려고 자료를 준비하느라 밤을 꼬박

새웠어. 지금 한창 재판 중이지."

"승산이 있어?"

"없지. 미국 쪽에서 클레임을 걸면 이기는 경우가 거의 없어."

둘이 얘기를 나누는 동안 나머지 사람들은 잠자코 듣기만 했다. 분위기를 썰렁하게 만들었다고 느꼈는지 둘은 머쓱한 표정을 지었다.

"고다, 아니지, 모토하라도 일을 하는 모양이지?"

후루사와 마키코가 모토하라 미사에게 물었다.

"네, NDT라는 회사에 다닙니다."

"엔디티?"

후루사와 마키코는 그런 이름을 들어 본 적이 없었다. 다른 선생들도 마찬가지인 듯했다.

그때 끝자리에 앉은 가시와자키가 물었다.

"소프트웨어를 개발하는 NDT 말이지?"

모토하라 미사에가 고개를 끄덕였다.

"응, 맞아."

"아니, 그랬어? 사실은 그 회사에 아는 사람이 없을까 하고 찾던 중인데."

그러면서 가시와자키가 양복 안주머니에 손을 밀어

넣었다. 명함을 꺼낼 생각인 듯했다. 하지만 이내 그럴 자리가 아니라는 걸 깨달았는지 도로 손을 꺼냈다.

"네가 거기 다닐 줄은 꿈에도 몰랐어."

"소프트웨어라면 컴퓨터 말인가?"

과학 교사 출신인 스기모토가 약간 주뼛거리며 모토하라 미사에게 물었다.

"맞아요, 선생님."

"대단하군, 여자가."

그렇게 말하는 국어 선생의 얼굴을 바라보며 모토하라 미사에가 상냥하게 미소를 지었다.

"소프트웨어 업계에는 남자 여자가 따로 없어요."

"그래도 자네는, 음, 그러니까……,"

스기모토가 손으로 이마를 짚었다.

"물리나 화학 같은 이과 과목에는 약했던 걸로 기억하는데."

그러자 모토하라 미사에가 여전히 생글거리는 얼굴로 고개를 끄덕거렸다.

"그랬죠. 하지만 소프트웨어 개발은 물리나 화학과 직접적인 관련이 없어서 괜찮아요."

"아아, 그렇구나."

"네가 직접 프로그래밍을 하는 거야?"

고야마가 물었다.

"이제는 직접 하지 않아. 3년 전에 영업직으로 옮겼거든."

"그렇겠지. 체력이 많이 소모되는 일이잖아."

"맞아. 서른이 넘으면 아무래도 벅차지."

"어떤 시스템을 만들었어?"

"나? 음, 10년쯤 전에는 엑스퍼트 시스템 같은 걸 주로 담당했어. 당시에 붐이었거든."

"아아, 그 시스템! 우리도 검토했다가 포기했는데."

"상당수 회사가 달려들었지. 뭔지도 정확히 모르면서 말이야."

"그래, 맞아."

가와시마 아야카까지 대화에 끼어들었다.

"당시에 그것과 관련된 특허가 붐이었어. 덕분에 나도 미국에 자주 갔었고."

"결국은 말이지,"

이번에는 가시와자키가 거들었다.

"컴퓨터 업계가 AI, 즉 인공지능을 상품화하고 싶었던 거야. 그런데 특허만 받았다고 상품화할 수 있는 게 아니

않아. 그래서 일반인들이 알기 쉽도록 엑스퍼트 시스템이라는 이름을 억지로 갖다 붙인 거지."

"아니, 가시와자키네 회사에서도 그런 상품을 취급해?"

"내가 산업 기기 담당 부서에 있거든."

그러고서 가시와자키는 아까 꺼내지 못했던 명함을 재빨리 두 여자에게 건네고 고야마에게도 내밀었다.

"얼마 전에는 독일 전원 업체와도 계약을 맺었어. 새로운 생산 라인을 만들게 되면 한번 연락해."

"메이커가 어디 한둘이야? 밀고 들어가기 쉽지 않을걸. 현장은 새로운 업체를 선호하니까."

"가격과 서비스로 승부해야지. 품질은 문제없어. 확인하고 싶으면 현장을 견학해도 좋아."

"독일 여행이라, 그건 매력적인걸. 아무튼 기억해 둘게."

"그래, 부탁해."

가시와자키가 앞에 놓여 있던 맥주병을 들어 익숙한 동작으로 고야마의 잔에 맥주를 따랐다. 잔을 드는 고야마의 동작도 몸에 밴 듯했다.

"자, 그래서,"

느닷없이 그렇게 운을 뗀 사람은 전 학생 지도부장 니미였다.

"지금은 어떤 사건을 담당하고 있나?"

물론 마쓰나가를 향해 던진 질문이었다. 그때까지 마쓰나가는 오렌지 주스를 마시면서 옛 친구들의 대화를 듣고 있었다.

"뭐, 여러 가지죠. 특히 올해는 시끄러운 사건이 계속되고 있어서요."

"예의 신흥 종교 단체 사건도 맡았나?"

"그 단체가 관련되었는지 어떤지는 알 수 없지만, 일련의 사건을 수사하는 데 저희도 협조하고 있습니다."

"그래, 고생이 많겠군."

수사상의 비밀을 발설할 수 없어서인지 마쓰나가가 대답을 대충 얼버무렸다. 그래서 그와는 일에 관한 대화가 시원스럽게 이루어지지 않았다.

"그래도 용케 경찰이 되려는 생각을 했네."

후루사와 마키코가 말했다.

"아버지가 경찰이셨거든요. 그래서 망설이지 않았습니다. 게다가 심한 불황이기도 하고요."

그러고서 그는 가시와자키를 비롯한 친구들에게 웃음을 지어 보였다.

"아아, 그건 그래. 네가 부럽다."

가시와자키가 한숨을 내쉬었다.

"경기가 그렇게 안 좋은가?"

오미야가 묻는다.

"말도 못 하죠. 게다가 엔고까지 겹치는 바람에 정신없습니다."

"맞아, 엔고가 심각하지. 이제는 코스트 다운도 한계에 다다랐어."

고야마의 얼굴에 그늘이 드리웠다.

"우리 회사에서 내놓은 예측으로는 올해 안에 상당수 회사가 도산할 거래."

모토하라 미사에가 한층 암울한 얘기를 했다.

"거래를 엔 기준으로 할 수 있으면 좋을 텐데."

가시와자키가 말한다.

"실제로 그렇게 하는 곳도 있대."

"교토에 있는 M제작소 말이지? 거기는 특별 케이스지."

"맞아, 거기는 특별 케이스야."

가와시마 아야카가 맞장구를 쳤다.

"그 회사는 연구 개발에 엄청나게 투자하잖아. 그래서 특허도 많이 가졌고. 그 특허로 자사 제품을 만드니 엔을 기준으로 거래할 수 있는 거지."

"모든 제품을 엔 기준으로 거래하나?"

고야마가 물었다.

"아니, 전부 그런 건 아닐 거야."

가시와자키가 대답했다.

"엔고에 따른 손실을 거래처와 분담하는 계약도 한다 더군. 절반인 경우도 있는가 하면, 몇 퍼센트까지는 이쪽 에서 부담하고 그 이상은 거래처에서 부담하는 경우도 있나 봐."

"그것참, 꿈 같은 얘기네. 우리는 어림도 없어."

고야마가 고개를 절레절레 저었다.

화제가 불경기에 이르자 제자들의 표정이 하나같이 어두워졌다. 그들은 그 후로도 한동안 경영이 악화된 회 사의 사례를 중심으로 이런저런 얘기를 나눴다. 가시와 자키는 금융 파생 상품으로 실패한 모 회사의 사례를 얘 기했고, 모토하라 미사에는 금융 파생 상품의 상황을 담 당자가 아닌 사람도 이해할 수 있는 소프트웨어를 검토 중 이라고 말했다.

그러는 동안 전직 교사들은 제자들의 대화를 묵묵히 듣고 있을 뿐이었다. 내용도 이해할 수 없을뿐더러 용어 조차 생소해 기가 한풀 꺾인 것이다.

●

후루사와 마키코는 이번 기획이 실패라는 걸 인정하지 않을 수 없었다. 자신이 크게 착각했다는 생각이 들었다.

학생들의 동창회에 교사가 초대되는 것과 전직 교사들 모임에 옛 제자들을 부르는 것은 본질적으로 달랐던 것이다. 학생들의 동창회는 현재를 살아가는 이들이 문득 과거를 그리워하며 모이는 것이다. 요컨대 현재 속에 과거를 일시적으로 끌어들이는 셈이다. 그리고 '과거'의 대표로 선생을 부른다. 그런데 이번 모임은 그 반대였다. 과거 속에 현재를 끌어들인 것이다.

후루사와 마키코가 그런저런 생각에 빠져 있는데 삐, 삐, 삐, 하는 전자음이 울렸다. 호출기 소리였다. 마쓰나가가 급히 안주머니에 손을 넣어 호출기 소리를 정지시켰다.

"죄송하지만 잠깐 실례하겠습니다."

그러고서 마쓰나가는 방을 나갔다.

"사건인가?"

가시와자키가 나직이 물었다.

"글쎄."

고야마가 고개를 갸웃거린다.

잠시 후 돌아온 마쓰나가는 안색이 조금 변해 있었다.

"정말 죄송합니다. 저는 이만 가 봐야겠어요. 모처럼 불러 주셨는데 면목이 없습니다."

"아니야, 일이 우선이지. 걱정 말고 가 보게."

니미가 말했다.

"네, 그럼 먼저 실례하겠습니다."

마쓰나가가 고개를 꾸벅 숙여 보이더니 가시와자키에게 "잠깐 나 좀 봐." 하고 말했다.

두 사람은 함께 방을 나갔다. 그리고 마쓰나가는 가시와자키에게 오늘의 참가비를 건넸다. 그 액수가 선생들의 참가비 절반을 제자의 숫자만큼 나눈 것이라는 사실을 마키코는 나중에 계산을 치르면서 알게 되었다.

"경찰 일이 이만저만 힘든 게 아니네."

가와시마 아야카가 말했다.

"그 친구, 결국 술 한 방울 안 마셨잖아."

고야마가 거들었다.

"아니, 술을 못 마신다고 하지 않았어?"

과학 선생 스기모토가 물었다.

"그게 말이죠……,"

고야마가 뒷머리를 긁적거리며 말했다.

"여기 오기 전에 입막음을 하더라고요. 실은 그 녀석,

술 마십니다. 그런데 도중에 호출이 있을지도 모르니 마실 수 없다는 거예요."

"경감이 술 냄새를 풍기면 곤란하지."

모토하라 미사에가 혼잣말처럼 나직이 말했다.

"아니, 경감이라고?"

니미가 놀란 듯한 표정을 지었다.

"네."

"와아."

니미는 김빠진 맥주로 손을 뻗다가 멈췄다.

"그러면 그렇다고 말을 해야지. 못 마신다고 거짓말하지 말고."

"그야 우리를 배려해서 그랬겠지."

오미야가 말했다. 그 말투가 풀이 죽은 것 같기도 하고 부루퉁한 것 같기도 했다.

자신이 중요한 점을 또 하나 헤아리지 못했다고 후루사와 마키코는 생각했다. 지금 이 시간도 제자들에게는 아주 귀중하다는 것이다.

마쓰나가가 먼저 자리를 뜬 일이 행사를 마무리하기에는 좋은 계기다. 그럼 이쯤 해서, 하면서 하나둘 엉덩이를 들기 시작했다.

그때였다. 미닫이문이 활짝 열리더니 안경을 낀, 얼굴색이 하얀 남자가 나타났다.

"아니, 벌써 끝나는 겁니까?"

남자가 큰 소리로 말했다.

"어!"

"어머!"

"자네는."

그 남자의 얼굴은 후루사와 마키코도 선명히 기억했다. 이름은 떠오르지 않지만, 이런 얼굴의 학생이 분명히 있었다. 마쓰나가나 가시와자키와 달리 거의 변함이 없었다.

"간다입니다, 간다 야스노리요. 늦어서 죄송합니다."

"간다 군이군. 그래, 그동안 잘 지냈나?"

오미야가 시큰둥한 말투로 물었다.

"네, 그럭저럭요. 그런데 벌써 끝나는 겁니까?"

"응, 그렇잖아, 우리 나이가. 오랜만에 만났을 텐데 자네들끼리 어디든 가지 그러나."

오미야가 입구로 향하면서 말했다. 다른 선생들도 겉옷을 걸쳤다.

"뭐 하느라고 이렇게 늦었어?"

고야마가 간다에게 물었다.

"운동회 준비 때문에 바빠서 말이지. 난리도 아니야."

이 한마디에 선생들이 모두 멈칫했다.

"뭐, 운동회?"

니미가 물었다.

"네, 이번 일요일입니다."

"그럼 자네는……, 그러니까, 선생이야?"

"네, 히가시스바루 고등학교에서 생물을 가르칩니다. 그래서 오늘 선생님들께 이모저모 배우려고 했는데……."

전직 교사들의 눈이 일제히 반짝이기 시작했다.

"그래? 선생이란 말이지?"

"그래, 그렇군."

몇몇은 겉옷을 도로 벗었다. 미닫이문 밖에서 구두를 신던 오미야도 다시 방 안으로 들어왔다.

"그럼 한잔하세. 흐음, 선생이 되었다, 허허. 음, 그래? 그렇단 말이지."

전직 교사들이 다시 자리를 잡고 앉았다.

초너구리 이론

소라야마 잇페이가 엄마를 따라 와카야마의 시골에 있는 외가에 놀러 간 것은 초등학교에 들어가기 전이었다. 외가는 간판에는 이노우에 주점이라고 적혀 있지만 식료품과 일용품을 파는 잡화점을 하고 있었다. 주위가 산에 빙 둘러싸인 곳이라서 그런 가게가 하나 있는 것만도 그 동네 사람들에게는 큰 다행이었다. 그 집에는 잇페이에게는 조부모인 노부부와 큰삼촌 부부, 사촌 누나가 살고 있었다.

잇페이는 그들에게 환대를 받기는 했지만, 실은 지내기가 그다지 즐겁지는 않았다. 사촌 누나와 터울이 많이 져서 어울릴 상대가 없는 데다 도시의 공원에서나 놀 줄 알았지 자연을 친구 삼는 법은 몰랐다.

어느 날 잇페이는 가게 창고에 들어갔다. 딱히 목적이 있었던 것은 아니다. 낮이었고, 텔레비전을 봐도 재미가 없어서 심심풀이 삼아 들어간 것이었다.

창고 안에는 술병과 종이 상자가 쌓여 있었다. 그것들을 생각 없이 바라보고 있을 때였다. 잇페이는 눈 가장자리에서 뭔가 움직이는 것을 느꼈다.

다음 순간 그 뭔가는 재빨리 냉장고 뒤에 숨었다. 냉장고는 흔한 가정용이 아니라 위쪽에 유리문이 달린 업소용이었다.

고양인가, 하고 잇페이는 생각했다. 그만한 크기였다.

잇페이는 그 조그만 동물이 숨어 들어간 곳 주변을 살펴보았다. 그러나 어두컴컴해서 아무것도 보이지 않았다. 혹시나 하고 냉장고를 손으로 가볍게 톡톡 두드려 보았다.

그러자 냉장고 뒤에서 꾸우, 하는 울음소리가 들렸다. 고양이 소리도 개 소리도 아닌, 한 번도 들어 본 적이 없는 소리였다.

몇 번 더 냉장고를 두드렸다. 그럴 때마다 꾸우, 꾸우, 하는 귀여운 소리가 들렸다. 잇페이는 소리의 정체를 밝혀내고 싶었다. 그러나 그 동물은 냉장고 뒤에서 나오려 하지 않았다.

잇페이는 그 일을 아무에게도 말하지 않았다. 그리고 그날 밤 저녁을 먹으면서 큰삼촌에게 물었다.

"큰삼촌, 이곳엔 어떤 동물이 있어요?"

맥주를 마신 탓에 얼굴이 불콰해진 큰삼촌이 친절하게 가르쳐 주었다.

"그야 여러 가지가 있지. 여우도 있고, 너구리도 있고."

"와, 너구리도 있어요?"

"그럼, 얼마나 많은데."

"뒷산에 가면 굉장히 많단다."

할아버지도 그렇게 말했다.

그럼 너구리였나 보네, 하고 잇페이는 생각했다. 여우라면 우웅, 하고 울었을 것이다.

저녁을 먹은 후 다시 한 번 창고로 가 보았다. 냉장고를 두드리자 이번에도 꾸우, 꾸우, 하는 소리가 들렸다. 잇페이는 창고를 나와 부엌으로 가서 밥을 푼 다음 손바닥에 얹어 다시 창고로 갔다. 그리고 냉장고 뒤에 떨어뜨렸다.

"잘 자라, 꾸우."

그렇게 인사하고 창고를 나왔다.

잇페이와 꾸우의 은밀한 관계는 잇페이가 자기 집으로 돌아가기 전날까지 계속되었다. 그렇다고 꾸우의 모습을 본 것은 아니다. 꾸우가 냉장고 뒤에서 내는 소리를 들었을 뿐이다. 냉장고를 움직여 볼까도 싶었지만, 어린애 힘으로는 어림없을 것 같았다. 그렇다고 어른들에게 말하고 싶지는 않았다. 그런 곳에 동물이 숨어 있다는 걸 알면 당장 쫓아 버릴 것 같았다.

내일이면 집으로 돌아가야 하는 날 밤. 잇페이는 창고에 들어가 냉장고 앞에 섰다. 그리고 땅콩을 몇 알 냉장고 뒤에 떨어뜨렸다.

"안녕, 꾸우. 나, 내일 우리 집에 돌아갈 거야. 잘 지내. 들키지 않게 조심하고."

그러고는 냉장고를 톡톡 두드렸다. 그런데 이번에는 아무 반응이 없었다. 의아해하며 다시 한 번 두드리려는 참에…….

조그만 그림자가 냉장고 뒤에서 나타났다. 그것은 창고 바닥을 획 지나 기둥으로 올라가더니 천장 근처에 열려 있는 조그만 창문까지 단숨에 휘리릭 올라갔다.

"꾸우!"

잇페이가 외쳤다.

순간 그 작은 동물이 창틀에 멈춰 서서 돌아보았다. 어두워서 확실치는 않지만 검은 눈동자에 달빛이 반사되어 아주 잠깐 반짝 빛나는 것 같았다.

잇페이는 후다닥 창고 밖으로 뛰어나갔다. 그리고 창

문을 올려다보는 것과 동시에 꾸우가 창문에서 휙 몸을 날렸다.

앗!

그러나 꾸우는 땅으로 떨어지지 않고 그대로 산 쪽으로 휠휠 날아갔다. 나는 모습이 새 같지도 않고 박쥐 같지도 않았다. 그렇게 나는 동물을 지금까지 본 적이 없었다.

너구리가 날았다, 라고 잇페이는 생각했다. 꾸우가 너구리가 아닌 다른 동물일 가능성은 전혀 생각하지 않았다.

꾸우는 요정이었어.

잇페이의 머리에 처음 떠오른 생각은 그랬다. '무민'이라는 만화 영화가 떠올랐다. 무민 계곡에는 다양한 요정이 살고 있다. 그리고 그들은 대개 동물의 모습이다. 주인공 무민은 하마를 닮았다.

하지만, 하고 잇페이는 생각했다. 무민은 하늘을 날지 않는다. 나는 건 나비 요정 같은 것들인데.

그렇다면 꾸우는 과연 무엇이었을까. 요정도 아닌데 왜 너구리가 하늘을 나는 걸까. 이런저런 궁리를 하던 중에 문득 어떤 생각이 뇌리를 스쳤다.

너구리는 사람으로 둔갑한다잖아.

무엇으로든 둔갑할 수 있다는 말도 있고.

자신이 너구리에게 홀렸다는 생각은 들지 않았다. 꾸우가 자신에게 그런 짓을 할 리 없었다. 틀림없이 하늘을 나는 무언가로 둔갑한 거야. 그렇게 생각했다.

잇페이는 너구리에 관한 옛날이야기를 닥치는 대로 찾아 읽었다. 개중에는 너구리가 둔갑하거나 사람을 속이는 이야기도 있었다. 특히 잇페이의 마음을 사로잡은 것은 무쇠 찻주전자 이야기였다.

그 이야기는 몇몇 지방에서 전해져 내려오고 있었다. 군마현에 있는 모린지라는 절에 얽힌 전설에서는 슈카쿠라는 노승이 애용하던 무쇠 찻주전자에서 아무리 물을 따라도 뜨거운 물이 줄어들지 않았는데 알고 보니 너구리가 둔갑한 것이라고 했다. 또 너구리가 가난한 부부를 도우려고 황금 찻주전자로 둔갑해 절로 팔려 감으로써 부부는 돈을 얻지만, 불에 오른 순간 열기를 참지 못해 정체가 탄로 났다는 이야기도 있었다. 또 찻주전자로 둔갑한 너구리가 곡예사에게 팔려 가 줄타기 재주를 보여 주었다는 일화도 있었다.

무쇠 찻주전자의 줄타기라. 잇페이는 그 얘기가 마음에 와닿았다. 하늘을 나는 너구리와 어쩐지 이미지가 비슷하다고 여겨졌다.

이윽고 잇페이는 한 가지 결론에 도달했다. 너구리에
게는 초능력이 있으며 무쇠 찻주전자 이야기는 실화라
는 것이다. 그가 초등학교 6학년 때 일이었다.

그 이래 소라야마 잇페이는 이 연구에 평생을 바치게
된다.

만약 자신의 가설이 옳다면 일본뿐 아니라 다른 나라
에도 너구리가 뭔가로 둔갑했다는 전설이 남아 있을 것
이라고 잇페이는 생각했다.

맨 먼저 떠오른 것이 늑대 사나이 전설이었다. 늑대라
고 하지만 원래는 너구리가 아니었을까, 둘 다 털이 북슬
북슬하니까 공포심을 부추기려고 늑대로 바꿨을 수도
있다, 그렇게 생각했다.

그다음으로 '미녀와 야수'가 떠올랐다. 왕자가 마법에
걸려 야수로 변하는 이야기지만, 그 역시 너구리가 아니
었을까. 또 '서유기'에는 온갖 요괴가 등장하는데, 짐승
이 둔갑한 경우가 대부분이었다.

그런데 조사하던 중에 잇페이는 기묘한 사실을 발견
했다. 그리스 신화에서였다.

그의 눈길을 끈 것은 짐승이 둔갑한 이야기가 아니라 제우스의 아들 이야기였다. 그의 이름이 잇페이의 관심을 끌었다. 탄탈로스.

잇페이는 어느 노래에 등장하는 '탄탄 너구리'라는 구절이 줄곧 마음에 걸렸었다. '탄탄'이란 뭘까. 그걸 계속 고민해 왔다.

이때의 발견이란 혹시 '탄탄'이 탄탈로스에서 유래하지 않았을까 하는 것이었다. 물론 그렇게 생각한 이유가 있다.

탄탈로스는 소아시아에 있는 어느 지방의 왕이었다. 그런데 신을 모독한 탓에 지옥에 떨어져 영원히 갈증에 허덕이게 된다. 구체적으로는 턱까지 지옥 물에 잠기는 형벌이었다. 그런데 목이 말라 물을 마시려고 하면 물의 높이가 갑자기 낮아져서 마실 수 없었다.

이는 무쇠 찻주전자 이야기와 정반대다. 한쪽은 아무리 따라도 물이 줄어들지 않는 무쇠 찻주전자, 한쪽은 턱까지 잠겨 있는데도 마실 수 없는 지옥 물. 정반대라는 것은 바꿔 말하면 연관성이 있다는 얘기였다.

이렇게 해서 너구리 초능력 동물설은 점점 확고해져 가는 듯했다. 그러나 잇페이는 아직 만족스럽지 않았다.

자신 외에도 여러 사람이 하늘을 나는 너구리를 봤을 텐데, 그런 얘기는 거의 들어 본 적이 없었다.

그러던 그가 눈이 번쩍 뜨이는 발견을 한 것은 대학생 때였다. 왜 그런 사실을 여태 몰랐을까. 그는 자신의 아둔함이 원망스러웠다.

사실은 목격되었고 수없이 발견되기도 했다. 다만 그것이 너구리라는 사실을 몰랐을 뿐이다.

그에게 그런 멋진 아이디어를 제공해 준 사람은 조지 아담스키였다.

아담스키가 묘사한 UFO 일러스트는 어느 모로 보나 옛 그림책에 등장하는 무쇠 찻주전자와 똑같았다. 다른 점이라면 무쇠 찻주전자에는 너구리의 얼굴과 손발이 나와 있다는 것인데, 비행할 때는 집어넣는다고 생각하는 편이 합리적일 터였다.

또 수많은 목격담을 근거로 그려진 다른 UFO들도 기본적으로는 그 모양이 무쇠 찻주전자와 비슷하다고 해도 무방할 듯했다. 창문처럼 보인 것은 찻주전자의 무늬였을 것이다. 상부에 돌기가 있는 경우도 많은데, 찻주전자 뚜껑의 손잡이라고 해석할 수 있다.

잇페이는 확신했다. 틀림없다. UFO는 무쇠 찻주전자다.

그는 전 세계의 밤하늘에 무쇠 찻주전자로 둔갑한 너구리가 날아다니는 광경을 상상했다. 귀엽기도 하고 환상적이기도 한 광경이었다. 그리고 그중에는 틀림없이 꾸우도 있을 것이라고 생각했다.

그러나 그에게 불리한 일도 있었다. 수많은 목격담이 대부분 착각이나 사기라고 주장하는 자들이 나타난 것이다. 유럽과 미국의 UFO 연구 조직이 그중 하나다. 그들은 사진을 컴퓨터로 분석하고 목격 당시의 항공기 비행 상황이나 천체의 움직임 등을 분석해 증언의 95퍼센트가 오인이라고 결론을 내렸다.

그러나 잇페이는 거기서 주저앉지 않았다. 95퍼센트가 오인이라면 나머지 5퍼센트는 오인이 아니라는 얘기였다. 일설에 따르면 UFO를 목격한 사람이 전 세계에 1천만 명 이상 있다고 하는데 그중 5퍼센트면 50만 명으로 이는 엄청난 숫자다. 그렇게 많은 사람이 무쇠 찻주전자를 봤다는 말이다.

잇페이는 UFO에 관한 문헌을 철저히 조사했다. UFO 연구가들의 의견은 사실상 둘 중 하나다. UFO가 모종의 탈것이라는 의견과 전부 착각이라는 의견.

그런 의견들을 접할 때마다 잇페이는 의아했다. 왜 하나같이 알아차리지 못할까. 연구가들 중에는 일본 사람도 있던데 그들은 무쇠 찻주전자 전설을 모르는 것인가.

그러던 어느 날 그는 또 새로운 발견을 했다. 그것은 '다누키(너구리)'라는 명칭의 어원에 관한 것이었다.

'다누키'의 어원은 놀랍게도 영어였다.

그는 그 힌트를 UFO 목격자의 말에서 얻었다. UFO를 목격했다고 증언한 사람들 중 일부가 '선회' 또는 '회전'이라는 용어를 사용한 것이다.

'선회'나 '회전'은 영어로 'turn'이다.

잇페이는 무릎을 쳤다. 다누키와 발음이 비슷하지 않은가. 그는 조금 더 깊이 파고들었다. 우선 다누키는 영어로 'racoon dog'이다. 'racoon'은 원래 '미국너구리'라는 뜻이다. 줄여서 'coon'이라고도 한다. 잇페이는 다음과 같이 단어를 나열해 보았다.

'turning coon(선회하는 미국너구리)'.

그는 감동했다. 이를 빠르게 발음하면 '다누키'와 한없이 비슷해지지 않는가. 영미권 사람들은 무쇠 찻주전자 상태에서 하늘을 선회하는 너구리를 목격하고 'Turning coon!'이라고 외친 것이 분명하다. 그 말이 일본에 전해

져서 '다누키'가 되었다.

또한 'coon'에는 '교활한 사람'이라는 뜻도 있다. 즉 유럽과 미국에서도 너구리는 사람을 홀린다는 사실이 알려져 있다는 얘기다.

잇페이는 점점 더 자신의 생각에 확신이 생겼다. 그리고 그가 서른 살이 되었을 때 마침내 첫 책을 출판했다. 그 기념비적인 처녀작 『UFO는 너구리였다』는 금세 화제를 불러일으켰다.

'일요 울트라 스페셜' 사회자가 초대 손님 두 명을 소개한 후 말했다.

"자, 그럼 지금부터 'UFO 우주인의 이동 수단설'을 주장하는 오야 마코토 씨가 'UFO 너구리설'을 주장하는 소라야마 잇페이 씨에게 질문하도록 하겠습니다. 오야 씨, 어떤 질문부터 하시겠습니까?"

"우선 말이죠,"

체구가 작은 오야가 몸을 앞으로 내밀었다. 그 표정에 투쟁심이 불타올랐다.

"왜 그런 터무니없는 소리를 하시는지 묻고 싶군요. 근거가 뭡니까?"

"첫째는 민간전승입니다. 무쇠 찻주전자 이야기는 실화로, 찻주전자의 줄타기는 찻주전자가 하늘을 날았다는 걸 암시한다고 저는 생각합니다. 둘째는 목격된 UFO의 모양과 무쇠 찻주전자의 모양이 완전히 일치한다는 겁니다."

"말도 안 됩니다. 너구리가 날았다니, 저는 본 적도 들은 적도 없습니다."

"아, 그 점에 대해서는 설명이 필요하겠군요. 사실 너구리는 크게 나누어 두 종류가 있습니다. 하나는 그저 평범한 너구리, 다른 하나는 초능력 너구리입니다. 제가 이 자리에서 거론하는 쪽은 후자입니다. 초능력 너구리는 날 수 있습니다. 어렸을 때 제 두 눈으로 봤습니다."

이 대목에서 소라야마 잇페이의 눈에 말할 수 없는 그리움이 깃드는 것을 카메라가 놓치지 않았다.

"그리고 말이죠,"

잇페이가 말을 이었다.

"오야 씨는 본 적이 없다고 하시는데, 여러 책에서 하늘을 나는 원반을 봤다고 쓰시지 않았습니까? 그것들이 전부 무쇠 찻주전자 상태의 너구리입니다."

"무, 무슨 말씀이에요. 내가 본 것은 UFO입니다."

"아니, 그러니까,"

잇페이가 차분하게 말했다.

"UFO란 미확인 비행 물체라는 뜻이잖아요. 즉 확인되지 않았다는 겁니다. 그래서 제가 너구리라고 가르쳐 드리는 거예요."

"제가 본 건 우주인의 이동 수단입니다."

오야가 테이블을 탕, 쳤다.

잇페이가 그런 그를 멀뚱히 바라보며 물었다.

"우주인……이라고요?"

"그렇습니다."

오야가 고개를 힘차게 끄덕였다.

"왜 그렇게 생각하시죠? 만난 적이 있습니까?"

"아니요, 저는 만난 적이 없지만 만났다는 사람은 굉장히 많아요. 사진도 찍혔고요."

"어떤 사진 말이죠?"

"질문은 이쪽에서 해야 하지만……."

그렇게 말하면서 오야가 옆에 두었던 패널 두 장을 세워 들었다.

"예를 들면 이것과 이겁니다."

그 두 사진에는 조그맣고 체모가 전혀 없으며 두 다리

로 보행하는 신기한 생물이 찍혀 있었다. 한 장은 그것이 바위산 같은 곳을 걷고 있는 사진, 다른 한 장은 덩치 큰 백인 남자 둘이 양쪽에서 그것과 손을 잡고 있는 사진이었다.

"아, 그 사진요."

이번에는 소라야마 잇페이가 여전히 침착하게 자신이 준비한 패널을 꺼내 들었다. 그것은 오야가 보여 준 것과 똑같은 사진이었다.

"실은 저도 이 사진이 중요한 증거라고 생각합니다."

"그 사진이 어떻게 그쪽의 증거가 될 수 있죠?"

오야가 눈을 치켜떴다.

"왜냐하면,"

잇페이가 싱긋 웃었다.

"이게 전부 너구리거든요."

사회자와 보조 출연자들이 놀라서 몸을 뒤로 벌렁 젖혔다. 무슨 말인지 모르겠다는 듯이 잠시 의아한 표정이던 오야의 얼굴이 붉게 상기되었다.

"턱없는 소리. 이게 어디로 봐서 너구리야? 털이 단 한 올도 없는데."

"그건 말이죠,"

잇페이는 차분하게 설명했다.

"너구리가 털갈이를 하기 때문입니다."

"탈모라고?"

"초능력을 가졌다고는 하나 너구리 역시 짐승이라서 털이 빠지고 새로 나고 하는 모양이에요. 게다가 이렇게 매끈거릴 정도로 홀랑 빠지는 경우도 있는 것 같습니다. 이런 상태에서는 보호색으로 몸을 보호하기 어려우니 쉽게 발견되는 거죠. 그래서 사진에 찍히거나 목격되었을 때는 전부 이런 모습인 겁니다."

"즈, 증거는?"

오야가 입에 거품을 물고 물었다.

"너구리라는 증거는?"

"아쉽지만 물리적인 증거는 없습니다. 그러나 오야 씨, 이 사진들이 원숭이 같은 동물의 털을 몽땅 깎아서 우주인으로 위장한 사기라는 설도 있다죠?"

"세상에는 사고방식이 삐딱한 사람도 있는 법이니까."

"사기가 아니라 실제로 자연 탈모된 동물이라고 생각하면 어떨까요. 그러면 제 이론이 성립하지 않을까요?"

오야가 입술을 실룩거렸다. 그러나 잇페이는 개의치 않고 얘기를 계속했다.

"너구리의 탈모 말씀인데요, 여기에 관해서는 힌트가 하나 있습니다. 역시 일본의 전승에 남아 있죠. 여러분도 잘 아시는 갓파(물속에 산다는 상상의 동물 – 옮긴이) 말입니다."

"갓파와 너구리는 전혀 다르잖소."

"언뜻 보면 그렇죠. 그러나 털이 완전히 빠진 너구리의 모습을 갓파로 생각하면 놀라우리만치 이해가 가는 점도 많습니다. 우선 갓파의 등딱지. 그건 그야말로 찻주전자입니다. 털이 빠진 너구리가 무쇠 찻주전자로 둔갑하면 갓파 같은 모습이 되는 거죠. 그러니 UFO의 정체는 갓파라고 할 수 있습니다. 더구나 갓파 특유의 접시 모양 머리가 머리카락이 빠진 남자와 유사한 것으로 봐서도 털 빠진 너구리의 모습이라는 게 분명합니다."

"갓파도 우주인이야!"

오야가 고함을 질렀다.

"등딱지는 산소 봄베, 부리는 마스크란 말이야."

"그렇게 말씀하시는 이유는요?"

잇페이가 물었다.

"다른 별 사람이 궁상맞게 연못에 눌러 사는 이유가 뭘까요?"

"그걸 내가 어떻게 알아! 그건 인간이 조사해야 하는 일 아닌가?"

"소라야마 씨, 그렇다면 너구리가 물속에서 사는 이유는 있습니까?"

이번에는 사회자가 물었다.

"있습니다. 초능력 너구리에도 여러 종류가 있어서, 수생하는 것도 있지요. 뭍에 사는 것과 구별하기 위해서 저는 초능력 수달이라고 부릅니다만."

"수달요?"

사회자가 허를 찔린 듯한 표정을 지었다.

"수달 역시 너구리와 마찬가지로 평범한 수달과 초능력 수달이 있다고 생각하시면 됩니다. 털이 빠진 초능력 수달을 우리가 갓파라고 불렀다고 보면 정확하겠죠. 전해 내려오는 속설에 수달은 물속에 살면서 나쁜 짓을 하기도 하고 사람 말을 흉내 내어 사람을 속여서 물속으로 끌어들인다는 이야기가 있습니다. 거기에는 갓파 전설과 일치하는 부분이 있고, 너구리가 사람을 속인다는 전승과도 정확하게 일치합니다."

오호, 하면서 사회자가 감탄스럽다는 듯이 눈을 동그랗게 떴다. 옆에 있던 여자 보조 출연자도 고개를 끄덕였다. 그 모습을 보고 초조해졌는지 오야가 마이크를 잡고 말했다.

"두 발로 보행하는 점은 뭐라고 설명할 건데? 목격된 우주인은 모두 두 발로 걸었고, 그림 속 갓파 역시 두 발로 걷는다고."

그러나 이번에도 소라야마 잇페이는 끄떡하지 않았다.

"오야 씨, 너구리 장식물을 보신 적이 있습니까? 하나같이 두 발로 서 있어요. 옛사람들은 너구리 중에 두 발로 보행하는 너구리가 있다는 걸 알았어요. 그게 바로 초능력 너구리였던 겁니다."

오야가 벌떡 일어섰다.

"그, 그런 식으로 말하면 뭐든 안 되는 게 없지. 초능력 너구리라니, 그런, 실제로 존재하는지 어떤지도 모르는 걸 들이대다니……."

"초능력자를 자처하는 사람들은 얼마든지 있습니다. 그렇다면 초능력 너구리가 있는 것도 이상할 게 없지요. 그리고 실제로 존재하는지 어떤지 모르는 것을 내세우기는 댁도 마찬가지 아닙니까."

"우주인은 있어!"

오야가 발악했다.

"그건 이미 증명된 사실이야. 우주인을 만났다는 사람도 많고, 접촉하고 신기한 체험을 했다는 사람도 있고."

"하하하. 우주인이 다른 별로 데리고 갔다, 이상한 수술을 받았다, 그런 얘기 말인가요?"

"그래요."

"하하하."

잇페이가 웃었다.

"그건 말이죠, 너구리에게 속은 겁니다."

광고가 흐른 후 논쟁이 재개되었다.

"논점을 조금 바꿔 보고 싶군요."

마음을 조금 가라앉혔는지 오야가 입가를 손수건으로 닦으면서 말했다.

"그쪽의 주장이 뭔지는 대략 알겠습니다. 그런데 말이죠, 정말 UFO 너구리설로 모든 것이 설명된다고 생각합니까?"

"제 생각은 그렇습니다."

"그렇다면 인체 자연 발화에 대해서는 어떻게 생각하세요? 또는 동물의 몸 일부가 날카로운 칼날 같은 것으로 도려낸 것처럼 움푹 파인 캐틀 뮤틸레이션은요? 이런 현상들은 UFO와 밀접한 관계가 있는 것으로 알려져 있는데, 이런 현상도 설명할 수 있어요?"

그러자 잇페이는 처음으로 고개를 살짝 숙였다. 그 모습을 보고 자신감이 생겼는지 오야가 재차 물었다.

"어떻습니까?"

잇페이가 고개를 들었다.

"그 점에 대해서 말씀드리자니 정말 마음이 아픕니다. 왜냐, 내가 사랑하는 무쇠 찻주전자 너구리들을 나쁘게 말해야 하니까요. 그래도 그런 나쁜 짓을 하는 너구리는 극히 일부라고 봅니다."

"소라야마 씨, 소라야마 씨."

사회자가 끼어들었다.

"그게 무슨 말씀이시죠?"

"아, 이거 실례했습니다."

잇페이가 헛기침을 한 번 했다.

"어쩔 수 없군요. 모든 걸 말씀드리죠. 안타까운 일이지만, 인체 자연 발화도 캐틀 뮤틸레이션도 모두 너구리 짓이 틀림없습니다. 우선 캐틀 뮤틸레이션으로 말하자면, 이 현상을 꼼꼼하게 조사해 본 결과 날카로운 칼로 도려냈다기보다 먹혔다고 보는 편이 적절할 듯합니다. 특히 눈이나 고환, 혀, 입술처럼 인체 표면의 부드러운 부분에 많은 손상을 입혔죠. 장기도 마찬가지입니다. 그래서 저는 너구리가 육식이며 아주 탐욕스럽다는 점을 떠올렸습니다. 캐틀 뮤틸레이션을 당한 소의 시체를 보고 저는 너구리 짓이 틀림없다고 확신했습니다."

이 설명에는 주위에 있던 제작진도 납득이 간다는 표정으로 고개를 끄덕거렸다. 별 거부감 없이 너구리가 소의 시체를 먹는 광경이 상상되기 때문일 터였다.

"그렇다면 인체의 자연 발화는요?"

오야는 일찌감치 여유를 잃은 상태였다.

"아, 그 일에 관해서는 약간의 설명이 필요한데요, 단적으로 말하자면,"

잇페이는 잠깐 틈을 두었다가 다시 말을 이었다.

"너구리는 불을 뿜습니다."

스튜디오 여기저기서 뭐라고? 하는 소리가 들렸다.

"저, 소라야마 씨, 너구리가 불을 뿜는다는 얘기는……."

사회자가 당황스러워하며 말끝을 흐렸다.

"너구리는 체내에서 몇 종류의 가스를 만들 수 있습니다. 그중 하나가 메탄가스죠. 이 가스는 인간의 방귀에도 포함되어 있습니다. 그것이 항문으로 분출될 때 어떤 식으로든 불이 붙으면 화염 방사기처럼 불을 내뿜습니다."

주위 사람들이 조금 납득이 간다는 듯한 표정을 지었다. 인간의 방귀에 불이 붙는다는 사실은 이미 잘 알려져 있어서, 듣고 보니 그런가 싶었던 것이다.

"그리고 그런 현상이 옛 일본에는 잘 알려져 있었습니다. 세계적으로도 전설이 남아 있고요. 일본의 경우는 여우불이라고 부르는데, 아마 너구리가 여우로 변형되었을 겁니다. 또는 옛사람들의 농담이었는지도 모르고요."

"억지야!"

오야가 또 테이블을 쾅, 쳤다. 테이블에 놓여 있던 주스 잔이 쓰러졌음에도 그는 아랑곳하지 않고 계속 외쳐 댔다.

"이것저것 다 자기 주장대로 갖다 붙이는 거라고."

"저는 오야 씨를 비롯한 수많은 초현실 연구가의 방식을 답습하고 있다고 생각하는데요."

오야는 일순 말문이 막혔다. 다음 순간 그는 잇페이의 얼굴을 가리키면서 물었다.

"비행의 메커니즘은? 너구리가 하늘을 난다면 그 원리를 설명해 봐."

"설명드리겠습니다."

잇페이는 고개를 끄덕였다.

"하지만 그 전에 오야 씨도 설명해 보세요, UFO가 우주선이라면 어떻게 나는지를."

"흥, 얼마든지 설명해 주지. 그건 반동력으로 나는 거야."

"반동력이라고요?"

"그래, 반동력."

놀랐나, 라고 하듯이 오야가 가슴을 좍 폈다.

"반동력이 뭐죠?"

잇페이의 질문에 오야는 이러니 아무것도 모르는 초짜는 대책이 없다고 말하는 듯한 표정을 지어 보였다.

"중력에 반하는 힘이야. 그래서 공간에 떠 있을 수 있는 거지."

"그 힘이 어떤 원리로 만들어지는지를 묻는 겁니다."

그러자 오야의 눈에 당황한 기색이 어렸다.

"그, 그건, 고도한 우주인의 문명이 만들어 낸 것이니 우리는 알 수가 없지."

"그 말은 우주선이 나는 원리를 모른다는 뜻이죠?"

"반동력인 것은 틀림없어. 우주인과 교신한 사람이 그렇게 들었다고 했으니까."

"하하하, 그렇군요."

"그보다, 그쪽은 너구리가 나는 원리를 설명할 수 있나?"

"물론이죠. 뭐, 별로 어렵지 않습니다."

소라야마 잇페이는 카메라의 위치를 확인한 후 설명을 시작했다.

"조금 전에도 말씀드렸다시피, 너구리는 체내에서 몇 가지 가스를 만들 수 있습니다. 그중에 헬륨이라는 가스가 있습니다. 헬륨은 폐에서 진화한 장기에 축적되어 있을 것으로 봅니다. 평상시에는 강한 압력으로 압축되어 있기 때문에 부피가 크지 않죠. 그런데 무쇠 찻주전자로 둔갑하는 순간 그 가스가 해방되는 겁니다. 배가 풍선처럼 부푼 너구리 장식물을 보신 분들이 많을 겁니다. 그건 가스가 배에 꽉 차 있는 것을 뜻합니다. 풍선처럼 부푼 배 속에 헬륨이 가득 차 있다면 당연히 몸이 떠오르겠죠. 그럼 준비가 다 된 겁니다. 그때부터 항문으로 가스를 분출하면서 전진합니다."

"오호."

사회자가 팔짱을 낀 채 감탄사를 내뱉었다.

"설명을 들으니 아닌 게 아니라 날겠다는 생각이 드는군요."

"그런데 냄새가 좀 날 텐데요."

여자 보조 출연자가 얼굴을 찡그리며 말했다.

"문제는 바로 그 점입니다. 가스를 방출하는 짐승은 초능력 너구리뿐 아니라 보통 너구리나 여우, 족제비, 스컹크 등에도 공통되는 일인데요, 초능력 너구리의 경우는 냄새에 그치지 않는 경우가 있습니다."

"어떤 경우인가요?"

사회자가 물었다.

"방출되는 가스 속에 환각 가스가 섞여 있는 경우입니다. 너구리가 어느 때 그런 가스를 방출하는지는 아직 자세히 알려져 있지 않지만, 이 가스를 맡은 사람은 환각을 일으킵니다. 따라서 체험하지 않은 일을 마치 체험한 것처럼 착각하는 것이죠."

"그러니까 너구리에게 속아 넘어간다는 말씀이군요."

보조 출연자가 납득이 간다는 듯이 말했다.

"그렇습니다."

잇페이가 웃는 얼굴로 대답했다.

"듣자 듣자 하니 정말 어처구니가 없군."

오야가 두 손으로 테이블을 쾅 치면서 일어섰다.

"다들 이따위 말이 뭐라고 그리 심각하게 듣는 거야. 어디 믿을 수 있는 얘기여야 말이지. 어이가 없군. UFO가,

우리의 소중한 UFO가 너구리라니, 무쇠 찻주전자라니, 어떻게 그런 말을, 어떻게 그게 가능한 일이냐 말이야."

그는 거의 울먹였다. 잇페이는 격분한 상대의 모습을 잠시 멀거니 바라보다가 몇 장의 사진을 들고 일어섰다.

"오야 씨, 이 사진을 보시죠. 그 유명한 '마이어 UFO'입니다. 댁도 이걸 자료로 해서 프로그램을 만든 적이 있으니 잘 아시겠죠. 1975년 6월 12일 오전 10시 30분경, 스위스의 시골에 사는 에두아르트 빌리 마이어 씨가 촬영했다는 사진 중 하나입니다."

그 사진은 높은 곳에서 내려다보는 각도로 찍혀 있었다. 한가운데에 챙이 넓은 모자처럼 생긴 것이 떠 있었다.

"이 사진의 필름을 과학자들이 철저하게 분석한 결과 몇 가지 의문이 제기되었다는 점은 댁도 알 겁니다. 그중에서도 가장 큰 의문은 마이어 씨는 UFO의 크기를 직경 약 7미터라고 했지만 필름을 근거로 계산한 크기는 불과 25센티미터였다는 겁니다. 이 모순에 관해서 과학자들은 조작이라고 결론지었습니다. 그러나 저는 생각이 다릅니다. 실제로 직경이 25센티미터인 UFO가 나타났던 거죠. 무쇠 찻주전자 너구리로서는 일반적인 사이즈입니다. 그리고 마이어 씨는 아마도 환각 가스를 맡아 크기를 착각했을 겁니다."

그러고서 그는 사진을 몇 장 더 늘어놓았다.

"이 사진들은 모두 오야 씨가 자신의 저서에서 다룬 UFO들입니다. 현재는 전부 조작인 것으로 결론지어졌죠. 조그만 모형을 공중에 던져 찍은 사진이라고 말입니다. 그러나 저는 그 결론에 찬성하지 않습니다. 이것들은 너구리입니다. 무쇠 찻주전자 말이에요. 특히 제 얘기가 틀림없다는 걸 증명하는 사진은 이겁니다."

그러고서 그가 들어 보인 것은 지붕 위를 나는 넓적한 원반 사진이었다. 원반의 상부에 검은 돌기가 보였다.

"전문가들은 이 사진이 가장 손쉬운 방법으로 조작되었다고 말합니다. 확대해 보니 냄비 뚜껑이 틀림없다고요. 터무니없는 소리죠. 이건 무쇠 찻주전자입니다. 찻주전자이므로 뚜껑으로 보이는 건 당연합니다. 오야 씨, 아무쪼록 제게 힘을 빌려주세요. 고루한 과학자들에게 본때를 보여 줍시다."

잇페이는 오야에게 다가가 그의 손을 꽉 잡았다.

오야는 눈동자의 초점을 잃은 채 말이 없었다.

녹화가 끝나자 소라야마 잇페이는 와카야마에 있는

집으로 향했다.

그는 외가 근처에 자신의 집을 지었다. 그 목적은 물론 무쇠 찻주전자를 연구하는 것이었다. 언젠가 꾸우를 다시 만나고 싶은 마음도 있었다.

집에 들어간 잇페이는 비디오 기기를 조작했다. 그는 뒷산에 설치해 놓은 카메라로 매일매일 숲의 모습을 촬영한다. 하늘을 나는 너구리를 찍는 것이 목적인데 아직 한 번도 성공하지 못했다.

그는 이날 촬영된 필름을 꼼꼼히 살펴보았다.

그러나 역시 너구리는 찍혀 있지 않았다.

하늘다람쥐가 때로 화면을 가로지르기는 했지만.

무인도 스모 중계

객실 텔레비전으로 스모 중계를 보고 있는데 갑자기 화면이 흐려졌다.

"뭐야, 뭐야. 무슨 일이야."

침대에 편안하게 누워 있던 나는 벌떡 일어나 텔레비전 리모컨을 집어 들고 이 버튼 저 버튼 눌러 보았다. 하지만 화면은 좀처럼 원래 상태로 돌아오지 않았다.

그때 샤워를 마친 에리코가 목욕 가운 차림으로 에로틱하게 허리를 흔들면서 다가왔다.

"어머, 뭐야. 텔레비전이 왜 안 나와?"

"글쎄, 모르겠어. 위성 방송이라 문제가 생길 리 없는데 말이지. 젠장, 이제 곧 다카다하나랑 무사시마로가 나올 차례인데."

"뭐, 다카다하나가 등판할 차례란 말이야? 어떡하지. 손 좀 써 봐."

그러면서 에리코는 텔레비전 옆쪽을 탕탕 두드렸다.

"아니, 텔레비전이 망가지면 어쩌려고 그래."

"우리 고향 집 텔레비전은 이렇게 하면 나온단 말이야."

"여기는 호화 여객선 안이야. 그런 고물과 어떻게……."

"어, 나온다."

에리코가 외쳤다.

아닌 게 아니라 화면이 원래대로 돌아왔다. 하지만 그러는 것도 잠시, 화면은 이내 다시 흐려지고 말았다.

"아이, 난 몰라."

에리코가 다시 텔레비전 옆쪽을 두드렸다. 나도 그녀를 따라서 몇 번 두드려 보았다. 그랬더니 잠깐씩 화면이 깨끗해지기도 했지만 오래가지는 않았다.

"뭐, 이런 고물 텔레비전이 다 있어."

나는 혀를 찼다.

"다카다하나 경기가 시작되겠어."

"로비로 가자."

우리는 재빨리 옷을 입고 객실을 나섰다.

로비의 텔레비전 앞에는 남자 둘밖에 없었다. 한쪽은 잎담배를 문, 중년의 체구가 작은 남자로 차림새가 그런대로 괜찮았다. 다른 한쪽은 깡마른 사내다. 그는 텔레비전 코앞에 앉아 두 눈에 잔뜩 힘을 주고 화면을 노려보고 있다. 나와 에리코는 조금 떨어져 있는 소파에 앉았는데, 깡마른 사내가 시야를 가려 화면이 잘 보이지 않았다.

"이봐, 거기. 가려서 안 보이니까 텔레비전에서 좀 떨어져 앉지."

주의를 주었지만 깡마른 사내는 꼼짝도 하지 않았다. 다시 한 번 주의를 주려는데 체구가 작은 남자가 히죽히죽 웃으며 이쪽으로 다가왔다.

"지금은 저 사람에게 무슨 말을 해도 소용없습니다. 스모 경기에 빠져서 정신이 없거든요."

작은 체구는 여전히 옅은 미소를 띤 채 고개를 저었다.

"저 사람은 단순한 팬이 아니에요. 일본 제일의 스모 박사, 도쿠다와라 쇼노스케랍니다."

"아니, 저 사람이 그 유명한 도쿠다와라 씨라고요?"

나는 눈을 휘둥그렇게 떴다.

스모에 관한 한 모르는 게 없다고 알려진 인물이었다. 고금을 막론하고 스모 선수에 관한 데이터는 물론 경기 내용도 모두 완벽하게 꿰뚫고 있다는 것이다.

"있잖아, 저 사람, 뭘 저렇게 중얼거리지?"

에리코가 물었다. 그러고 보니 도쿠다와라는 아까부터 화면을 향해 혼잣말을 계속했다.

"아아, 저건 오랜 버릇입니다."

작은 체구가 말했다.

"도쿠다와라 씨가 원래 아나운서였거든요. 주로 스모를 생중계했는데, 스모에 대한 집착이 너무 심해서 해고당했답니다. 그래서 지금도 스모를 보면서 저렇게 중얼거리나 봐요. 본인은 의식하지 못하겠지만 말입니다."

"호오, 정말 대단하군요."

나는 감탄스럽다기보다 섬뜩하다고 느끼면서 도쿠다와라를 바라보았다. 우리의 대화 따위는 귀에 들어오지도 않는지 도쿠다와라는 끊임없이 중얼거리면서 화면만 뚫어져라 바라보았다.

일본을 출발해 동남아시아를 돌아 인도까지 가는 일정이 우리가 탄 여객선의 항로다. 선내는 초호화 호텔처럼 고급 부티크와 레스토랑은 물론 카지노와 스포츠 센터, 수영장까지 갖추어져 있다. 기항지에서는 관광도 할 수 있고, 맛있는 음식을 마음껏 먹을 수 있으니 더없이 완벽하고 쾌적한 크루즈 여행이다.

나는 지난달에 아버지를 여읜 뒤 회사를 물려받았다. 사장 취임에 앞서 자축하는 의미로 애인 에리코를 데리고 크루즈 여행을 떠났다.

밤에 바에서 에리코와 술을 마시는데 예의 체구가 작은 남자와 도쿠다와라가 들어섰다. 체구가 작은 남자는 대형 여행사의 대리점을 운영하는 다니마치 이치로라고 자신을 소개했다.

"여행사 운영자와 스모 광팬이라……, 묘한 만남이군요."

"네, 실은 새로운 상품을 기획하고 있어서요. 해외를 돌면서 스모 경기를 치르는 상품은 이미 있잖습니까. 그런데 저는 해상에서 하는 스모 경기를 기획하고 있어요. 이 여객선 안에 스모 판을 만드는 거죠. 그리고 항해하는 15일 동안 한 시즌을 마무리하는 거예요."

"호오, 그거 멋진걸요!"

나도 모르게 눈이 휘둥그레졌다.

"그래서 사전 답사 겸 배를 탔습니다. 도쿠다와라 씨에게는 어드바이저로 동행해 달라고 청했고요."

"아하, 그랬군요."

나는 도쿠다와라 쪽을 바라보았다. 그는 자신이 화제에 올랐음에도 무심하게 다른 곳을 바라보고 있을 뿐이었다.

그 눈이 번쩍 빛난 것은 에리코가 그에게 질문을 던졌을 때였다.

"있잖아요, 경기 내용을 죄다 외우신다는 게 정말인가요?"

도쿠다와라가 천천히 그녀를 돌아보았다.

"궁금하신 경기가 있으면 뭐든 좋으니 물어보세요."

옆에서 다니마치가 말했다.

"좋아요. 그럼,"

에리코는 입술을 오므리고 잠시 생각하더니 이렇게 물었다.

"3년 전 나고야 시즌 열흘째 경기, 지요노후지의 시합 결과는?"

도쿠다와라는 몇 초 동안 눈을 감고 있다가 번쩍 뜨더니 중얼거렸다.

"자, 드디어 시간이 되었습니다. 열흘째, 최종 경기. 오늘 지요노후지의 상대는 젊은 성장주 가도자쿠라입니다. 샅바를 잡지 않은 채 상대와 맞붙을 것인가. 지요노후지로서는 재빨리 앞 샅바를 잡고 요리하고 싶겠죠. 자, 양 선수가 자리를 잡았습니다. 경기 시작! 아, 일어섰습니다. 가도자쿠라, 양 손바닥으로 밀치고 나옵니다. 지요노후지는 당기는군요. 가도자쿠라, 여전히 밀치고 나옵니다. 지요노후지가 판 위를 도는군요. 드디어 샅바를 잡았습니다. 가도자쿠라가 몸을 뒤로 뺍니다. 지요노후지, 끌어당깁니다. 가도자쿠라는 버티는군요. 지요노후지, 다시 맞붙어 밀어붙입니다. 그리고, 밀쳐냅니다!"

도쿠다와라는 거의 숨도 쉬지 않고 거기까지 말한 다음 침착한 목소리로 덧붙였다.

"지요노후지가 깔끔한 밀어내기로 승리를 거뒀습니다."

나와 에리코는 벌린 입을 다물지 못했다. 도쿠다와라는 다시 원래의 무심한 표정으로 돌아갔다.

다니마치가 키득키득 웃기 시작했다.

"도쿠다와라 씨는 모든 경기를 실황 중계로 기억해요. 그래서 기억에서 끄집어낼 때도 이런 식이죠."

"야, 이거 라디오를 듣는 기분인데요."

"그러잖아도 라디오 사나이라는 별명이 있습니다."

"우아!"

나와 에리코는 동시에 탄성을 질렀다.

그날 밤 에리코와 더블베드에서 섹스를 하는데 갑자

기 비상벨이 울리더니 선내에 화재가 발생했다는 방송이 흘러나왔다. 우리는 벌거벗은 채 침대에서 후다닥 내려왔다.

"빨리 옷 입어. 배가 가라앉기 전에 탈출해야 해."

"아이, 난 몰라."

에리코가 울먹였다.

귀중품만 지닌 채 객실을 나와 보니 복도는 이미 승객들로 아수라장이었다. 우리도 그 소동에 휩쓸려 뭐가 뭔지 분간할 수 없게 되었다.

정신을 차리고 보니 구명보트에 탄 채 바다 위에 떠 있었다. 주위에 보트가 여러 척 보였다. 조금 전까지 우리의 안식처였던 호화 여객선은 벌겋게 타오르는 불길로 밤하늘을 물들이면서 검은 바닷속으로 가라앉고 있었다.

그로부터 몇 시간이 흘러 우리가 탄 보트는 어느 섬에 도착했다. 무인도 같았다.

"여기서 구조를 기다립시다."

여객선 기관사가 10여 명의 손님에게 말했다.

"지금쯤 구조대가 이곳으로 오고 있을 겁니다."

"하지만 우리를 발견한다는 보장이 없지 않습니까."

그렇게 말한 사람은 다니마치였다. 그도 우리와 같은

보트에 탔던 것이다. 그 옆에는 도쿠다와라도 있었다.

"근처까지만 오면 휴대용 무전기로 연락할 수 있습니다. 아무리 길게 잡아도 사나흘만 버티면 될 겁니다. 비상식량도 넉넉하니 안심하세요."

기관사가 손님을 위로하려고 그러는지 밝은 목소리로 말했다.

잠시 후 비상식량이 배급되었다. 넉넉하다더니 물과 다이어트 비스킷이 전부였다. 이런 걸 먹으면서 며칠이나 버틸 수 있을지 불안해졌지만 불평할 때가 아니었다. 우리는 그거라도 먹으면서 구조를 기다리기로 했다.

그러나 아무런 할 일도 없이 기다리기만 하는 것은 고통이었다. 라디오도 없고 책도 없었다. 첫날은 그럭저럭 지나갔지만 이틀째가 되자 다들 초조해하기 시작했다. 개중에는 에리코의 몸을 노골적으로 노리는 놈도 있어 나는 극도로 예민해졌다.

사흘째 아침, 눈을 뜨자 모두가 한쪽에 모여 있었다. 다가가 보니 그 중심에 도쿠다와라 쇼노스케가 있었다.

"자, 다이호 선수의 상대는 고무스비 기타노후지. 양 선수, 서로를 마주 보고 쭈그려 앉습니다. 심판은 다케모리 이노스케. 자, 일어섰습니다. 기타노후지는 다이호의 가슴을 노려 밑에서 손바닥으로 밀고 나갑니다. 다이호, 샅바를 잡지 못하고 기타노후지, 다이호의 오른팔을 잡습니다. 다이호, 기타노후지의 어깨를 살짝 밀치면서 비켜났습니다. 아, 샅바를 잡는군요. 하지만 꽉 잡지 못하고, 기타노후지, 다이호의 가슴을 이마로 밉니다."

"뭐 하는 거야?"

에리코가 내게 물었다.

"다이호는 누구고 기타노후지는 누구야. 처음 듣는 이름인데?"

"20년 전쯤의 스모 선수들이야. 그 당시 경기 실황을 재현하는 모양인데."

도쿠다와라는 입에 거품을 물고 계속 떠벌렸다.

"경기가 길어지고 있습니다. 기타노후지는 다이호가 안쪽에서 샅바를 잡는 걸 싫어한다는군요. 다소 엉거주춤한 자세. 다이호, 바깥쪽에서 샅바를 잡고 있습니다. 아아, 기타노후지, 앞으로 나왔습니다. 단숨에 밀어붙입니다. 다이호, 겨우겨우 버티면서 양쪽 샅바를 잡습니다. 기타노후지, 밀어붙입니다. 아아, 다이호, 잡아당겨서 듭니다. 들어 올려서, 내칩니다! 양 선수 모두 판 밖으로 나갔지만 다이호의 승리입니다. 다이호가 승리했습니다.

심판은 이의가…… 없습니다! 다이호, 내치기로 승리!"

듣고 있던 사람들 사이에서 오오! 하는 소리가 터져 나왔다. 이어서 박수가 일었다.

"다음은 오늘 경기의 결과입니다. 중간 휴식 후부터, 시로쿠로야마와 스나아라시의 경기는 덮쳐 쓰러뜨리기로 스나아라시의 승리. 뎃판잔과 호네카와의 경기는 끌어당겨 넘어뜨리기로 호네카와의 승리. 간세키다케와 야마모토야마의 경기는……."

도쿠다와라가 한창 당일 경기의 결과를 중계하는데 다니마치가 앞에 나타났다.

"자, 그럼 30분 후에 시즌 이틀째 경기를 중계하겠습니다. 그리고 다음 경기부터는 청취료로 비스킷을 한 개씩 받겠습니다."

뭐야? 하면서 사람들이 불만을 터뜨렸다.

"그런 게 어딨어!"

"그러게 말이야."

"이런 무인도에서 라디오 중계에 버금가는 경기를 듣는데 그 정도는 값을 치르셔야죠."

다니마치가 헤헤헤 웃었다.

모두가 사라진 후 나는 다니마치에게 말을 건넸다.

"기발한 아이디어입니다."

다니마치가 자신의 이마를 톡톡 두드렸다.

"머리가 살아 있을 때 써먹어야죠. 앞으로 며칠은 이 섬에 있어야 하니 먹을거리를 확보해 두어야 하지 않겠냐 이 말입니다."

"그도 그렇겠군요. 그런데 왜 저렇게 옛날 경기를 중계하죠?"

"최근 경기는 조금만 관심이 있는 팬이라면 결과를 기억할 가능성이 있으니까요. 20년 전이라면 누가 우승했는지 기억하기 힘듭니다. 아니, 아가씨, 함부로 말을 걸면 안 돼요."

다니마치가 에리코에게 주의를 주었다.

"도쿠다와라 씨는 저랑 독점 계약을 맺었거든요. 공짜로 들으려고 하면 안 되죠."

"쳇, 되게 짜게 구시네."

에리코가 뾰로통해서 입술을 내밀었다.

"듣고 싶으면 비스킷을 들고 30분 후에 오세요. 두 분을 위해서 VIP석을 준비해 놓을 테니까요."

다니마치가 손을 비비면서 말했다.

무인도에 도착한 지 닷새째 되는 날, 간신히 구조대와 무전으로 연락이 닿았다. 파도가 거치니 좀 더 버티라는 것이었다.

그런 상황이니 다들 술렁일 만도 했는데, 도쿠다와라가 구세주였다.

도쿠다와라의 실황 중계는 라디오 중계에 비해 손색이 없었다. 기억하는 내용을 입으로 떠벌리는 게 아니라 몸 어딘가에 달려 있는 안테나로 방송 중인 전파를 잡아 스피커를 통해 내보내는 느낌이었다.

실제 주요 시즌 경기는 15일에 걸쳐 열린다. 도쿠다와라는 하루치 경기를 약 30분 동안 중계하고 30분 동안 휴식을 취한 후 다음 경기를 중계했다. 그렇게 하면 14시간 30분 만에 한 시즌 경기를 전부 들을 수 있다. 이 '무인도 시즌'이 우리의 유일한 낙이었다.

"자, 간제키다케가 안쪽에서 샅바를 잡았습니다. 힘차게 끌어당겨 내던지기! 기타노후지, 버팁니다."

"좋아, 간제키다케. 그거야, 던져 버려!"

"버텨라, 기타노후지!"

계속 듣다 보니 관중들도 도쿠다와라를 라디오로 착각하는 듯했다. 그리고 자연스럽게 각자 응원하는 선수도 생겨났다. 중계 도중에 곳곳에서 응원하는 목소리가 튀어나왔다. 그 소리마저 위화감이 전혀 없었다.

"기타노후지, 안쪽에서 샅바를 잡고 버팁니다. 내던지기 싸움입니다. 오오, 간제키, 무릎이 꺾였습니다. 내던지기로 기타노후지의 승리!"

"와아!"

"저런."

만세를 부르는 사람이 있는가 하면 실망하는 자도 있고, 그야말로 라디오로 실황 중계를 듣는 광경이었다.

그렇게 라디오에 푹 빠져 있는데 누가 옆구리를 쿡쿡 찔러서 돌아보니 기관사가 벙글거리고 있었다.

"우리, 다음 경기에 비스킷 두 개 내기를 걸까요? 저는 긴니쿠야마에게 걸겠습니다."

"좋습니다. 그럼 저는 니쿠탄가와에게 걸죠."

경기가 시작되었다. 긴니쿠야마가 니쿠탄가와를 들어내쳤다.

"제기랄, 운이 없군."

나는 기관사에게 비스킷을 두 개 건넸다.

우리뿐 아니라 여기저기서 내기가 벌어졌다. 나와 에리코도 몇 번 더 참가했다. 그러나 둘 다 내기에는 약한

지 비스킷은 줄어들기만 했다. 마침내 둘이 합해 한나절 치 비스킷만 남았다.

"어떻게 좀 해 봐. 이러다가 둘 다 굶어 죽겠어."

"운이 없는 걸 낸들 어쩌겠어."

무인도에 도착한 지 엿새째 되는 날, '무인도 시즌'은 전에 없이 달아올랐다. 경기 최종일을 앞두고 다이호 선수가 전승, 가시와도 선수가 1패였다. 마지막 경기에서 가시와도가 승리하면 결승전으로 가게 되어 있었다.

모두가 귀를 쫑긋 세운 가운데 마지막 경기가 시작되었다.

"자, 다이호와 가시와도, 맞붙어 서로의 샅바를 꽉 잡았습니다. 양 선수, 허리를 낮추고……, 아아, 다이호가 앞으로 나갑니다. 가시와도도 오른쪽 샅바를 흔들면서 맞섭니다. 밀어붙입니다, 밀어붙입니다. 다이호, 왼쪽에서 내던지기를 시도하나요. 가시와도, 몸으로 계속 밀어붙입니다. 다이호, 균형을 잃고 판 밖으로 밀려났습니다. 밀어서 쓰러뜨리기, 밀어서 쓰러뜨리기! 가시와도의 승리!"

한숨을 쉬는 사람과 기뻐하는 사람이 반반이었다. 다니마치가 앞으로 나와 결승전이 있을 예정이라고 알렸다.

결승전을 앞두고 곧바로 내기가 시작되었다.

"다이호에게 비스킷 다섯 개."

"나도 다이호. 비스킷 두 개 걸지."

"나는 가시와도에게 비스킷 세 개."

"막판이니까 크게 걸어야지. 가시와도에게 네 개."

3 대 1의 비율로 다이호의 인기가 높았다. 나도 승부를 걸어 보기로 했다.

"좋아, 나는 가시와도에게 걸겠어. 내가 가진 식량을 전부 걸지."

내 배포에 모두들 와아, 하고 탄성을 내질렀다.

"도대체 무슨 생각이야? 혹시라도 지면 어쩌려고……."

에리코가 울상을 지으며 말했다.

"걱정 마, 내게 좋은 생각이 있으니까."

나는 에리코를 숲속으로 데리고 갔다. 조금 있으려니 다니마치가 나타났다. 그가 여기서 소변을 본다는 걸 알고 있었다.

나와 에리코는 그 남자에게 다가갔다. 다니마치가 놀라며 움찔했다.

"부탁이 있어서 말이죠. 다음 경기에서 가시와도가 이기게 해 주면 좋겠는데……."

다니마치가 히죽 웃었다.

"그건 무리예요. 도쿠다와라 씨는 머릿속에 들어 있는 내용을 그대로 중계할 뿐이니까요."

"그러니까 어떻게든 손을 써 보라는 거죠. 내 말대로 해 주면 우리 회사의 사원 여행은 전부 댁이 하는 여행사에 맡길게요."

"흐음."

다니마치가 잠시 머리를 굴리는 듯한 표정을 지었다.

"사원 여행을 해외로 갑니까?"

"물론이죠."

나는 허풍을 떨었다.

"그런데 만약 다이호가 이긴 경기였다면 그 사람이 과연 거짓말을 할 수 있을지……."

"가시와도를 이기게 해 주면 스모 경기 1년 치 입장권을 선물하겠다고 해요."

"흐음, 그 정도면 혹시 또 모르겠군요. 단, 이 일은 다른 사람들에게 절대 비밀입니다."

"저도 압니다."

원래 자리로 돌아가 기다리고 있자니 마침내 다니마치와 도쿠다와라가 나타났다. 그런데 어쩐지 도쿠다와라의 안색이 좋지 않았다. 다니마치의 제안에 넘어간 것이라고 나는 해석했다.

모두가 지켜보는 가운데 라디오 사나이 도쿠다와라의 중계가 시작되었다.

"자, 드디어 결승전입니다. 동쪽에서 다이호 선수, 서쪽에서 요코즈나 가시와도 선수가 등판하고 있습니다. 장내는 함성에 휩싸여 있습니다."

"부탁이다, 제발 이겨라, 다이호!"

"가시와도, 힘내라!"

"박수 수리가 장내를 메운 가운데 양 선수, 계속 눈싸움을 하고 있습니다. 더는 기다릴 시간이 없습니다. 자, 양 선수 소금을 뿌립니다. 천천히 손을 터는 다이호. 가시와도는 벌써 쭈그려 앉았습니다. 자, 손을 짚고…… 섰습니다! 양 선수가 정면으로 맞붙었습니다. 샅바를 꽉 잡고……."

"다이호, 앞으로!"

"밀어붙여, 가시와도!"

"양 선수 모두 팔을 위에서 휘감지 못하고 있습니다. 가시와도가 자세를 낮춥니다. 아아, 다이호가 가시와도의 오른팔을 휘감았습니다. 들어 메치기 시도. 가시와도가 버티다 역습합니다. 아, 다이호가 뒤로 물러서는군요."

"좋아, 바로 그거야!"

나도 모르게 소리를 질렀다.

"가시와도, 밀어붙입니다. 그러나 다이호가 팔을 휘감습니다. 밀어붙이는 가시와도. 아아, 양 선수가 가운데로 다시 돌아왔습니다. 다이호, 집념의 버티기."

후우, 하는 한숨 소리가 나면서 몇몇이 박수를 쳤다. 또 몇몇은 욕설을 퍼부었다. 나는 발로 바닥을 굴렀다.

"가시와도가 위에서 샅바를 잡았습니다. 자, 양 선수, 서로의 샅바를 잡고……, 다이호가 들었습니다. 가시와도도 끌어당기면서 발을 겁니다. 다이호, 계속 밀어붙입니다. 가시와도, 옆으로 들어 메치기. 어, 양 선수가 함께 메치기로……."

그 순간 도쿠다와라가 입을 벌린 채 갑자기 움직임을 멈췄다. 이마에서 비지땀이 흐르고 있었다.

"이봐, 왜 그래?"

"뭐야, 어느 쪽이 이긴 거야?"

사람들이 웅성거렸다. 그러나 도쿠다와라는 턱을 부들부들 떨 뿐, 목소리는 내지 못했다.

"허, 난처하게 되었군요."

다니마치가 내 옆에 와서 귀엣말을 했다.

"역시 다이호가 이겼나 봐요. 그런데 도저히 거짓말을
할 수 없으니 어쩔 줄을 모르고 입을 다문 거죠."

"이봐, 뭐라고 말을 좀 해 봐."

"무슨 일이야, 대체."

다들 도쿠다와라를 몰아세웠다.

그때 누군가가 말했다.

"망가진 거 아냐?"

그 말을 계기로 다들 한마디씩 했다.

"라디오가 망가졌군, 라디오가 망가졌어."

사람들이 도쿠다와라의 머리를 톡톡 쳐 댔다.

시로카네다이 분양 주택

자명종에서 삐, 삐, 전자음이 울렸다. 스위치를 끄려고 반사적으로 손을 뻗다가 뭔가 딱딱한 물체의 모서리에 손등을 탁 부딪치고 말았다. 격렬한 아픔에 나는 벌떡 일어났다.

　"아야, 아파."

　고개를 휙 돌려 보니 자명종 옆에 액정식 초소형 텔레비전이 놓여 있었다.

　"이봐, 이게 뭐야? 왜 이런 게 여기 있지?"

　커다란 엉덩이를 이쪽으로 향한 채 아직도 이불 속에 있는 마누라에게 물었다. 마누라는 귀찮다는 듯이 얼굴을 찡그리고, 〈판타지아〉에 등장하는 하마 발레리나처럼 둔중하게 이쪽으로 몸을 틀었다.

　"왜 그래, 시끄럽게."

　"이게 뭐냐고 묻잖아."

　언성이 높아졌다. 알람이 이번에는 삐삐삐삐, 다급하게

울렸다. 나는 얼른 스위치를 껐다. 시곗바늘이 5시 30분을 가리키고 있었다.

"자명종 소리지 뭐야."

"그게 아니라 그 옆에 있는 거, 이거 말이야."

액정 텔레비전을 들어 마누라 코앞에 들이밀었다.

마누라는 파리라도 쫓는 것처럼 손을 휘휘 저었다.

"텔레비전이잖아."

"그건 아는데, 왜 여기 있느냐 말이야. 언제 샀어?"

"얼마 전에 주문했지. 당신이 침실에 큰 텔레비전 두는 걸 싫어하잖아."

"나는 일찍 자야 하는데 옆에서 텔레비전을 보면 시끄러워서 잠들기 힘드니까 그렇지."

"그래서 이걸 산 거야. 이건 이불 속에서도 볼 수 있고, 이어폰을 끼면 소리가 안 들리니까."

"당신도 일찍 자야 하기는 마찬가지잖아."

"하지만 당신처럼 9시나 10시에는 잠이 안 오는데 어떡해. 이불 속에서 당신 코 고는 소리를 들으면서 가만히 있기도 힘들단 말이야. 게다가 기껏해야 10시 드라마나 볼 텐데 뭘 그래. 아아, 도쿄에 살던 시절에는 심야 프로그램도 곧잘 보곤 했는데."

그러면서 마누라는 짐짓 하품을 크게 했다.

도쿄에 살던 시절 운운하면 되받아칠 말이 없다. 나는 콧등을 긁적거리며 텔레비전을 내려다보았다.

"얼만데, 이거?"

"별로 비싸지 않으니까 잔소리하지 마."

"그래, 알았어. 아무튼 어서 일어나자. 나 배고파."

"이런 시간에 일어나서 식욕이나 있을지 모르겠네."

마누라는 끙, 하고 육중한 몸을 일으키며 또 늘어지게 하품을 했다.

그때 끼야, 하고 거대한 파충류가 울부짖는 듯한 소리가 들렸다. 마누라의 하품과 거의 동시에 난 소리라 순간 마누라가 소리를 낸 줄 알았다.

"무슨 소리야?"

"밖에서 난 소리 같은데."

"나가 보자."

서둘러 옷을 입고 방 밖으로 나가니 잠옷 차림을 한 에리가 마루에 서 있었다.

"아빠, 방금 그거 무슨 소리야?"

졸린 눈을 비비며 에리가 물었다. 머리 반쪽이 자다 눌려 봉긋이 솟아 있었다.

"너는 방에 들어가 있어."

그러고서 계단을 내려가 현관 밖으로 나갔다. 담장 밖으로 앞치마 차림의 여자가 앉아 있는 모습이 보였다. 앞집 야마시타 부인이다.

"아니, 이렇게 이른 시간에 어쩐 일이세요?"

말을 건네며 다가갔다.

야마시타 부인이 땅바닥에 주저앉은 채 어색하게 고개를 이쪽으로 돌렸다. 눈을 휘둥그렇게 뜬 그녀의 코에서 콧물이 흐르고 입술은 파들거렸다.

"……무슨 일이 있으세요?"

뭔가 큰일이 벌어진 거라고 생각하면서 그녀 쪽으로 조금 더 다가갔다. 그러자 그녀에게서 몇 미터 떨어진 곳에 사람이 쓰러져 있는 것이 보였다. 회색 양복을 입은 남자였다. 하늘을 향한 채 드러누운 남자의 불룩 나온 배부분이 붉게 물들어 있었다. 그리고 그 배의 한가운데에 언덕에 세워진 십자가마냥 뭔가 꽂혀 있었다. 다음 순간 그것이 나이프임을 알아챘다.

"으악!"

나는 소리를 내지르며 꼴사납게 뒤로 물러섰다. 바로 그때 에리가 집에서 나왔다.

"아빠, 거기서 뭐 해?"

"가까이 오지 마!"

나는 에리의 시선을 가로막으며 그녀를 껴안았다.

"왜 이러는 거야?"

마누라도 샌들을 신고 집 안에서 나왔다. 파자마 위에 카디건을 걸친 그녀의 앞머리에 헤어 롤이 대롱대롱 매달려 있었다.

"어머, 앞집 부인 아니세요. 그런데 왜 그런 곳에 앉아 계세요?"

"어어, 당신도 나오지 마!"

하지만 그녀는 내 말을 무시하고 대문 밖으로 나왔다. 그리고 시신을 봤는지 움찔하며 그 자리에서 걸음을 멈췄다. 하지만 비명을 지르기는커녕 살금살금 다가가 시신을 내려다봤다.

"이 사람, 죽었어?"

마누라가 얼굴을 찡그리며 물었다.

"그래. 그러니까 거기서 얼쩡거리지 말고 이쪽으로 와."

"흠."

마누라는 내 말을 들은 척도 하지 않고 몸을 굽혀 시신의 얼굴을 들여다봤다.

"나, 시신은 처음 봐."

"아이, 나도 보고 싶어."

말릴 틈도 없이 에리가 내 팔을 빠져나가더니 엄마 뒤로 가서 시신을 들여다보며 "우아, 대박." 하고 철없는 소리를 내질렀다. 그리고 땅에 떨어져 있던 막대기를 주워 들고는 사체의 옆구리 부분을 쿡쿡 찔렀다.

"에리야, 더러우니까 건드리지 마!"

그러는데 이웃인 엔도 씨가 양복 차림으로 집에서 나왔다.

"아, 여러분, 안녕하세요."

이 동네에서는 대개 그가 아침에 맨 먼저 집을 나선다. 자전거에 올라타려던 그가 길가에 쓰러져 있는 시신을 보았는지 균형을 잃고 길에 나동그라졌다.

"으아, 으아아아악."

엉덩방아를 찧은 채로 그가 시신을 가리켰다.

"뭐, 뭐, 뭡니까, 저게?"

안경마저 벗겨진 채 그가 물었다.

"안녕하세요!"

이번에는 대각선 맞은편 집 부인이 방글거리며 나왔다. 하지만 몇 초 후 그녀는 꺅, 비명을 지르며 그대로 쓰러지고 말았다.

　다른 이웃들도 하나둘 모습을 나타냈다.

　"왜들 이렇게 모여 계세요? 무슨 일이라도…… 으아!"

　"무슨 일이죠? 헉!"

　"왜 그래요, 무슨 일이 있어요? 나도 좀 봐요. 으아악!"

　한바탕 비명과 소란이 이어지더니 사람들이 금세 시체를 에워쌌다. 구경꾼이 많아지자 신기하게도 용기가 생기는지 처음에는 시체를 보고 몸을 벌렁 뒤로 젖히던 사람들이 호기심 어린 눈초리로 한 걸음씩 앞으로 나섰다.

　"아니, 이게 대체 무슨 일이지."

　이장 시마다 씨가 시신을 내려다보면서 말했다.

　"왜 이런 곳에 시체가……."

　"살해당한 것 같은데요."

　내 말에 다들 고개를 끄덕였다.

　"이 사람, 누굴까요?"

　마누라가 혼자 중얼거리듯 물었다.

　"못 보던 얼굴인데요."

　이장이 말했다.

　"세일즈맨인가……. 누군지 아시는 분 혹시 있습니까?"

　그 물음에 아무도 대답하지 않고 고개만 저었다. 물론

나 역시 본 적이 없는 남자였다.

"거참, 난감하군."

시마다 이장이 뺨을 긁적이더니 "일단 경찰에 신고해야겠군요."라고 말했다. 몇 사람이 그 말에 동의하듯 고개를 끄덕거렸다. 그때였다.

"꼭 그래야 할까요?"

묵직한 음성으로 끼어든 사람은 조금 전에 자전거를 타려다 나동그라진 엔도 씨였다.

시마다 이장이 그를 보았다.

"그게 무슨 뜻입니까?"

"아니, 저, 옳지 않은 생각이라는 건 알지만, 최근 상황을 돌이켜 보면……."

엔도 씨가 말끝을 흐렸다.

"뭡니까, 분명하게 말씀하세요."

답답하다는 듯이 시마다 이장이 엔도 씨를 채근했다. 옆에서 듣고 있는 우리도 답답하기는 마찬가지였다.

엔도 씨가 헛기침을 한 번 하더니 다시 입을 열었다.

"아, 그러니까 말입니다, 경찰에 신고하면 분명히 큰 소동이 일어날 겁니다."

"그야 그렇겠죠. 살인 사건이니까요."

"신문에도 기사가 실릴 거 아닙니까. 텔레비전 뉴스에도 나올 테고요."

"그렇지요. 그런데 그게 왜요?"

"그렇게 되면 말입니다, 세상 사람들이 여길 어떻게 생각하겠어요. 살인 사건이 일어난 끔찍한 마을이라는 인상을 받지 않을까요. 다시 말해서 이미지가 나빠진다, 이 말입니다."

아아, 하는 소리가 사방에서 흘러나왔다. 동시에 나도 엔도 씨가 하는 말이 이해가 갔다.

"여보, 만약 그렇게 되면 말이지,"

옆에서 마누라가 말했다.

"집값이 또 떨어질 거야."

쉿, 하고 나는 마누라에게 눈치를 주었다. 그녀가 다급히 손으로 자신의 입을 막았다. 하지만 이미 모두의 눈길이 그녀에게 쏠려 있었다. 그런데 터무니없는 소리라고 나무라는 얼굴은 하나도 없었다. 오히려 자신과 똑같이 생각하는 사람이 있다는 걸 확인하며 안도하는 분위기였다.

"바로 그겁니다."

엔도 씨가 시선을 마누라에게서 시마다 이장 쪽으로

돌렸다.

"저도 그 점에 신경이 쓰입니다."

흠, 하면서 시마다 이장이 팔짱을 끼었다.

"그럴 우려가 있군요."

"말도 안 돼. 집값이 또 떨어지다니."

앞집 부인이 통탄스럽다는 듯이 외쳤다.

"이미 천만 엔이나 집값이 내렸잖아요. 더구나 얼마 전에 전단지를 보니까 매물로 나온 저쪽 끝 집은 우리 집보다 넓은데도 우리가 집을 샀을 때보다 2백만 엔이나 싸게 내놓았더라고요."

"그 집, 실제로 집을 보러 가면 백만 엔이나 더 낮게 부른다던데."

뒤에서 누군가 말했다.

"어쩜, 그럴 수가."

앞집 부인이 훌쩍거리기 시작했다. 그 남편 야마시타 씨는 창피한 듯한 표정으로 아내에게 손수건을 건네며 "울긴 왜 울어."라고 핀잔을 주었다.

감정을 겉으로 드러내고 안 드러내고의 차이가 있을 뿐, 모두가 야마시타 부인과 똑같은 심정일 터였다. 다들 비슷한 꿈을 안고 도심에서 멀리 떨어진 이곳에 집을 사서 하루하루 꿈이 무너지는 나날을 보내고 있으니 말이다.

"어떻게 할까요, 이장님."

엔도 씨가 다시 입을 열었다.

"집값이 더 내려가면 앞날이 너무 암담하지 않겠습니까. 이장님도 그러기를 바라지는 않으실 테죠."

시마다 이장이 속마음을 들키기라도 했는지 겸연쩍은 표정을 지었다. 생각해 보면 누구보다도 그가 이 상황에 부아가 치밀지도 몰랐다. 그가 마을 이장직을 맡은 것도 맨 먼저 이곳의 분양 주택을 구입했기 때문이었다. 그리고 그가 세 시간이 넘는 통근 시간을 감수하면서 누구보다 먼저 이곳에 집을 산 까닭은 자연경관이 좋아서도, 아이들이 마당 있는 집을 원해서도, 도시의 번잡함에서 벗어나고 싶어서도 아니고 곧 집값이 오를 테니 그때 팔아서 좀 더 편리한 곳에 단독 주택을 사려는 속셈이었을 것이다.

"그래도 경찰에 신고해야 하지 않을까요?"

고뇌에 찬 표정으로 시마다 이장이 물었다.

"시체를 이대로 둘 수도 없고 말이죠."

그의 말에 즉각 대답하는 사람은 아무도 없었다. 다들 그저 침묵할 뿐이었다.

"하필 우리 동네에서 죽을 게 뭐람."

엔도 부인이 시신을 보면서 속상해 죽겠다는 듯이 말했다.

"그 말은 죽은 사람이 아니라 범인에게 해야 하지 않겠어요?"

야마시타 씨가 퉁명스럽게 내뱉었다.

"정말이지 여기서 죽일 이유가 뭐가 있어요."

"다른 동네도 얼마든지 있는데 말이에요."

"누가 아니래요."

모두가 한목소리로 투덜거렸다.

"차라리 어디다 적당히 묻어 버릴까요?"

그렇게 위험천만한 발언을 하는 사람도 있었다.

"묻는다고? 그건 안 되지. 그러다 만일 누가 파헤치기라도 하면……."

진담인지 농담인지 모를 말들이 오갔다.

그런 분위기에 휩쓸려 나도 모르게 이런 말이 나오고 말았다.

"그러지 말고 구로가오카 타운에 갖다 버릴까요? 헤헤헤."

"네에?"

내 말에 그때껏 투덜거리던 사람들의 얼굴에서 표정이 사라졌다. 그리고 일제히 나를 바라봤다.

"지금 뭐라고 하셨습니까?"

시마다 이장이 물었다.

"아니요, 농담으로 한 말입니다. 하하하, 농담이에요. 흘려들으세요."

간살맞게 웃으면서 나는 손바닥을 휘휘 저었다.

"흐음, 그렇군."

엔도 씨가 진지한 표정으로 고개를 끄덕였다.

"그런 방법이 있었어. 그 생각을 못했군. 구로가오카 타운에다 갖다 버린단 말이지. 어쩌면 좋은 아이디어인지도 모르겠어."

"아이고, 엔도 씨, 농담이라니까요."

"아니, 그거 좋은 생각인 것 같은데요."

시마다 이장도 말했다.

"크게 수고스러운 일도 아니고, 경찰이 소동을 일으켜도 우리 마을은 이미지가 나빠지지 않을 테니까요."

"더 나아가,"

마누라가 말을 보탰다.

"구로가오카 쪽의 이미지가 나빠지겠죠."

이미 같은 생각을 하고 있었는지 몇 사람이 그녀의 의견에 고개를 까딱거렸다. 이 마을에서 얼마 떨어지지 않은 구로가오카 타운에 철로가 놓이게 되어 그곳은 집값이 오른다는 소문에 이 마을 주민들의 속이 부글부글 끓고 있던 참이다. 구로가오카 타운의 분양 주택은 원래 여기보다 가격이 낮았다.

　"우리 회사에 구로가오카 타운에 사는 남자가 있는데 말이죠."

　야마시타 씨가 우울한 목소리로 말을 꺼냈다.

　"요즘 들어 입이 귀에 걸려서는 걸핏하면 제게 말을 걸어오지 뭡니까. 집을 얼마에 샀느냐고 묻기도 하고요. 일전에는 굳이 전단지까지 펼쳐 놓고, 구로가오카도 크게 오른 건 아니지만 내려간 것보다는 낫다고, 아주 들으라는 듯이 말하더라니까요."

　아니, 뭐예요, 하며 부인들은 눈을 부라렸다. 남자들은 부들부들 몸을 떨었다.

　"그렇다면 다른 방법이 없겠습니다. 이장님, 결단을 내리시죠."

　엔도 씨가 사극에서나 나올 법한 말투로 시마다 이장을 채근했다. 이장이 잠시 고개를 숙이고 고민하다가 마침내 고개를 들었다.

"알겠습니다. 그럼 민주적인 방식에 입각해서 다수결로 결정하겠습니다. 시체를 구로가오카에 갖다 버리는 일에 찬성하는 분은 손을 들어 주세요."

이 마을 분양 주택에는 열 세대가 살고 있었다. 그들 모두가 아무 망설임 없이 손을 들었다.

그날 밤, 나와 시마다 이장, 엔도 씨, 야마시타 씨, 이렇게 네 사람이 시체를 자동차 트렁크에 싣고 마을을 출발했다. 엔도 씨와 야마시타 씨는 뽑기에 당첨되어서 동행하게 되었다. 그러나 내가 멤버에 합류한 이유는 극히 불합리했다. 구로가오카 타운에 시체를 갖다 버리자고 맨먼저 제안했다는 것이다. 농담이었다고 몇 번을 얘기했지만 통하지 않았다.

"나도 마을 이장이라는 이유로 이런 역할을 맡게 되었으니 불합리하긴 마찬가지죠."

구형 크라운의 핸들을 꺾으며 시마다 이장이 말했다.

"게다가 내 차를 이런 일에 사용하다니, 앞으로는 기분 나빠서 트렁크에 아무것도 싣지 못하겠어요."

"자, 자, 이게 다 우리 동네를 위해서 하는 일 아닙니까."

야마시타 씨가 우리를 달래듯이 말했다.

남자 넷과 시체를 태운 크라운은 농로에 가까운 길을 탈탈거리며 달렸다. 주위는 온통 모내기가 끝난 논이었다.

"이 부근에 초등학교가 생긴다는 얘기가 있던데, 어떻게 되었는지 모르겠습니다."

엔도 씨가 불쑥 말을 꺼냈다.

"맞아요, 맞아. 그리고 철로 건도 말이죠, 원래는 우리 마을 옆을 통과하기로 되어 있었잖아요."

야마시타 씨가 맞장구를 쳤다.

"그렇게 되면 역 앞에 상점가가 생길 거라고 말이죠."

"구청 출장소도 머지않아 들어설 거라고 했었는데."

시마다 이장이 한숨을 내쉬었다.

"결국 업자들 말 따위, 믿어서는 안 되는 거였어요."

"이러이러한 계획이 검토 중이라는 말만 했다는 게 부동산업자들의 변명이죠. 반드시 그렇게 된다는 얘기는 아니었다고 말이에요. 어찌 되었건 우리로서는 속아 넘어간 기분이에요."

엔도 씨가 말했다.

"아는 분한테 우리 얘기를 했더니 말입니다."

나도 대화에 끼어들었다.

"개발될 것이 확실한 지역이라면 집값이 그렇게 싸지 않았을 거라더군요."

"아니, 그건……."

시마다 이장이 핸들을 쥔 채 몸을 뒤로 약간 젖혔다.

너무 노골적이지 않습니까, 라고 말하고 싶었을 것이다.

"수도권 주택 사정이 대체로 너무 안 좋아요."

거북한 대화로 이어질 듯한 낌새를 챘는지 야마시타 씨가 근원적인 문제를 거론했다.

"일생 동안 조그만 집 한 채 살 수 없다는 게 말이 안 되잖아요. 최근에 집값이 조금 내렸다고는 하지만 워낙 턱없이 비쌌던 터라 엄두가 나지 않는 건 마찬가지예요."

"한편에서는 부모 땅을 물려받아서 벼락부자가 되는 놈들도 있는데 말입니다."

엔도 씨가 부아가 치민다는 듯이 말했다.

"그런 놈들에게는 상속세를 왕창 걷어야 하는데……. 상속세를 내지 못하면 땅을 몰수해 버리고요."

"맞아요, 맞아. 그래서 궁극적으로는 땅을 전부 국유화해서 국민에게 빌려주는 거죠. 그러면 빈부 격차도 줄어들 거예요."

시마다 이장이 힘주어 말했다.

"땅은 모두의 것인데 그걸 사고팔아서 돈을 벌겠다는 생각 자체가 잘못이에요."

야마시타 씨도 거들었다.

"맞는 말씀입니다."

"그렇고말고요."

자신들도 돈을 벌고 싶어서 집을 샀을 텐데, 그런 사실은 모르는 척하고 목소리를 높였다.

"아, 구로가오카가 보입니다."

시마다 이장이 브레이크 페달을 밟았다.

광활한 전답 한가운데에 엇비슷하게 생긴 집들이 수십 채 모여 있는 구역이 있었다. 어두워서 자세히 보이지는 않지만 집집의 크기도 우리 마을과 비슷했다.

"야, 이래서야 어디 불편해서 살겠어? 주위에 아무것도 없잖아."

야마시타가 즐거운 비명을 올렸다.

"버스 정거장도 없는 것 같고, 제일 가까운 역도 차로 10분은 걸리지 싶은데."

"아니죠, 10분으로는 어림없을 겁니다. 못해도 15분은 걸릴 거예요."

시마다 이장이 확신에 찬 말투로 말했다.

천천히 차를 몰아 구로가오카로 진입했다. 깊은 밤인데다 애당초 주민이 많지 않은 곳이라서 길가에 사람 그림자도 보이지 않았다. 불이 켜져 있는 집도 거의 없다.

"되도록이면 사람들 눈에 잘 띄는 곳에 버리죠."

엔도 씨가 말했다.

"그래야 소동이 빨리 일어날 거 아닙니까."

의논 결과 우리는 시체를 마을에서 제일 큰 집 앞에 버리기로 했다. 그 집 주차장에 벤츠가 세워져 있다는 점도 우리의 반감을 부추겼다.

시마다 이장의 크라운 트렁크에서 담요에 싸인 시체를 끌어내 길가에 내동댕이쳤다. 이쯤 되니 신기하게도 시체에 대한 공포심이 상당히 줄어 있었다.

"자, 돌아갑시다."

이장의 지시에 따라 우리는 차에 올라탔다.

다음 날 새벽 5시 반쯤 나는 마누라에게 시체를 성공적으로 버리고 왔노라고 보고했다. 마누라가 수고했다고 말했다. 오랜만에 듣는 말이었다.

"이제 구로가오카 타운도 이미지가 추락하겠지."

이 시간이면 늘 잠이 덜 깬 얼굴이더니 오늘 아침에는

들떠 보이기까지 했다.

그러나 그런 표정도 조간에 실린 광고를 보는 동안 점차 흐려졌다.

"여보, 또 떨어졌는데."

마누라가 내게 우리 분양 주택 단지의 전단 광고를 보이며 말했다.

"이것 봐, 어제 말했던 동쪽 맨 끝 집 말이야. 2주 전보다 2백만 엔이나 더 싸게 내놓았어."

"그러네."

나는 토스트를 오물거리면서 전단지를 곁눈으로 보았다.

"아이, 짜증 나. 여보, 어떻게 좀 안 될까? 맨션 같은 경우는 나중에 팔린 집이 가격이 많이 떨어지면 먼저 산 사람이 차액을 돌려받기도 하잖아."

"응, 그런 일이 있으면 협상하기로 되어 있긴 한데, 아직은 떨어진 가격에 팔린 집이 없으니까."

"아니, 인기가 그렇게 없어?"

"어……. 나, 다녀올게."

마누라 머리에서 김이 오르기 전에 출근하기로 했다.

약 세 시간이 걸려 나는 도라노몬에 있는 사무기기 메

이커 본사에 도착했다. 장거리 출퇴근을 시작한 이래 한 번도 지각하지 않은 것은 신기한 일이다.

자리에 앉았다가 자판기 커피라도 사 올까 하고 다시 일어서는 참에 옆 부서 사람들이 두런거리는 소리가 들렸다.

"과장님이 오늘 휴가를 냈대."

"그래? 웬일이야. 감기라도 걸렸나."

"차가 고장 났다는 것 같던데."

"아니, 그런 일로 휴가를 낸단 말이야?"

"그게 말이지, 과장님 사는 동네는 차가 고장 나면 치명적이래. 구로가오카 타운은 차가 없으면 역에도 못 간다는 거야."

"우아, 그거 문제네."

나는 자리를 뜨면서 득의의 미소를 지었다. 옆 부서의 과장이 구로가오카에 사는 줄은 몰랐는데. 차가 고장 났다는 건 거짓말일 것이다. 아마도 시체가 발견되어 동네가 발칵 뒤집히는 바람에 출근을 못했겠지. 오늘 저녁 뉴스가 기다려지는군.

그런데 이날 저녁 뉴스에는 구로가오카 타운에서 시체가 발견되었다는 소식이 없었다.

"이상하네. 어떻게 된 일이지."

이불 속에서 마누라가 산 액정 텔레비전의 채널을 이리저리 돌리며 나는 고개를 갸웃했다.

"어느 모로 보나 살인 사건인데 보도되지 않을 리가 없잖아."

"경찰 발표가 늦어지는 모양이지. 내일 조간에는 실릴 거야."

"그럴지도 모르겠군."

나는 그렇게 말하며 텔레비전 스위치를 껐다. 내일은 토요일이라 회사에 안 가는데도 습관이 되어선지 이내 졸음이 밀려왔다.

몸을 마구 흔드는 통에 눈이 뜨였다. 마누라 안색이 파랬다.

"큰일 났어, 여보. 빨리 일어나 봐."

"왜 그래?"

"시체가, 시체가, 그 시체가, 또 집 앞에……."

"뭐라고?"

나는 후다닥 이불에서 뛰쳐나갔다.

밖으로 나가 보니 그제와 마찬가지로 사람들이 웅성

거렸다. 시마다 이장과 엔도 씨의 모습도 보였다.

"아, 안녕하세요."

엔도 씨가 나를 발견하고 인사를 건넸다. 그러자 다른 사람들도 모두 내게 인사했다. 나는 그들에게 답례한 뒤 "시체가 또 있다면서요?"라고 물었다.

"그러게 말입니다. 이것 좀 보세요."

엔도 씨가 눈썹을 팔자로 늘어뜨리며 가리킨 곳을 보고 나는 "으아!" 하며 뒤로 후다닥 물러섰다. 피부가 회색도 아니고 흙색도 아닌 것이, 안면 윤곽이 허물어지고, 인상적이었던 불룩한 배는 약간 꺼진 듯하지만, 차림새로 보건대 거기에 널브러져 있는 것은 분명 그제 밤에 구로가오카에 갖다 버린 시체였다.

"어떻게 다시 여기에……?"

"지금 그 얘기를 나누는 중입니다."

시마다 이장이 옅어지기 시작한 머리 위에 손을 얹었다.

"구로가오카 사람들이 옮겨다 놓은 게 아닌가 싶습니다."

"구로가오카 사람들이……."

"놈들도 우리와 똑같은 생각을 한 거죠. 시체가 발견되면 동네 이미지가 추락할 테니 이쪽에 갖다 버린 겁니다."

야마시타 씨가 설명했다.

"무슨 그런 비열한 사람들이 다 있어!"

야마시타 부인이 노기 띤 목소리로 말했다.

"하지만 우리 쪽에서 먼저 시작한 일이니까, 뭐……."

그러면서 시마다 이장이 쓴웃음을 지었다.

"아니죠. 그건 모르는 일입니다."

엔도 씨가 말했다.

"애당초 이 남자가 여기서 죽었다는 증거가 없잖아요. 그러니까 저쪽에서 먼저 옮겨다 놓았다고 생각할 수도 있지요."

"맞다, 맞아!"

"틀림없이 그랬을 거예요."

"구로가오카 놈들이라면 충분히 그러고도 남아요."

이쪽도 똑같은 짓을 했으니 저쪽과 다를 바 없는데, 그런 논리적 모순은 외면한 채 저마다 한마디씩 구로가오카 사람들을 매도했다.

"그럼 이제 어떡하죠?"

내가 시마다 이장에게 물었다.

"글쎄요, 이 상태로 경찰에 신고할 수도 없고……."

"다시 그쪽에 가져다 놓죠."

뒤쪽에서 누군가가 발언했다.

"그게 좋겠습니다."

"이렇게 된 이상 누가 이기나 해 봅시다."

시체를 구로가오카에 다시 옮겨다 놓자는 의견에 반대하는 사람은 아무도 없었다.

"그럼 일단 시체를 어딘가에 숨겨야 하지 않겠습니까? 밤이 되어야 움직일 수 있으니까요."

시마다 이장이 사람들에게 물었다.

"그렇게 합시다."

"다시 그 집에 숨기죠."

그 집이란 마을에 있는 모델 하우스다. 문이 잠겨 있어 집 안으로는 들어갈 수 없지만, 창고는 열려 있다. 지난번에도 밤이 될 때까지 그곳에 숨겨 놓았다.

누군가 집에서 사다리를 들고 와서 거기에 시체를 싣고 들것처럼 운반했다. 앞에는 야마시타 씨, 뒤에는 시마다 이장이 섰다. 다른 사람들도 주위를 에워싸고 졸졸 따라갔다.

"어쩐지 냄새가 나는 것 같은데요."

엔도 씨가 코를 실룩거린다.

"어머, 부패하는 거 아니에요?"

마누라가 그렇게 말하고는 대담하게도 시체의 목 언저리에 얼굴을 갖다 댔다.

"역시 그러네! 요즘 날씨가 원체 더우니까……."

그녀가 얼굴을 찡그리며 얼굴 앞에서 손을 휘휘 저었다.

"그러고 보니까 어제 우리 집도 고기가 상했더라고요."

엔도 부인이 말했다.

"아주 잠깐 냉장고에서 꺼내 놨는데 말이에요."

"그 집도 그랬어요? 우리도 그랬는데."

야마시타 부인이 맞장구를 쳤다.

"날씨가 갑자기 더워져서 그래요."

"음식 쓰레기에서도 금방 냄새가 나고."

"골치 아파 죽겠어요."

시체를 눈앞에 두고 태연하게 집안일을 얘기할 수 있는 부인네들의 무신경함에 나는 혀를 내둘렀다. 웬만큼 익숙해졌다고는 하지만 나는 속에서 올라오려는 걸 가까스로 참고 있었다.

모델 하우스 창고에 시체를 던져 넣은 후 시마다 이장이 문을 닫았다.

"그럼 이따 밤에 봅시다."

"고생하셨어요."

"그래요, 수고했어요."

마을 도랑을 청소하고 났을 때 같은 분위기로 우리는 헤어졌다.

"저, 잠깐만요."

집으로 들어가려는데 누가 뒤에서 말을 붙였다. 돌아보니 남자 둘이 대문 옆에 서 있었다. 한 남자는 키가 크고 다른 남자는 작다.

"왜 그러시죠?"

그들 쪽으로 돌아서며 물었다.

"경찰입니다."

작은 남자가 경찰수첩 같은 걸 꺼냈다.

"수사에 협조해 주시면 감사하겠습니다. 잠깐이면 됩니다."

경찰이라는 말을 들었는지, 집으로 돌아가던 마을 사람들이 하나둘 다시 모여들었다. 그러자 형사들이 당황한 표정을 지었다.

"무슨 일이 있나요?"

내가 물었다.

"아, 네. 혹시 근처에서 이 사진 속 인물을 보신 적이 있습니까?"

작은 형사가 내보이는 사진에는 예의 시체의 남자가 찍혀 있었다. 그러나 나는 시치미를 뚝 떼고 "아니요, 본 적 없습니다."라며 사진을 마누라에게 건넸다.

"저도 본 적 없어요."

마누라도 태연하게 대답했다.

"저도 좀 보겠습니다."

시마다 이장이 사진을 받아 들더니 그럴싸하게 미간을 찡그렸다.

"흠, 이 마을에서는 못 보던 얼굴인데."

다른 사람들 손에도 사진이 넘겨졌다. 하나같이 모르는 남자라고 단언했다.

"이 남자가 누굽니까?"

내가 작은 형사에게 물었다.

"중대한 사건의 열쇠를 쥔 인물입니다."

형사가 사진을 도로 집어넣으며 말했다.

"목숨을 위협받는 낌새가 있었는데 며칠 전부터 행방이 묘연해서 말이죠."

"허, 그거 큰일이군요."

엔도 씨가 허풍스럽게 놀라는 척했다.

"그런데 형사님들은 어떻게 우리 동네에 오셨습니까?"

"여기서 북쪽으로 몇 킬로미터 떨어진 곳에서 이 사람 차가 발견되었거든요. 그래서 탐문 조사를 하다 보니 여기까지 오게 되었습니다."

"차가 발견되었다……, 아, 그럼,"

시마다 이장이 말했다.

"우리 마을보다 구로가오카 타운 쪽이 더 가깝지 않을까요. 그쪽에는 가 보셨습니까?"

"네, 가 봤습니다."

작은 형사가 그렇게 대답하며 고개를 끄덕였다.

"그쪽에서도 본 적 없는 남자라고 했나 보군요."

"아닙니다. 봤다는 증언이 있었습니다."

"아하!"

시마다 이장이 눈을 크게 떴다.

"그럼 그쪽에서 무슨 일이 있었군요."

"아니요, 그게 말입니다,"

형사가 입술을 날름 핥고서 말을 계속했다.

"그쪽 사람들 증언에 따르면, 이 사진 속 남자가 시로카네다이 분양 주택을 어떻게 가느냐고 묻고 나서 이쪽으로 향했다는 겁니다."

"네에?"

"그게 언제 일입니까?"

내가 물었다.

"그저께 낮이라고 했습니다."

"그저께요?"

그럴 리 없었다. 그 남자는 그저께 아침에 이미 죽어 있었다.

형사가 머리를 긁적거리면서 주위를 둘러봤다.

"이 마을 주민이 얼마나 되시죠?"

"저희가 전부입니다."

시마다 이장이 대답했다.

"그렇군요. 그럼, 혹시 나중에라도 생각나는 일이 있으면 이리 연락해 주세요."

연락처를 적은 메모지를 시마다 이장에게 건네고 두 형사는 사라졌다.

"구로가오카 놈들, 헛소리를 잘도 지껄였군."

형사들 차가 멀어지자 엔도 씨가 말했다.

"하마터면 큰일 날 뻔했습니다. 시신을 처리하기 전에 형사들이 들이닥쳤다면 속수무책이었을 거예요."

야마시타 씨의 말에 모두가 고개를 끄덕였다.

"일이 이렇게 되었으니 어떻게든 시체를 처리해야 합

니다. 경찰이 본격적으로 수사를 시작하기 전에 구로가오카에 다시 갖다 버립시다. 우리가 질 수는 없잖아요."

시마다 이장의 말에 다들 맞장구를 쳤다.

새벽 2시에 우리는 모델 하우스 앞에서 다시 모였다. 멤버는 그저께와 똑같았다. 교체하자는 의견도 있었지만, 해 본 사람이 나을 거라고들 해서다. 그 대신 우리는 앞으로 1년간 마을 일을 면제받기로 했다.

시마다 이장이 창고 문을 열고 내부를 손전등으로 비췄다. 악취로 가득한 공기가 흘러나와 코를 찔렀다. 부패가 더 진행된 모양이었다. 어두워서 확실치는 않지만 시체의 피부에서 뭔가 흘러나와 옷과 창고 바닥을 적신 듯했다.

"자, 옮깁시다."

시마다 이장의 지시에 따라 우리는 시체를 창고 밖으로 끌어냈다. 살이 찐 사람이었던 것 같은데 얼굴 살이 늘어져 두개골 모양이 선명히 드러났다. 움푹 꺼진 눈꺼풀 사이로는 탁한 안구가 보였다. 입술은 오그라든 듯하고, 누런 이가 드러나 있는데 어금니는 크라운이 씌워져 있었다.

"이걸로 쌉시다."

시마다 이장이 비닐 시트를 마당에 펼쳤다.

그 위로 시체를 옮기려 했을 때 야마시타 씨가 무언가에 걸려 비틀거렸다.

"으아아아."

균형을 잃은 야마시타 씨가 한쪽 손으로 시체의 배를 짚고 말았다. 오늘 아침에 봤을 때보다 조금 부풀어 오른 듯한 시체의 배가 야마시타 씨의 체중에 눌려 비치볼에서 바람이 빠져나가듯 푹 꺼졌다.

동시에 시체의 입에서 가스가 뿜어져 나왔다. 부패로 인해 가스가 발생해서 몸 안을 가득 채우고 있었던 모양이다. 시체 앞에 쭈그려 앉아 있던 우리는 정면으로 악취의 세례를 받았다.

"컥."

"크윽."

비명도 신음도 아닌 소리를 지르며 모두가 웩웩거렸다. 그로부터 한동안 쌕쌕 숨을 몰아쉬는 소리만 들렸다.

"미, 미안합니다. 미안합니다."

야마시타 씨가 연신 사과했다.

"아니에요, 어쩔 수 없는 일이죠. 차 안에서 가스가 새지 않아 다행입니다."

시마다 이장이 말했다.

"하지만 냄새가 지독하긴 하군요."

"1년간 마을 일을 면제받는 정도로는 어림없겠는걸요, 하하하."

다시 정신을 가다듬고 시체를 차 트렁크에 실은 우리는 그저께처럼 구로가오카 타운을 향해 출발했다. 이번에는 다들 말이 별로 없었다.

구로가오카에 도착하자 재빨리 차를 세우고 트렁크를 열었다. 시체를 버릴 장소는 지난번과 같았다.

트렁크 안에 시트를 펼치고 시체를 끌어내기로 했다. 소름이 끼쳤지만 나는 시체의 손목을 잡았다. 그런데 생각했던 것보다 부패가 심했는지 미끄덩거리는 감촉이 느껴지는 것과 동시에 시체의 손목이 옷소매에서 쑥 빠져나왔다. 부패한 살과 근육이 그 끝에 늘어져 있었다.

"으악!"

비명과 함께 구역질이 올라왔지만 나는 이를 악물고 참았다.

"이런 식으로는 안 되겠어요. 시트째 꺼냅시다."

시마다 이장의 제안으로 우선 시트째 시체를 길가에 내

려놓은 후 시트만 빼내기로 했다. 시체가 데구루루 구르는 바람에 손목 이외의 부분도 떨어져 나간 듯했지만 가급적이면 보지 않으려고 했다. 시트를 빼내고 모두가 차에 올라탄 것을 확인한 뒤 시마다 이장은 자동차 바닥을 뚫을 기세로 액셀을 밟았다.

다음 날인 일요일도 아침부터 무더웠다. 머리가 멍한 상태로 신문을 가지러 나갔다가 앞집 야마시타 씨와 마주쳤다. 우리는 누가 먼저랄 것도 없이 쓴웃음을 지었다.

"잠은 잘 잤습니까?"

그가 물었다.

"그럴 리가요."

나는 고개를 저었다. 그가 역시 그렇군요, 하는 표정을 지었다.

어젯밤, 집으로 돌아와 샤워를 하고 잠자리에 들었지만 시체의 악취와 감촉이 생생하게 떠올라 잠을 이루지 못하고 몇 번이나 몸을 뒤척였다. 지금도 코끝에 악취가 맴도는 느낌이다.

"오늘도 덥겠는걸요."

야마시타 씨가 하늘을 올려다보며 말했다.

"날씨가 이러니 더더욱……."

그는 말꼬리를 흐렸지만, 하고 싶은 말이 무엇이었는지 충분히 알 수 있었다. 시체가 부패할 거라는 말일 것이다.

"뭐, 이제 우리와는 상관없는 일이죠."

내 말에 야마시타 씨가 그랬으면 좋겠다는 듯이 희미하게 웃었다.

그러나 그날 밤에도 구로가오카에서 시체가 발견되었다는 뉴스는 나오지 않았다. 나는 왠지 불길한 예감에 어젯밤에 이어 또다시 잠을 설쳤다. 옆에서는 마누라가 태평하게 드르렁드르렁 코를 골았다.

위스키라도 한잔 마실까 싶어 침대에서 일어났을 때 집 앞에서 차가 멈추는 소리가 났다. 사람들 말소리도 들렸다. 잠시 후 차는 사라진 듯했지만 나는 아무래도 신경이 쓰여 잠옷을 입은 채 밖으로 나갔다. 그리고 또 소스라치게 놀랐다.

어젯밤에 갖다 버린 시체가 다시 집 앞에 놓여 있었다. 부패가 심한 데다 함부로 다뤘는지 양팔이 거의 뜯겨 나간 모습이었다. 내가 잡았던 손목도 바로 옆에 버려져 있었다.

"큰일 났어요, 큰일 났습니다. 다들 나와 보세요."

아우성을 치며 나는 이웃집들의 대문을 두드렸다. 시마다 이장과 엔도 씨, 야마시타 씨가 곧바로 뛰어나왔다. 그들도 나처럼 잠을 이루지 못한 눈치였다.

상황을 파악하고 다들 눈을 부라렸다.

"구로가오카 놈들 정말 집요하네."

"우리를 철저히 함정에 빠뜨릴 작정인가 봅니다."

"가만두면 안 되겠어요."

지금 당장 시체를 옮기자는 데 전원이 합의했다. 그래서 또다시 나와 시마다 이장을 비롯한 예의 멤버가 움직이게 되었다.

어젯밤처럼 시체를 옮기려고 했지만 팔이 뜯겨 나가고 목이 건들거려서 몹시 힘들었다. 처음에는 늘 그랬듯이 속이 울렁거리는 걸 참아야 했는데, 땀을 흘리며 힘을 쓰다 보니 우리가 손에 들고 있는 것이 인간의 시체라는 의식이 점차 희박해지면서 어떻게든 되겠지 싶은 기분이 되었다.

우리 넷은 이번에도 구로가오카로 향했다. 그런데 그곳에 도착해 보니 그 시각에 길 군데군데에 사람이 서 있었다. 중년 남자 하나가 우리를 발견하고 얼른 뭔가를 꺼냈다. 무전기였다.

"아뿔싸, 사람들이 망을 보고 있군."

시마다 이장이 지긋지긋하다는 듯이 말했다. 그는 망을 보는 사람이 없는 곳을 찾아 바쁘게 핸들을 돌렸다. 그러다 마침내 건설 중인 건물의 부지 안으로 들어가게 되었다. 그곳에는 아무도 얼씬거리지 않았다.

"빨리 버립시다, 빨리빨리."

이장이 재촉할 것도 없이 우리는 재빨리 시체를 트렁크에서 끌어냈다. 그때 시체의 발목과 귀가 떨어져 나갔지만 그런 데 일일이 신경 쓸 여유가 없었다.

그러고 나서 우리는 뛰어들듯이 차에 올라타 현장을 빠져나왔다. 그러나 중간에 망을 보던 사람에게 들키고 말았다. 시체가 발견되는 것은 시간문제였다.

마을로 돌아온 뒤 사람들을 전부 불러 모아 우리도 감시를 하기로 했다. 도로 모퉁이마다 최소 한 사람은 서 있도록 했다. 사람 수가 모자라서 우리 에리까지 동원했다.

배치가 끝나고 몇 분 후, 멀리서 엔진 소리가 들렸다. 나는 태세를 단단히 했다. 놈들이 시체를 버리려고 하면 어떻게든 저지해야 한다.

맨 끝 집 모퉁이에서 사륜 구동 트럭이 나타났다. 짐칸에 남자 몇이 타고 있었다.

트럭은 속도를 줄이지 않은 채 우리 앞을 휙 지나갔다. 그런데 그때 짐칸에서 뭔가를 던지는 것이 보였다. 철퍼덕, 하는 기분 나쁜 소리를 내며 땅바닥에 떨어진 물건은 바로 그 시체였다. 떨어질 때의 충격으로 시체의 몇 부분이 또 떨어져 나갔다. 얼굴에서는 눈알이 뚝 떨어졌다.

"이놈들아, 거기 서!"

뒤늦게 소리쳤지만 이미 놈들은 사라지고 없었다.

곧 마을 사람들이 모여들었다.

"사람이 빤히 보는 앞에서 시체를 버리고 가다니. 우리를 무시해도 분수가 있지."

시마다 이장이 분노에 차서 말했다.

"이렇게 되면 우리도 실력 행사를 할 수밖에요. 시, 시체를 갈기갈기 찢어서 뿌립시다."

하지만 우리에게는 트럭이 없었다. 하는 수 없이 최근에 이 마을로 이사 온 신혼부부의 오픈카를 이용하기로 했다. 새색시는 울며불며 항의했지만, 모두가 나서서 마을을 지키려면 어쩔 수 없다고 설득했다.

이제는 원래의 모습을 완전히 잃어버리고 만 시체를 오픈카 뒷자리에 싣고 출발했다.

예상했듯이 구로가오카 타운 놈들이 우리를 기다리고

있었다. 주택지 입구에 차를 죽 세워 놓고 우리의 진입을 저지했다.

"어떻게 하죠?"

내가 시마다 이장에게 물었다.

"당연히 돌파를 강행해야죠."

시마다 이장은 죽 늘어선 차들의 좁은 틈새로 차를 몰아 구로가오카 타운 안으로 침입했다. 그러나 놈들의 방어막은 거기서 끝나지 않았다. 우리가 들어서자마자 길가에 숨어 있던 주부들과 아이들이 불쑥 나타나 일제히 돌을 던지기 시작했던 것이다. 그렇다고 지금 기가 꺾여서는 안 된다. 있는 힘을 다해 우리는 시체를 차 밖으로 던졌다. 팔도 손목도 다리도 귀도, 그리고 눈알도 던졌다. 시체의 두피가 가발이 벗겨지듯 주르륵 벗겨져 한 주부의 얼굴에 철썩 들러붙었다. 그 주부는 기절했다.

"도망치자."

시마다 이장이 외치면서 핸들을 크게 꺾어 오픈카를 유턴했다. 타이어가 비명을 질렀다.

가까스로 우리 동네에 들어섰는데 잠시 후에 또 엔진 소리가 다가왔다. 이번에는 한 대가 아닌 듯했다. 방어 수단을 궁리하던 우리는 뱀처럼 다가오는 헤드라이트의 행렬을 보고는 아연실색했다. 구로가오카 놈들이 이번에는 오토바이로 출동한 것이었다.

오토바이는 750cc짜리에서 스쿠터까지 크기가 다양했다. 라이더들은 제각각 시체의 일부를 들고 있었다. 그리고 우리 시로카네다이의 도로를 종횡무진 달리면서 여기저기에다 그 인체의 부품을 던졌다. 어느 집 빨랫줄에는 스타킹과 함께 다리가 걸렸고, 어느 집 우편함에서는 혓바닥이 쑥 나와 있었다.

상황에 여기에 이르자 우리의 분노는 한계에 도달했다.

"이건 전쟁이다."

"놈들을 무찌르자."

차가 있는 사람은 차로, 오토바이가 있는 사람은 오토바이로, 자전거가 있는 사람은 자전거로, 아무것도 없는 사람은 걸어서 구로가오카 타운으로 향했다. 물론 모두가 한때는 투실투실했던 남자 시체의 살점을 손에 들고 있었다.

그러나 구로가오카 놈들도 가만히 있지는 않았다. 이쪽이 공격하자, 더 강력한 편대를 구성해서 보복을 감행해 왔다. 그리고 이쪽도 그에 못지않게 대항했다. 이 전쟁은 며칠 동안이나 계속되었다. 시체가 허연 뼈가 된 후에도 계속되었다.

텔레비전에서 여자 리포터가 흥분한 목소리로 말했다.
"네, 저는 지금 시로구로 그라운드에 나와 있습니다. 현재 이곳에서는 연례행사인 시로카네다이 마을 대 구로가오카 마을의 축구 경기가 치러지고 있습니다. 아, 물론 우리가 아는 축구나 럭비 경기와는 조금 다르죠. 규칙은 아주 간단합니다. 어떻게든지 공을 적진에 갖다 놓으면 되는데요, 무엇보다 색다른 것은 선수의 수에 제한이 없다는 거겠죠. 그래서 동네 사람들 거의 대부분이 경기에 출전합니다. 축구는 원래 두 마을이 공 하나를 놓고 서로 빼앗는 축제가 기원이었다고 하니까, 이 대회는 그 기원으로 돌아간 경기라고도 할 수 있겠네요. 제 생각에는 동네 간의 친목이 두터워질 것 같아 좋아 보이는데요. 그리고 흥미로운 점은 이 경기에서는 공을 바가지라고 한답니다. 왜 그렇게 부르는지 정확한 것은 알 수 없다고 하는데요. 바가지라는 말에 저는 해골을 연상했는데, 설마 어떤 관계가 있는 건 아니겠죠. 그럼 이것으로 리포트를 마치겠습니다."

어느 할아버지의 무덤에 향을

3월 1일

니지마 선생님이 느닷없이 일기를 쓰라고 했다. 선생님에게는 여러 가지로 신세를 졌으므로 싫다고 말하기 어려워서 그러마고 했다. 그런데 왜 내가 이 나이에 일기 따위를 써야 한단 말인가. 나 같은 늙은이에게 무슨 쓸거리가 있다고. 두꺼운 일기장을 받았는데, 이걸 다 쓸 때까지 살아 있을지 의문이다. 그러나 선생님에게는 신세를 많이 졌으니 싫다고 말하기 어려워서 알겠다고 했다. 일기를 쓰기는 처음이다. 어떻게 쓰면 좋을지 도무지 알 수가 없어 난감하다. 선생님에게 그렇게 말했더니 뭐든 좋으니 그날 있었던 일을 전부 쓰라고 했다. 내 머리로 어떻게 전부 기억하느냐고 했더니 기억나는 것만 써도 좋다고 했다. 그래서 이렇게 쓰기는 하지만, 오늘 무슨 일이 있었는지 도통 생각나지 않는다. 아무 일 없었던 것 같기도 하다. 기억나는 일이라고는 니지마 선생님이 일기를 쓰라고 했다는 것뿐이다. 그 일에 관해서는 이미 썼으니 오늘은 이것으로 마칠까 한다. 오랜만에 연필을 쥐었더니 손이 아프다. 글을 쓰기는 공장에서 반장 일지를 적을 때 이후 처음이다. 내일부터 매일 써야 한다고 생각하니 마음이 무겁다. 한자가 하나도 기억나지 않아 짜증이 난다. 전에는 한자를 훨씬 많이 알았을 텐데. 하지만 선생님에게 신세를 지고 있으니 싫다고는 할 수 없다.

3월 6일

오랜만에 일기를 쓴다. 전에 선생님에게 물어봤더니 일기를 매일 쓰지 않아도 되고 생각날 때 쓰면 된다고 해서 차일피일하며 쓰지 않은 채 며칠이 지났다. 나는 쉽게 깜박깜박하니까 매일 쓰겠다고 생각하는 편이 나을지도 모르겠다. 선생님은 친절해서 아무 말 안 하지만, 내가 게으름을 피우면 선생님에게 누가 될지도 모른다.

오늘은 쓸 일이 있다. 우선 아침부터 무릎이 욱신거려서 참기 힘들다. 요즘은 매일 무릎이 아파서 짜증스럽다. 속바지를 두 장이나 껴입었는데 효과가 있는지 없는지 모르겠다. 입지 않으면 마음이 편치 않아서 그저 껴입는 것 같기도 하다. 요즘은 지팡이를 짚고 걷는 것도 힘들어졌다. 야마다 씨가 유모차에 기대어 걸으면 편하다고 가르쳐 주었지만 그러고 싶지는 않다.

그리고 낮에 장을 보러 나갔다. 집을 나서려는데 지갑을 어디에 두었는지 기억나지 않아 당황했다. 한참을 이리저리 찾아다닌 후에야 오른손에 들었다는 걸 알았다. 요즘은 이런 일이 잦다. 아무래도 치매가 왔나 보다. 사소한 일도 기억나지 않아 고생하는 일이 하루에도 몇 번이나 있다. 이러다 오카모토 씨처럼 되는 건 아닌지. 오카모토 씨는 방금 밥을 먹었는데도 까맣게 잊고는 아침부터 밤까지 밥, 밥, 밥을 조른다고 한다. 그 집 며느리가 동네방네 떠들고 다녀서 모두들 안다. 나는 그렇게 되고 싶지 않다. 게다가 나는 혼자 사니 그런 상황이 오면 도와줄 사람도 없다. 그러기 전에 죽었으면 좋겠다. 이 나이가 되니 죽음은 조금도 두렵지 않다. 미련도 없다. 사람들에게 폐를 끼치기 전에 죽었으면 좋겠다.

3월 10일

오늘은 서점에 가서 사전을 사 왔다. 아무래도 한자를 조금씩 섞어서 쓰는 게 낫겠다고 생각했기 때문이다. 한자를 섞어 쓰지 않으니 어린애가 쓴 일기처럼 보인다. 그래서 서점에 갔는데, 어느 사전을 사면 좋을지 몰라 우왕 좌왕했다. 그러자 점원 아가씨가 무슨 책을 찾느냐고 물어서, 이러이러한 것이라고 설명했더니 이게 좋겠다면서 표지가 빨간 사전을 추천해 주었다. 글자가 커서 보기 편하다는 것이다. 펼쳐 보니 과연 눈에 잘 들어왔다. 돋보기를 끼면 그럭저럭 읽을 수 있을 것 같았다. 고맙다고 하고서 그걸 사 가지고 돌아왔다. 지금 그 사전을 뒤적거리면서 이 글을 쓴다. 한 글자 한 글자 찾아서 쓰자니 시간이 걸려 답답하다. 눈도 피곤하다. 오늘은 이만 끝내련다.

3월 11일

오늘도 서점에 갔다. 어제 점원 아가씨가 잘 모르는 것이 있으면 언제든지 물어보라고 했기 때문이다. 일기를 쓰는데 일일이 한자를 조사하기가 힘들다, 무슨 방법이 없겠느냐고 아가씨에게 물었다. 그랬더니 전부 한자로 바꿔 쓸 필요는 없다, 한자로 쓰는 것이 낫겠다고 생각되는 글자만 한자로 적으면 된다고 대답했다. 한자가 너무 많으면 오히려 읽기 어려운 경우도 있다고 한다. 그래서 오늘은 한자를 줄여 보았는데, 요령을 잘 모르겠다. 익숙해지면 나아지겠지만 쉽지 않다.

그래도 그 아가씨는 정말 친절하고 좋은 사람이다. 마음씨도 고울 것 같다. 먼저 저세상으로 떠난 후미도 친절한 여자였는데, 얼굴도 어딘가 모르게 후미와 닮았다. 이름을 물었더니 이노우에 치하루라고 알려 주었다. 좋은 이름이다. 얼굴과 어울린다. 목소리도 좋다. 내게 아들이 있다면 며느리로 삼고 싶을 정도다. 아니, 아니지. 내 아들과는 나이가 맞지 않는다. 손주라면 딱 맞는 나이일 것이다.

오랜만에 후미를 생각했다. 후미에게는 몹쓸 짓을 했다. 내가 몸이 좋지 않아 자식을 얻지 못했다. 우리 집안에서는 후미를 책망했지만, 그 사람에게는 아무 잘못이 없었다. 그런데도 후미는 아무 말 않고 그저 참았다. 저세상에 가면 후미에게 사과해야겠다.

3월 13일

어제 니지마 선생님이 전화를 걸어, 내일은 꼭 병원에 오라고 했다. 나는 얼마 전에 받은 검사 결과에서 좋지 않은 곳이라도 있나 하는 생각이 들었다. 걱정스럽지만, 걱정해 봐야 소용없다고 생각한다. 이렇게 오래 살았으니 그만 됐다고 생각한다. 하지만 대체 어디가 나쁜 것일까, 그런 생각을 하면서 병원에 갔다.

니지마 선생님은 요즘 내 몸 상태에 관해 이런저런 질문을 했다. 나는 선생님에게 그렇게 빙빙 돌리지 말고 내 몸이 어디가 어떻게 나쁜지 빨리 가르쳐 달라고 했다. 빨리 듣고 편해지고 싶다고 했다. 그러자 선생님은 무슨 말인지 모르겠다는 표정을 짓더니 오늘 내게 와 달라고 한 것은 부탁이 있어서라고 했다. 선생님처럼 훌륭한 분이 내게 무슨 부탁이 있는지 의아했다.

선생님의 부탁은 실험에 협조해 달라는 것이었다. 무슨 실험이냐고 물으니, 젊어지는 실험이라고 했다. 인간의 몸이 다시 젊어질 수 있을지도 모른다는 것이다. 나는 깜짝 놀라, 그런 일이 가능하냐고 물었다. 이론적으로는 가능하다고 선생님은 말했다. 그리고 벌써 몇 번이나 동물 실험을 했으며 도로 젊어진 쥐도 있다고 했다. 다만 언제까지나 젊은 채로 있을 수는 없고, 어느 정도 시간이 지나면 원래 모습으로 돌아가는 것 같다고 한다. 그래도 나는 믿기지 않았다. 아무리 의학이 발달했다고 해도 그렇지, 그런 일이 과연 가능할까. 그런 일이 가능하다면 벌써 오래전에 난리가 났을 것이다. 그 말을 했더니 선생님은 이 실험이 아직 비밀이고 학회에도 발표되지 않았

다고 했다. 그러니까 다른 사람에게는 절대 말하면 안 된
다는 것이다. 나는 말 상대도 없으니 그런 일은 없을 거
라고 말해 두었다.

왜 내게 부탁하느냐고 물어보니 조건에 딱 맞는다고
했다. 비밀 실험이라서 평소에 사람들과 교류가 없고 가
족도 없는 사람이 적당하다는 것이었다. 물론 아픈 사람
보다는 건강한 사람이 좋다고도 했다. 그런 조건에 내가
딱 들어맞는다는 것이다.

나는 집에 가서 잠시 생각해 보겠다고 대답하고 병원
을 나섰다. 그러나 아무리 생각해 봐도 믿기지 않는 얘기
라서 꿈을 꾸는 듯한 기분이었다. 만약 다시 젊어질 수
있다면 얼마나 기쁠까. 선생님이 젊어지는 기간은 얼마
안 될 수도 있다고 했지만 그래도 엄청난 일이다.

좀 더 많이 쓰고 싶은데, 머릿속이 그 생각으로 꽉 차
서 다른 생각이 안 난다. 이쯤에서 그만 쓰련다. 슬슬 자
야겠다 싶은데, 흥분해서 잠이 올 것 같지 않다.

3월 15일

니지마 선생님에게 실험에 협조하겠다고 말했다. 선
생님은 무척 기뻐했다. 21일에 수술을 했으면 한다기에

언제든 좋다고 했다. 선생님이 수술 후에는 한동안 사람을 만날 수 없을 테니 만나고 싶은 사람이 있으면 지금 만나 두라고 한다. 나는 딱히 그럴 만한 사람이 없다고 말했다. 그런데도 선생님은 그럴 리 없으니 잘 생각해 보란다. 그래서 집에 돌아와 생각해 봤지만 역시 그럴 만한 사람이 없었다. 동네에는 아는 사람이 없고, 친척도 안 만난 지 오래다. 옛날에는 친구도 몇 명 있었지만 다들 죽고 지금은 아무도 없다. 얘기 상대는 니지마 선생님 정도다. 노인이 혼자 살다가 죽었는데 며칠이 지난 후에야 발견되었다는 얘기를 간간이 듣는데, 나도 아마 그렇게 될 것이라고 생각한다. 내가 죽었다고 찾아올 사람도 없으니 두 달쯤 지나야 발견될지도 모른다. 그것도 아마 주인집 아들이 발견하겠지. 요즘은 그 아들이 집세를 받으러 온다. 내가 죽으면 그놈은 아주 반색할 게 틀림없다. 빨리 나가 주었으면 하는 눈치였으니까.

여기까지 썼는데 이노우에 치하루 씨가 떠올랐다. 그 아가씨를 만날 수 없다고 생각하니 왠지 허전하다. 내일 서점에 가서 만나고 와야겠다. 친절하게 대해 줘서 고맙다는 뜻으로 뭔가 선물을 하고 싶은데 돈도 없는 데다, 젊은 처자가 뭘 좋아하는지도 도통 모르겠다.

3월 16일

낮에 이노우에 치하루 씨를 만났다. 역 앞에서 파는 찹쌀떡을 사 들고 갔다. 그녀가 좋아해서 나도 기분이 좋았다.

내가 한동안 올 수 없다고 하자 그녀는 무슨 일이 있느냐고 물었다. 병원에 들어간다고 하니 또 어디가 안 좋으냐고 묻는다. 나쁜 곳은 없지만 볼일이 좀 있다고 했다. 그러자 걱정스러운 얼굴로 몸조심하라고 말해 주었다. 정말 친절한 아가씨다.

서점에서 돌아오는 길에 별생각 없이 상점가를 둘러보았다. 그동안 못 보던 가게가 늘었다. 뭘 파는지 알 수 없는 가게도 있었다. 어느 가게나 젊은 사람들만 우글우글하다. 노인이 들어갈 만한 가게는 없다.

밤에 텔레비전을 켰더니 늘 하던 검도는 안 나오고 대신 축구를 하고 있었다. 요즘은 이런 일이 다반사다. 채널을 이리저리 돌려 보았지만 뭐가 뭔지 모를 프로그램뿐이라 재미가 없다.

3월 20일

드디어 수술하는 날이 내일로 다가왔다. 그래서 오늘

입원했다. 실험을 어떤 식으로 하는지 알지 못해서 조금 무섭다. 도로 젊어질 수 있다는 것 역시 믿기지 않는다. 니지마 선생님이 이런저런 설명을 해 주었지만 모자란 내 머리로는 절반도 이해할 수 없었다. 그래서 그저 맡기겠다고 했다.

선생님이 하나다 히로에라는 간호사를 소개해 주었다. 앞으로 나를 거의 전담하게 되는 듯하다. 마흔 중반 정도로 보이는 마음씨가 곱게 생긴 여자다. 용건이 있으면 뭐든 말하라고 한다. 얼마나 입원해 있어야 하는지는 모르겠지만 갈아입을 옷이 부족할 것 같다고 말했다. 그러자 하나다 씨는 시간이 지나면 어차피 지금 옷은 못 입게 될 것이라고 했다. 몸에 맞지 않게 되느냐고 묻자, 그것도 그렇지만 스타일이 마음에 들지 않을 거라고 했다. 나는 무슨 말인지 이해가 가지 않았다.

니지마 선생님이 일기를 쓰고 있느냐고 물었다. 나는 매일은 아니지만 쓰고 있다고 대답했다. 그러자 앞으로도 계속 쓰라고 한다. 선생님이 내 사전을 보더니 편하고 좋은 사전 같다고 했다. 나는 조금 기뻤다. 그리고 선생님이 밤에 커다란 렌즈를 갖다주었다. 돋보기처럼 손에 들고 보지 않아도 그걸 사전에 올려놓으면 글자가 크게 보인다. 쓸모가 있을 것 같다.

병실 불은 9시면 꺼야 하는데 내가 10시로 늦춰 달라고 부탁했다. 그래도 텔레비전은 9시에 반드시 꺼야 한단다. 어차피 볼 것도 없으니 상관없다.

3월 24일

수술은 사흘 전에 끝났다. 뭘 어떻게 했는지 전혀 모른다. 정신을 차려 보니 온몸에 붕대가 감긴 채 침대에 누워 있었다. 온몸에 칼을 대었나 했는데 그렇지는 않았다. 등뼈와 머리만 갈랐다고 한다. 그래도 그제와 어제는 움직일 수 없었다. 어디가 아픈 것도 아닌데 몸이 나른해서 마냥 축 늘어져 있었다. 오늘은 몸이 좀 움직여져서 일기를 쓰고 있다. 니지마 선생님이 기분이 어떠냐고 묻기에 그런대로 괜찮다고 대답했다. 힘들어서 오늘은 여기까지.

3월 25일

몸이 꽤 편해졌다. 하나다 간호사에게 거울을 빌려 얼굴을 보았다. 조금도 젊어지지 않았다. 실패인가 보다고 말하자 하나다 간호사는 이제부터 달라진다고 한다. 수술을 또 받아야 하느냐고 물었더니 그건 아니라고 하고.

무슨 뜻인지 잘 모르겠다.

3월 26일

니지마 선생님이 와서 카메라 비슷한 것을 보여 주며 벽에 설치하겠다고 했다. 사진을 찍는 것이 아니라 텔레비전에 영상이 비치는 카메라라고 한다. 그것으로 내 모습을 찍을 참인데, 찍고 싶지 않을 때는 하나다 간호사에게 말하란다. 감시당하는 것 같아 기분이 좋지 않았지만 간절히 부탁하는 선생님을 보니 싫다고 할 수 없어서 승낙했다. 피곤해서 여기까지.

4월 2일

지난 일주일간 몸이 하도 나른해서 내내 잠만 잤다. 그래서 일기를 쓰지 못했는데, 오늘은 거짓말처럼 몸이 가뿐해져서 일어나 잠시 걸어 보았다. 선생님에게 물으니 앞으로도 간혹 나른해질 수 있는데 그건 어쩔 수 없다고 한다. 잘 먹고 영양을 충분히 섭취하는 것이 최고란다. 그런 말을 들어서는 아닌데 오늘은 음식이 잘 넘어갔다. 밥이 이렇게 맛있기는 정말 오랜만인 것 같다. 밥이 굉장히 맛있다고 하자 하나다 간호사는 그게 아니라 내 몸이 영양분을 요구해서 그렇단다. 그녀는 걸핏하면 내 팔에 주사를 놓는데, 그 역시 영양을 보충하기 위해서라고 한다.

한동안 눈을 사용하지 않은 덕분인지 오늘 밤은 눈이 상태가 좋다. 평소 이 시간이면 눈이 침침했는데 오늘은 그렇지 않다. 사전의 글자도 전보다 훨씬 잘 보이는 느낌이다.

또 배가 고파 오는데, 오늘은 더 먹으면 안 된다. 위가 견디지 못한다고 한다. 참고 자기로 한다.

4월 3일

오늘은 아침부터 기분이 이상했다. 기분이 나쁜 게 아니라, 뭐라고 할까, 몸이 근질근질해서 견딜 수 없는 기분이다. 가만히 있자니 몸이 화끈거린다. 니지마 선생님에게 말하니 대책을 마련해 보겠다고 한다. 선생님이 내 맥박을 재고 혈압도 쟀는데, 그럴 때 선생님 옆에 모르는 남자 둘이 서 있는 게 거슬렸다. 나중에 하나다 간호사에게 물어보니 둘 다 의사로, 니지마 선생님의 연구에 관심이 있다고 한다. 이 실험이 성공하면 선생님의 이름이 세계적으로 알려지는 듯하다. 그렇게 되면 나도 선생님에게 협조한 보람이 있을 것이다.

방금 깨달았는데, 욱신거리던 무릎이 싹 나았다. 날이 풀린 덕분인지 수술 덕분인지 모르겠으나 아무튼 고마운 일이다.

오늘부터는 목욕을 해도 된다고 한다. 직원용 욕실이라 넓지는 않지만, 오랜만에 따끈한 물에 몸을 담그니 시원하다. 목욕을 한 덕분인지 손발의 피부가 매끈거린다.

4월 7일

하나다 간호사가 사흘 전에 심심풀이 삼으라며 책을 여러 권 사다 주었다. 역사와 정치에 관한 책을 비롯해 다양하다. 나는 어려운 책은 이해가 잘 안돼서 딱 한 권 있는 무협지를 읽기로 했다. 소설은 별로 읽은 적이 없는데, 읽다 보니 재미있어서 푹 빠졌다. 거의 하루 만에 다 읽어 버렸다. 그래서 하나다 간호사에게 무협지를 더 사다 달라고 부탁했는데, 사 올 때까지 기다릴 수 없어서 다른 소설을 읽기 시작했다. 그 소설은 현대물이었다. 남자와 여자가 등장하고, 서로에게 한눈에 반한다는 내용이다. 시시하다고 생각했는데, 남자와 여자가 그걸 하는 바람에 놀랐다. 그 모습을 아주 노골적으로 아슬아슬하게 묘사했다. 요즘 세상에는 이런 소설도 다 있는가 싶었다. 하나다 간호사가 그런 책을 사다 준 것도 의외였다. 그리고 이노우에 치하루 씨를 떠올렸다. 그 아가씨도 이런 책을 팔까. 서점이 장사를 하는 곳이긴 하지만, 그런 아가씨에게 이런 책을 팔게 하는 것은 문제가 아닌가.

그 책을 읽다가 내가 좀 이상해졌다. 품위 있는 표현을 잘 모르겠는데, 소설에서는 남근이 섰다고 되어 있다. 이런 일이 일어난 게 언제였는지 기억도 나지 않는다. 니지마 선생님에게 이 일을 말할까 말까 망설이다가 안 하기로 했다.

그건 그렇고, 소설가는 글을 참 잘도 쓴다. 나도 이렇게 쓸 수 있으면 좋겠다고 생각했다.

어제는 선생님이 나를 다른 방으로 데리고 갔다. 거기에는 아무리 페달을 밟아도 앞으로 나아가지 않는 자전거와 철골을 끼워 맞춘 것처럼 보이는 기계 같은 것들이 놓여 있었다. 거기서 선생님은 내게 이런저런 것들을 시켰다. 체력을 재면서 내 몸을 단련하는 것 같았다. 선생님은 내 모습을 찬찬히 지켜보면서 메모를 했다. 이런 일을 매일 해야 한단다.

어제는 아무렇지 않더니 오늘은 밤이 되자 몸이 여기

저기 쑤셨다. 하나다 간호사에게 말해서 파스를 붙였다.

4월 9일

니지마 선생님은 천재가 아닐까. 그 선생님 말은 거짓이 아니었다. 나는 다시 젊어졌다. 오늘은 그걸 확실하게 느꼈다. 욕실 거울 앞에 섰을 때 거울에 비친 내 모습이 정말 다른 사람 같았다. 요리조리 살펴보니 10년, 아니 그보다 전의 내 몸이다. 지금까지 반질반질하던 머리에도 짧은 머리카락이 돋았다. 살집도 좋아졌다.

하나다 간호사에게 말했더니 니지마 선생님과 함께 벌써 알고 있었다고 한다. 그리고 "저랑 별 차이 없어 보이지요?" 하고 묻는다. 물론 공치사겠지만.

밤에는 텔레비전 소리가 유난히 크게 들려서 작게 줄였다. 지금까지는 거의 들리지 않을 만큼 작은 소리였다. 게다가 이제는 돋보기도 거의 사용하지 않는다.

나는 니지마 선생님에게 크게 감사해야 한다. 그 선생님은 신이다.

4월 11일

병실 창문으로 보이던 벚꽃이 죄 떨어졌다. 요즘은 세

월의 흐름이 참 빠르다고 느낀다.

하나다 간호사에게 말투를 좀 바꿔 보라는 소리를 들었다. 쑥스럽다고 했더니 말투가 지금의 내 외모에 걸맞지 않다고 한다. 그래서 과감하게 젊은이처럼 말해 보았는데, 혀가 꼬일 것 같았다.

하나다 간호사는 그 외에도 내 말투에 관해 이런저런 주의를 주었다. 아무 생각 없이 말하다 보면 노인네 말투가 되는 듯하다.

일기도 젊은이 말투로 쓰는 게 좋냐고 물었더니, 다른 사람에게 보여 줄 것이 아니니 어느 쪽이든 상관없지만 지금의 외모에 맞게 쓰는 편이 낫지 않겠느냐고 한다. 그리고 일기 쓸 때 참고하라며 책을 한 권 주었다. 유명한 작가가 쓴 에세이집이다. 오늘 거기 쓰인 글을 흉내 내며 일기를 쓰기 시작했는데, 어려운 말을 쓰려고 하면 자꾸 막힌다. 책을 더 많이 읽어야겠다.

그리고 한 가지 반가운 일이 있었다. 다음 주에 외출해도 좋다는 니지마 선생님의 허락이 떨어졌다. 단, 하나다 간호사가 동행한다는 조건이 붙었다. 마치 데이트하는 느낌이겠다고 했더니 하나다 간호사가 난감한 표정을 지었다. 할아버지에게 그런 말을 들어 봐야 기쁠 것도 반가울 것도 없을 테지.

아무튼 오랜만에 시내로 나가려니 무척 설렌다.

4월 13일

오늘, 수술 후 처음으로 외출했다. 만에 하나 아는 사람과 마주치면 곤란하대서 엷은 색이 들어간 안경을 꼈다. 도수는 없다. 노안이 거의 회복되어서다.

하나다 간호사가 안경 말고도 내가 입을 옷을 준비해 주었다. 하나같이 고급스러운 옷이라 당황스러웠다. 젊은 시절에도 이런 옷은 입어 본 적이 없다면서 주저하자 괜찮아요, 아주 잘 어울릴걸요, 라고 하기에 용기를 내어 입어 보기로 했다. 거울 앞에 섰는데 민망해서 똑바로 볼 수 없었다. 니지마 선생님까지 와서 무척 잘 어울린다고 말해서 겨우 안심했다.

시내로 나갔지만 어디로 가면 좋을지 몰라 하나다 간호사에게 모든 일을 맡기기로 했다. 그녀는 일단 복잡한 곳으로 가자면서 나를 전철에 태웠다. 전철에는 정말 사람이 많았다. 나는 자리에 앉지 못했다. 내 바로 앞에 경로석이 있고 거기에 젊은 사람이 앉아 있었지만 자리를 양보해 주지 않았다. 내 모습이 노인으로 보이지 않아서 그럴 거라고 하나다 간호사가 말했다. 실제로도 그랬다. 전에는 오래 서 있으면 금방 다리가 아팠는데 지금은 전혀 그렇지 않다. 젊음을 되찾는다는 것은 좋은 일이다.

사람이 굉장히 많은 곳에 도착했다. 고급품을 파는 가게가 줄지어 있는 거리도 있었다. 그 거리를 하나다 간호사와 둘이서 걸었다. 양복도 구두도 익숙하지 않아 걸음걸이가 종종 어색해졌다. 나는 사람들 눈에 내가 어떻게 보일까 궁금해서 참을 수 없었다. 괜찮아요, 당당하게 걸으면 돼요, 멋진 신사로 보여요, 하고 하나다 간호사가 말해 주었다.

양복점도 구경하고 화랑에도 갔다. 어느 곳 하나 화려하지 않은 곳이 없었다. 이런 세계가 있다는 걸 여태 모르고 살아왔다. 이렇게 풍요로운 생활이 있다니. 나는 지금까지 아무것도 모르고 살았다. 그저 일하고, 먹고, 자고, 나이가 들었을 뿐이다. 그렇게 살다가 죽을 뻔했다. 이런 세계가 있다는 사실을 안 것만으로도 젊음을 되찾은 보람이 있었다.

귀금속 가게 점원이 내게 집요하게 손목시계를 권했다. 하나다 간호사가 여성용 손목시계를 한참 동안 들여다봤기 때문이다. 점원이 권한 시계는 남녀가 세트로 차는 것이었다. 커플 워치라고 부른단다. 우리는 부부가 아니라고 말하자 점원이 미안해했다. 하나다 간호사는 아무 말 없이 웃기만 했다.

저녁에는 레스토랑에서 식사를 했다. 그렇게 멋스러운 레스토랑에 가기는 처음이었다. 음식은 하나다 간호사가 정했다. 포크와 나이프 사용법을 배워 가면서 프랑스 요리를 먹었다. 정신이 없어서 맛을 제대로 알지 못했다. 앞으로는 요리에 대해서도 공부를 해야겠다고 생각했다.

병원으로 돌아오는 길에 하나다 간호사에게 고맙다고 말했다. 덕분에 귀중한 체험을 했고, 무척 즐거웠기 때문이다. 그녀가 자기도 즐거웠다고 했다. 진심이라면 참으로 다행이다. 하나다 간호사는 정말 상큼한 여자다.

4월 14일

오늘은 종일 병실에 있으면서 하나다 간호사와 얘기를 나눴다. 그녀 자신의 얘기를 듣기는 처음이다. 그녀는 2년 전에 남편을 병으로 잃고 그 후로는 혼자 산다고 했다. 아이는 없고. 나랑 똑같다고 말하자 그녀는 미소를 지으며 고개를 끄덕였다.

나이가 마흔셋이라는데, 전혀 그렇게 보이지 않는다. 아니, 최근 들어 갑자기 젊어진 것처럼 보인다. 내가 변해서 그렇게 보이는지도 모르겠다. 아무튼 얘기 도중에 불쑥 참 예쁜 사람이라는 생각이 들곤 한다.

또 데이트하고 싶다고 했더니 그러게요, 하면서 웃는다. 나는 진심이었는데 그녀는 어떤지 잘 모르겠다.

4월 16일

니지마 선생님에게 앞으로 상황이 어떻게 돌아갈 것인지 물어보았다. 내가 얼마나 더 젊어지는지, 그리고 그 젊음이 얼마나 지속되는지, 그런 것들이다.

선생님의 대답은 이랬다.

확실한 것은 잘 모른다. 노화라는 것은 세포의 사멸을 뜻하는데, 모든 세포가 완전히 사멸하는 게 아니라 상당수는 가사 상태에 있다. 그것들을 특수한 방법으로 되살린 다음 새롭게 분열시키는 것이 이번 실험이다.

따라서 되돌아갈 수 있는 시기는 노화가 시작된 시점까지인 모양이다. 마냥 시간을 되돌릴 수 있는 건 아니라는 얘기다. 물론 그 정도만 해도 어마어마한 일이다. 인간의 육체는 스무 살 정도부터 노화가 시작되므로 일단은 그 무렵까지 돌아가게 된다. 다만 이는 어디까지나 이론상의 얘기지 보장할 수는 없으며 현시점에서 중단될 가능성도 있다고 한다.

그래도 괜찮다. 나는 지금의 육체를 갖게 된 것만으로도 충분히 만족한다.

중요한 것은 이 상태가 얼마나 지속되느냐는 점이다.

쥐의 경우 한 달에서 두 달간 지속되다가 원래 상태로 돌아갔다고 한다. 그러나 이 사례가 인간에게 똑같이 적용될지는 알 수 없다. 아주 돌아가지 않을 가능성도 있냐고 물었더니 그럴 수도 있으며 그것이야말로 이상적인 경우라고 대답했다.

치아 검사도 받았는데 잇몸이 아주 튼실해졌다고 한다. 나는 전에도 치아만큼은 튼튼했는데 그보다 훨씬 튼튼해진 것 같다.

4월 19일

최근에 이 일기의 의미를 생각하게 되었다. 니지마 선생님이 내게 일기를 쓰라고 한 이유는 내 정신 활동의 변화를 기록으로 남기고 싶어서였을 것이다. 그렇다면 이 일기는 언젠가 누군가에게 읽힐 운명일까. 그런 생각이

드니 솔직히 쓰고 싶지 않다.

그런 나의 생각을 니지마 선생님에게 말했더니, 자신은 일기를 읽을 생각이 전혀 없다고 했다. 일기를 쓰라고 한 이유는 내가 이 귀중한 기간의 정신 활동을 파악하도록 하려는 것이란다. 실험 과정이 모두 끝난 후 선생님들이 내게 어떤 질문을 했을 때 내가 모든 걸 까맣게 잊어버린다면 의미가 없다는 것이다.

정말 안 볼 거죠? 내가 재차 확인했더니 선생님은 절대 안 봅니다, 라고 단언했다.

내가 그 점을 굳이 확인한 이유는 어떤 사실에 관해 쓸까 말까 고민스럽기 때문이다. 그런데 선생님이 그 정도로 확고하게 대답했으니 믿고 쓰기로 한다.

어제 일이다. 어제 나는 하나다 간호사와 둘이 시내로 갔다. 그리고 전처럼 거리를 걷고 식사를 했다.

그런데 그다음이 전과 달랐다. 내가 그녀에게 호텔에 가자고 한 것이다. 정말 멋대가리 없는 수순이라는 생각이 들었지만, 그럴 때 세상 사람들은 어떻게 하는지 전혀 모르는 나로서는 최선을 다한 것이었다.

그녀가 승낙할 거라는 근거는 어디에도 없었다. 어쩌면 화를 낼지도 모른다고 생각했다. 그런데 그녀가 기어

들어가는 소리로, 그럼 방을 예약하는 편이, 하고 말했다. 그 말이 승낙의 의미라는 것을 나는 잠시 알아차리지 못했다.

호텔에서 있었던 일에 대해서는 정말이지 쓸 수가 없다. 아무튼 꿈을 꾸는 기분이었다. 대체 얼마 만에 꾸는 꿈일까. 과장이 아니라, 지금 이대로 죽어도 좋다고 생각했을 정도다.

그런데 하나다 간호사는 그 일이 끝난 후 이렇게 말했다. 이게 처음이자 마지막이에요. 내가 사실은 노인이라서 그런가요, 라고 묻자 그녀는 고개를 저으며 그 반대라고 대답했다. 당신은 앞으로도 점점 젊어질 테고, 그러다 마침내 나 같은 여자는 그저 중년 여자로밖에 여기지 않을 때가 올 거란다. 나는, 그렇지 않다, 가령 몸이 어떻게 변하든 당신을 향한 내 마음은 변치 않는다, 라고 말했다. 그녀는 그런 말은 하지 않는 게 좋다고 하면서 소리 없이 미소 지었다.

나는 답답했다. 어떻게 하면 그녀에게 내 마음을 전할 수 있을까.

4월 20일

하나다 간호사가 나를 피하는 눈치다. 용건이 있을 때만 병실에 찾아오고, 그럴 때도 반드시 니지마 선생님과 동행한다. 나와 눈도 마주치려 하지 않는다.

선생님이 나의 신체 나이가 삼십 대 전반이 되었다고 알려 주었다. 그리고 이발소에 다녀오라고 권했다. 그러고 보니 거뭇거뭇한 머리가 수북하게 돋았다. 길이를 재어 보니 10센티미터가 넘었다.

4월 24일

신체 나이가 이십 대에 접어들었다. 트레이닝 성과도 있어 옷을 벗으면 근육이 붙었다는 걸 알 수 있다. 특히 가슴 근육이 두드러져 보인다.

이발소에 가서 머리를 손질했다. 어떤 스타일을 원하느냐고 묻기에 알아서 잘라 달라고 했더니 옆과 뒤를 가볍게 쳐 올린 스타일로 해 주었다. 이발소 거울에 비친 내 얼굴이 신체 나이에 걸맞게 이십 대로 통하지 싶다. 과거 정말 이십 대 시절의 내 모습이 어땠는지 기억을 떠올려 보았다. 나는 말단 병사였다. 전쟁터에서 제대로 먹지도 못하고 흙으로 범벅이 된 채 도망을 다녔다. 화약 냄새, 상관의 고함 소리……. 이 전쟁이 정당한지 아닌지, 그런 생각은 할 여유가 없었다. 그저 하루하루 살아내는 것이 고작이었다. 살아서 그날 밤을 맞으면 일단 안도했지만, 한편으로 내일은 죽을지 모른다는 두려움에 떨기도 했다. 그런 나날이었다. 그렇게 나의 이십 대는 지나갔다.

그런데 그때가 다시 돌아왔다. 새롭게 시작할 수 있는 것이다.

이발소에서 나온 나는 불현듯 생각이 나서 집 쪽으로 발길을 돌렸다. 어슬렁어슬렁 상점가를 돌아다녔다. 설마 내가 그 꼬부랑 할아버지일 거라고는 아무도 눈치채지 못하겠지, 그런 생각을 하다 보니 나도 모르게 서점 앞에 서 있었다. 서점 안쪽을 기웃거렸다. 책을 옮기고 있는 이노우에 치하루 씨가 보였다. 그녀가 이쪽을 알아보는 기미는 없었다.

얼른 그 자리를 떠나 병원으로 돌아왔다. 이 모습으로 그녀에게 접근할 수는 없다.

병실에서는 하나다 간호사가 침대 시트를 교체하고 있었다. 내 머리 스타일을 보더니 아주 멋지다고 말해 주었다. 그뿐이었다. 그 말만 하고 그녀는 도망치듯이 병실에서 나가려고 했다. 잠깐만 기다려 달라고 했다. 그리고 팔을 뻗어 그녀의 오른손을 잡았다.

그 순간 뭐라 표현하기 어려운 나쁜 감정이 내 머릿속을 스쳤다. 그녀가 그걸 눈치챘는지 어떤지는 알 수 없다. 그러나 그녀는 부드럽게 내 손을 떨치더니 아무 말 없이 병실을 나갔다.

그녀의 손을 잡았을 때, 나는 이건 마흔 고개를 넘은 여자의 손이라고 생각했다. 전에는 풋풋하다고 느꼈던 그녀의 피부에 오늘은 불만을 품은 것이다. 그녀가 했던 말이 이런 뜻이었나. 그럴 리 없다고 생각하면서도 완전히 부정하지 못하는 자신에게 화가 난다.

4월 25일

나는 정말 저질스러운 남자다. 하나다 간호사와 사랑을 나눈 지 겨우 일주일밖에 안 지났는데 그녀에 대한 애정이 점차 식어 가는 것을 나 자신도 느낀다. 오늘 그녀가 니지마 선생님과 같이 왔을 때, 나는 그녀의 얼굴에 있는 잔주름과 피부가 늘어진 손등을 의식했다. 그녀가 전에는 훨씬 더 젊었는데, 하는 생각이 초조함 비슷한 감정으로 내 가슴을 짓눌렀다.

하나다 간호사에 대한 감정이 식어 가는 만큼 다른 여자에 대한 감정이 강해지는 것을 나는 인정하지 않을 수 없다. 그 여자는 말할 필요도 없이 이노우에 치하루 씨다. 어제 얼핏 봤을 뿐인데 그녀의 모습이 마음에 새겨져 떠나지 않는다.

지금은 그녀를 만나고 싶은 마음만 간절하다. 그녀의 목소리를 듣고 싶고, 얘기를 나누고 싶고, 그녀의 웃는 얼굴을 보고 싶다.

거울 앞에 서서 지금의 내 모습을 본다. 과연 몇 살로 보일까. 이십 대 후반일까, 삼십 대 전반일까. 어느 쪽이든 내가 그 대머리 할아버지라는 걸 그녀는 눈치채지 못할 것이다. 그렇다면 아예 다른 사람으로 접근할 수도 있지 않을까.

조금만 더 젊어지면 이노우에 치하루 씨를 만나러 가자. 그 생각에 나는 매우 흥분했다. 어떤 식으로 접근하면 좋을까, 무슨 얘기를 나누면 좋을까. 공상이 끊이지 않는다.

나는 하나다 간호사와의 일을 잊으려 한다. 비열한 남자라는 생각은 들지만, 나 자신도 도저히 어찌할 수 없는 일이다.

4월 28일

새 양복을 사기로 했다. 지금까지 입던 옷들이 너무 고리타분하게 느껴졌기 때문이다. 그러나 요즘 젊은이들이 어떤 옷을 입는지 나는 모른다. 고민 끝에 하나다 간호사와 의논했다. 그녀는 젊은 남자 옷이 가득 실린 잡지(패션 잡지라고 하는 것 같다)를 들고 와서 어떤 스타일이 취향에 맞느냐고 물었다. 모르겠다고 대답하자 그녀는 내게 어울릴 만한 옷을 몇 벌 골라 주었다. 그리고 잡지에 실린 가게에 전화를 걸어 직접 주문해 주겠다고 한다.

나는 그녀에게 고맙다는 말과 함께 당신은 은인이라고 했다. 그러자 그녀는 고개를 저으며 자신에게 전혀 신경 쓰지 말라고 했다. 그리고 또다시 내 말투에 관해 조언해 주었다. 외모에 맞는 언어를 사용하라는 것이다.

밤에 텔레비전을 보면서 혼자 연습해 보았다. 경박하게 느껴지지만, 이노우에 치하루 씨와 얘기를 나누려면 요즘 젊은이들 말투도 익혀야 할 것이다.

최근에는 걸핏하면 거기가 선다. 이불 속에 있을 때는 손으로 움켜쥐기도 한다. 니지마 선생님에게 비디오 촬영을 하루에 두 시간 정도로 줄여 줄 수 없겠느냐고 말해 보았다. 하루 종일 누가 보고 있다고 생각하니 불안하다.

선생님은 검토해 보겠노라고 대답했다.

4월 30일

오늘은 기념할 만한 하루였다. 오늘 일을 평생 잊지 못하리라.

새로 산 양복을 입고 시내로 나갔다. 목적지는 딱 한 군데, 치하루 씨가 일하는 서점이다.

두근거리는 마음으로 서점에 들어서자 계산대 안쪽에 앉아 있는 그녀가 보였다. 나는 전에 내가 노인이었을 때 그녀가 권해 준 빨간 표지의 사전을 서가에서 뽑아 들고, 다른 손님이 없을 때를 살펴 그녀에게 다가갔다. 당연한 일이지만 그녀는 내 정체를 알아보지 못하는 눈치였다. 나는 사전을 내밀면서 말했다.

"이 사전은 글자도 잘 보이고 사용하기 편하다더군요. 댁이 권했다고 어떤 사람이 말하던데요."

갑작스러운 내 말에 그녀는 어리둥절한 표정을 지었다. 그리고 내 얼굴을 바라보았다. 그 표정에서 그녀가 뭔가를 떠올린 듯한 눈치를 읽을 수 있었다.

"그 할아버지의……?"

그녀가 물었다.

"손자입니다. 할아버지가 신세를 지셨다면서요."

나는 그렇게 대답했다.

치하루 씨가 화사하게 웃었다. 그리고 새삼 내 얼굴을 빤히 바라보더니 정말 꼭 닮았다고 말했다.

"그 피를 물려받았으니까요."

그녀는 할아버지의 상태가 어떤지, 아직도 병원에 있는지 물었다. 나는 한동안 더 입원해 있을 거라고 대답했다.

그리고 나는 그녀에게 일이 몇 시에 끝나는지 물었다. 나름 용기를 낸 것이다. 9시에 문을 닫지만 자신의 일은 5시면 끝난다고 치하루 씨는 대답했다.

"그럼 그 후에 차라도 같이 마실까요?"

심장이 쿵쿵 뛰었다. 잠시 생각하던 그녀가 좋아요, 하고 대답했다. 나는 미리 알아 둔 역 앞 카페 이름을 말했다.

과연 정말 나올지 불안했는데 그녀가 5시 10분쯤 나타났다. 파란색의 귀여운 옷차림이었다. 서점 유니폼을 입은 모습만 보아서 잠시 다른 사람인 줄 알았다.

나는 최근에 읽은 책 얘기 등을 했다. 그 정도밖에 얘깃거리가 없었다. 유행이나 뉴스에 관해 전혀 모르는 것은 아니지만, 젊은 사람을 상대로 바닥을 드러내지 않고 얘기할 수 있을지 자신이 없었다. 다행히 그녀는 내 얘기를 따분해하지 않는 듯했다. 그녀도 책을 무척 좋아하며 특히 서양 책을 많이 읽는다고 한다. 과연 대단하다 싶었다.

카페에는 두 시간 정도 있었다. 책에 관한 얘기를 이렇게 많이 나누기는 오랜만이라고 그녀가 말했다. 빈말로 들리지 않아 나는 안도했다.

마지막에 그녀는 내게 무슨 일을 하느냐고 물었다. 나는 잠시 생각하다가, 부품 공장에서 주형을 가공하는 일을 한다고 대답했다. 그게 어떤 일이냐고 또 묻기에 다이캐스팅에 관해 얘기했다. 그런 얘기를 누군가에게 하기도 20년 만이었다.

헤어지면서, 또 만날 수 있느냐고 물었다. 그녀는 웃으면서 고개를 끄덕였다. 천사가 웃는 것처럼 보였다.

5월 1일

오늘도 치하루 씨와 서점에서 5시에 만나기로 약속했다. 싫으면 거절했을 테니 적어도 싫지는 않다는 뜻일 것이다.

오늘은 그녀 자신에 관해 들었다. 가족은 부모와 여동생. 다만 지금은 집에서 나와 혼자 살고 있다. 낮에 일하고 밤에는 전문학교에 다니는 듯하다. 앞으로 작가가 되고 싶다고 한다.

내 말투에 관해 그녀의 지적이 있었다. 젊은 사람답지 않게 너무 정중하다고.

"나까지 말을 공손하게 해야 하나 싶어 긴장돼요."

그녀가 말했다. 그러니까 좀 더 편하게 말하라는 뜻이다.

돌아와서 텔레비전을 보며 연구했지만 여전히 어렵다.

5월 3일

오늘은 치하루 씨가 쉬는 날이라서 둘이 영화를 보러 갔다. 오늘로 나흘째 계속해서 만나는 것이다.

그건 그렇고, 요즘 영화는 정말 굉장하다. 특수 촬영을 했다고 하는데, 몇 번이나 소리를 지르고 말았다. 영화가 끝난 후 그녀는 "늘 나이보다 침착해 보이더니, 오늘은 어린애 같네요."라며 웃었다.

게다가, 하고 그녀가 덧붙였다.

"오늘은 얼굴이 더 젊어 보이는 것 같아요. 나보다 어린 사람마냥."

움찔했다. 나도 오늘 아침에 알아차린 사실이다. 그녀에게는 스물다섯 살이라고 했는데, 스무 살 전후로 보였다. 아직도 계속 젊어지고 있는 것일까. 더 젊어지면 그녀를 만날 수 없을까 봐 걱정이다.

영화를 본 다음 식사하러 갔다. 전에 하나다 간호사와 같이 갔던 레스토랑이다. 웨이터가 내 얼굴을 보더니 고개를 갸웃거렸다. 설마 알아봤으려고.

5월 9일

니지마 선생님에게 외출이 너무 잦다는 주의를 들었다. 아닌 게 아니라 지난 며칠간 계속 외출했다. 간단히 말하자면 거의 매일 치하루 씨를 만났다.

왜냐하면 만나고 싶기 때문이다. 헤어지고 돌아서면 이내 보고 싶어진다. 1초도 떨어져 있고 싶지 않다.

니지마 선생님은 내가 누군가 만난다는 걸 눈치챈 듯하다. 이렇게 말했던 것이다.

"사람과 깊이 사귀는 일은 최대한 피하시는 게 좋습니다. 선생님을 위한 일이에요. 이런 말은 굳이 할 필요도 없겠지만, 지금의 모습이 앞으로 얼마나 유지될지 아무도 모르거든요."

짜증 나는 말이다. 굳이 말하지 않아도 안다. 그러니까 지금 치하루 씨를 가능한 한 많이 만나려는 것 아닌가.

이제 더는 젊어지지 않는 듯하다. 멈춘 것이다. 지금 내 나이는 대략 스물둘이나 스물셋 정도일 것이다. 치하루 씨와 비슷하다. 일단은 안도한다. 그러나 정말 안심해도 좋은지는 알 수 없다.

5월 13일

이 일은 어제 썼어야 하는데 어젯밤에는 도저히 그럴 기분이 아니었다.

어제 처음으로 치하루 씨의 친구들과 만났다. 작가를 지망하는 친구들이라고 한다. 선술집에서 만났다. 남자 둘에 여자 셋.

그 사람들 얘기를 나는 미처 따라갈 수 없었다. 요즘에야 책을 읽게 되었지만, 문학론 따위는 딱 질색이다. 맥주를 마시면서 묵묵히 듣기만 했다.

그런데 어쩌다 얘기가 그쪽으로 흘렀는지, 전쟁이 화제에 올랐다. 떠올리고 싶지도 않고 듣고 싶지도 않은 내용이었다. 하지만 굳이 들으려 하지 않아도 귀에 들어왔다.

"노인네들은 자신들이 나쁜 짓을 했다는 생각조차 없더군."

한 남자가 말했다.

"전쟁터에 갔던 걸 자랑하는 노인이 대부분이라니까. 그러면서 종군 위안부 얘기만 나오면 못 들은 척하고 말이야."

"이웃한 여러 나라에 고통을 준 데 대해 반성한다고 말은 하지만, 그게 죄다 입으로만 하는 말이야."

"대신이 됐다고 흥분해서 속내를 드러내는 경솔한 인간들이 줄을 잇는다는 게 그 증거지."

"그러게 말이야. 멍청하게."

"머리가 나쁜 거지. 그러니까 미국 같은 강대국을 상대로 전쟁을 걸지 않았겠어."

"그래 놓고 아직도 반성할 줄을 모르니, 참."

"전쟁이 청춘이었다는 말을 아주 태연하게 하잖아."

그들의 얘기를 듣다 보니 내 얼굴이 파르르 경련을 일으켰다. 귀를 막고 싶은 심정이었다. 그런데 아뿔싸, 정신을 차리고 보니 벌떡 일어나 있었다. 그리고 무슨 일인가 싶어 얼빠진 표정으로 나를 올려다보는 그들에게 버럭 소리를 질렀다.

"너희들이 뭘 안다고 그런 말을 지껄여? 너희들에게 그런 소리를 들어야 할 까닭이 없어. 그 당시에는 다들 필사적이었어."

그렇게 악을 쓰고 난 후에야 나는 자신이 얼토당토않은 실수를 저질렀다는 걸 깨달았다. 그러나 후회는 없었다. 가만있기 어려웠던 것이다.

나는 홀로 가게를 나왔다. 잠시 후 치하루 씨가 나를 따라왔다. 그녀는 내게 미안하다고 했다.

"그 사람들, 술이 좀 취해서 그래. 그래서 그런 말을 한 거야. 그쪽이 할아버지를 끔찍이 생각한다는 걸 깜박하고 막지 못한 내 잘못이야."

그녀는 내가 할아버지 때문에 화를 냈다고 여긴 듯했다.

나는 하늘을 올려다보았다. 구름이 끼어 별은 보이지 않았다.

"구름이 낀 날은 무서웠어."

내가 말했다.

"B29가 전혀 보이지 않았으니까. 회색 하늘 저편에서 웅웅거리는 소리가 다가올 뿐이었지. 그러다 마침내 금속성 소리가 나고. 끼-잉 하는 소리 말이야. 뒤이어 쿵, 떨어지고 난 다음에야 공격당한 장소를 알 수 있었어. 그 작자들이 했던 말 그대로야. 애당초 이길 승산이 없는 전쟁이었지. 그렇지만 우리가 뭘 어떻게 할 수 있었겠어."

"할아버지가 그렇게 말씀하셨어?"

치하루 씨가 물었다. 나는 "뭐, 그런 셈이지."라고 대답했다.

병원으로 돌아와서 세수를 했다. 눈 아래 생긴 자잘한 주름을 발견했다.

5월 17일

지난 이삼 일에 관해 쓴다. 여러 가지 일이 있었지만 일기를 쓸 결심이 서지 않았다. 니지마 선생님은 이 일기를 절대 보지 않는다고 약속했지만 이제 나는 그 말을 믿지 않는다. 연구하는 사람으로서 이 일기를 보지 않을 수 없을 것이다. 그런데도 내가 일기를 계속 쓰자고 생각한 이유는 어떤 형태로든 이 두 번째 인생을 기록으로 남기고 싶어서다. 이 일기는 다른 누구를 위한 것이 아니다. 나 자신을 위해서 쓰는 것이다.

결론부터 쓴다. 노화가 확실하게, 그리고 몹시 빠른 속도로 진행되고 있다. 몇십 년 전에 체험했던 것처럼, 맨 먼저 머리카락에 변화가 왔다. 굵고 탄력 있는 머리카락이 줄어들고 가늘고 힘없는 머리카락이 늘었다. 아직은 어떻게든 가릴 수 있는 수준이지만 조만간 머리가 벗어지기 시작할 것이다.

또 얼굴 피부도 탄력이 없어졌다. 눈꺼풀이 늘어지고, 눈가의 주름도 깊어졌다. 이제 어느 모로 보나 이십 대 전반의 얼굴이 아니다.

그제는 집에 갔었다. 청소를 하기 위해서였다. 나는 앞으로 치하루 씨를 만날 기회가 얼마 남지 않았음을 깨닫고 적어도 한 번은 집으로 불러 그녀를 안고 싶다고 생각했다. 치하루 씨에 대한 추억으로.

집은 조금도 달라진 게 없었다. 계단의 녹슨 난간도, 금이 쩍쩍 간 벽도 그대로였다.

내 방도 노인이었던 내가 나갔을 때 그대로였다. 불과 두 달 전인데 아주 오래전 일처럼 느껴졌다. 벗어 놓은 속바지를 보고 아아, 내가 이런 걸 입었구나, 하고 생각했다. 방에 밴 노인 특유의 냄새에는 아아, 이게 내 냄새였구나, 하고 기억을 떠올렸다. 모든 것이 지금의 내게는 끔찍하지만, 마음속 어딘가에서는 그리움도 느껴졌다.

나는 어차피 이곳으로 되돌아온다는 걸 다시금 확인했다. 예전의 고독한 노인으로 돌아가야만 한다. 굽은 허리, 검버섯이 핀 피부, 메마르고 주름진 손발……. 기온이 뚝 떨어진 아침에는 무릎이 쿡쿡 쑤실 것이다.

나는 결국 방을 청소하지 않고 나왔다. 그리고 한동네

에 사는 오카모토 씨와 마주쳤다. 오카모토 씨는 유모차를 밀며 터벅터벅 걷고 있었다. 그는 나를 보고도 아무 느낌이 없는 듯했다. 그것은 내가 젊어져서가 아니라 그의 눈에는 어딘가 아주 먼 곳의 풍경밖에 보이지 않기 때문인 것처럼 생각되었다. 순간적으로 그의 빈약한 등이 나 자신의 모습과 겹쳐 보였다.

그리고 어제 나는 치하루 씨에게 작별을 고했다. 노화한 얼굴이 드러나지 않게 어두컴컴한 카페 구석에서 만났다. 일 때문에 멀리 출장을 가게 되었다고 말하자 그녀는 슬픈 표정을 지었다.

"그래도 다시 돌아올 거지?"

나는 "언젠가는." 하고 대답했다.

"나 대신 할아버지가 당신을 만나러 올지도 모르겠어."

"퇴원하신대?"

"응, 아마도, 곧. 할아버지가 찾아오면 친절하게 대해 줄 거지?"

그녀는 물론이라고 대답했다.

병원으로 돌아오자 하나다 간호사가 병실에서 기다리고 있었다. 창가에 하얀 장미 한 송이가 꽂힌 꽃병이 놓여 있었다. 마치 내게 일어난 일을 다 알고 있다는 듯이 그녀는 나를 꼭 안아 주었다. 나는 그녀 품에서 엉엉 울었다.

5월 20일

니지마 선생님에게 부탁해서 집으로 돌아왔다. 선생님은 곤란한 표정을 지었지만 하나다 간호사가 내 편을 들어주었다.

거울을 보거나 유리창 앞에 서는 걸 적극적으로 피하려 한다. 자신의 모습이 날로 변해 가는 것을 두 눈으로 확인하면 마음이 상할 것 같아서다.

안 그래도 노화를 갖가지 형태로 자각하고 있다. 근력과 지구력, 심폐 기능이 현저하게 저하되었다. 그러는 걸 조금이라도 억제하려고 트레이닝을 시도해 보지만, 침몰하는 배에서 양동이로 물을 퍼내는 격이다. 허망함만 느껴져 이내 포기하고 만다.

늙고 싶지 않다. 지금 이대로 머물고 싶다. 신이여, 어떻게 좀 해 주세요.

5월 22일

하나다 간호사가 나를 보러 와 주었다. 이제 우리 둘이

서 데이트하던 때만큼 노화가 진행되었죠, 라고 물었더니 그녀가 눈물을 글썽였다. 나는 그녀가 울지 않기를 바랐다. 울고 싶은 쪽은 나니까. 그러나 눈물이 어울리는 모습이 아니라서 꾹 참았다.

시력 장애도 나타나고 있다. 노안으로 말이다.

5월 23일

방 안에서만 이리저리 움직이는데도 걸핏하면 뭔가에 부딪친다. 운동 신경이 둔해진 것 같다. 텔레비전 소리도 잘 들리지 않는다.

5월 24일

하나다 간호사가 또 찾아왔지만 방으로 들이지 않았다. 이미 그 사람에게 보이고 싶은 모습이 아니다. 팔을 들여다보니 피부가 자글자글하게 주름져 가는 것이 눈에 보이는 듯하다.

지금 나는 잠드는 것도 겁난다. 잠이 들었다가 눈을 떴을 때 내 모습이 어떨지 상상하면 두렵기만 하다.

5월 25일

두려워할 게 무에 있으랴. 괴물로 변하는 것도 아니다.

자신의 원래 모습으로 돌아가는 것뿐이다. 지난 두 달 남짓 좋은 꿈을 꾸었다. 그것으로 충분하지 않은가. 이제 애써 말투에 신경을 쓰지 않아도 된다. 그런 건 거짓된 모습이다. 나는 그냥 나다.

5월 27일

나는 역시 두렵다. 뭐가 두려운지, 나도 잘 모르겠지만, 아무튼 두렵다.

5월 28일

지금 내가 어떤 모습인지 모르겠다. 원래대로 돌아간 것 같기도 하고, 그렇지 않은 것 같기도 하다. 그러나 어느 쪽이든 앞으로는 늙어 갈 일만 남았다. 그러다 언젠가는 죽을 것이다.

싫다. 죽고 싶지 않다. 죽고 싶지 않다.

그러나 어쩔 수 없는 일일 테지. 노인이 되고 말았으니 죽는다는 걸 잊어서는 안 되겠지.

나도 죽는 것인가. 내가 죽으면 어이 될꼬. 누가 찾아와 슬퍼해 줄꼬.

무덤에는 누가 향을 피워 줄꼬.

동물 가족

하지메가 세수를 하고 부엌에 가 보니 가족이 이미 모여 있었다.

"이제야 일어났구나. 빨리 아침 먹어라. 엄마, 오늘 외출할 거니까."

스피츠가 째지는 소리로 깽깽 짖어 댔다.

하지메는 슬렁슬렁 의자에 앉았다. 맞은편에서는 와이셔츠에 피에르가르뎅 넥타이를 맨 너구리가 한 손에 커피 잔을 든 채 신문을 읽고 있었다. 근시인 너구리는 금테 안경을 끼고 있다. 너구리는 하지메 쪽은 거들떠보지도 않는다. 스피츠가 깽깽거리는 소리도 들리지 않는 듯하다.

"외출한다고, 어디 가는데?"

너구리 옆에서 토스트를 깨작거리던 하이에나가 물었다. 하이에나는 티셔츠를 입었다. 반소매 밖으로 한 번도 단련한 적 없는 길쭉하고 허연 팔이 불쑥 나와 있다. 그는 그 허약함을 가리려고 외출할 때마다 검은 가죽점퍼를 걸친다. 그러면 자신이 늑대로 보인다고 그는 믿고 있다.

"친구 만나러."

하지메 앞에 베이컨과 달걀 프라이가 담긴 접시를 놓으면서 스피츠가 대답했다. 베이컨은 가장자리가 거뭇거뭇하게 탔고, 달걀 프라이는 노른자위가 뭉개져 있다.

"기모노 전시회에 가는 거지?"

하지메 옆에 앉은 고양이가 물었다.

"이번에는 얼마짜리를 사려고?"

"그냥 구경하려는 거야."

스피츠가 그녀답지 않게 짧게 대답하고서 너구리 쪽을 힐끔 본다. 자신이 기모노 전시회에 간다는 걸 남편에게 미리 말하지 않은 건 분명했다. 그래서 남편이 잔소리하지 않을까 경계하는 눈치였다. 뭐라고 하면 득달같이 쏘아붙일 작정인 것이다. 그때는 스피츠의 특질이 유감없이 발휘될 것이다. 하지메는 그런 장면을 몇 번이나 봐왔다.

그러나 너구리는 여전히 신문만 읽었다. 아니, 읽는 척 폼을 잡고 있었다. 너구리는 아침부터 깽깽거리는 스피츠의 소리를 듣고 싶지 않았고, 이럴 때 자신이 잔소리를 하지 않는 편이 결과적으로 아내의 낭비벽을 억제하는 효과가 있다는 걸 잘 알았다. 그런 점이 바로 너구리가 너구리인 이유다.

너구리는 유달리 느릿느릿한 동작으로 신문을 접고 손목시계를 보았다.

"그럼…… 나가 볼까."

커피를 마저 마시고 엉덩이를 든다.

"당신, 오늘 저녁은?"

스피츠가 물었다.

"음, 아, 오늘은 먹고 들어올 거야."

그러면서 너구리는 부엌을 나갔다.

"오늘은, 이 아니지."

고양이가 그렇게 말하고 입을 비쭉거렸다. 스피츠는 못 들은 척한다.

"나도 이제 나갈게."

하이에나도 자리에서 일어났다. 그는 대학생이지만, 지금 가려는 곳은 학교가 아니라 운전면허 학원이다. 다음 달에 만으로 스무 살이 되는 그는 운전면허가 없는 성인 남자라는 소수파에 속하는 것을 극단적으로 두려워하고 있다. 그렇지 않다면 절대 이렇게 일찍 일어날 리 없다.

"오빠, 면허 따면 차는 어떻게 할 거야?"

고양이가 물었다. 차를 사려면 그 돈을 어떻게 마련할 건지 분명히 하라는 뜻이 담겨 있는 질문이다.

하이에나는 허를 찔린 듯한 표정으로 엄마를 보았다.

"아빠한테 말했어?"

"아니."

스피츠가 매정하게 대답했다.

"왜?"

"왜는. 그런 스포츠카를 어떻게 사."

"스포츠카?"

고양이가 도끼눈을 떴다.

"사 달라고 할 거야? 정말 얌체네. 자기만……."

고양이가 온몸의 털을 곤두세울 기세로 빠득빠득 대든다.

"시끄러워. 너도 태워 주면 되잖아."

"태워 줄 필요 없어. 엄마, 오빠한테 차 사 줄 거면 나도 그만큼 돈으로 줘. 안 그러면 불공평하잖아."

"입 다물고 있으라니까."

하이에나가 고양이를 노려보았다. 고양이도 질세라

야옹야옹 화를 낸다.

스피츠는 넌더리가 난다는 표정으로 관자놀이를 눌렀다.

"집에 차 있잖아. 그거 타. 아빠는 잘 안 타니까."

"그래, 그 차 몰면 되겠네."

"그렇게 촌스런 차를 어떻게 타고 다니라는 거야. 개인택시도 아닌데."

"아무튼 아빠에게 그런 말은 못 해."

"쳇."

툴툴거리면서 하이에나는 의자를 발로 걷어차더니 그대로 나가 버렸다.

고양이도 일어섰다. 교복 차림인 것은 고등학생이기 때문이다. 식기장 유리문 앞에서 열심히 머리를 만지작거린다. 어느 여자 탤런트의 헤어스타일을 그대로 흉내 낸 머리다. 그 여자 탤런트는 페르시아고양이처럼 기품이 있고 상당히 예쁘다. 고양이는 자신이 싸구려 잡종 고양이라는 사실을 부정하고 어떻게든 그 페르시아고양이처럼 보이려고 애를 쓴다. 그러나 아무리 용을 써 봐야 비슷해지기는커녕 오히려 우스꽝스러울 뿐이라는 걸 전혀 모른다.

"엄마, 용돈 줘."

"지난번에 줬잖아."

"벌써 다 썼으니까 그렇지."

스피츠는 한숨을 푹 내쉬더니 마지못해 5천 엔을 건넸다. 고양이는 불만스러운 듯 입술을 비죽거리며 지폐를 받았다.

"아까 내가 한 말, 농담 아니야."

"무슨 말?"

"오빠한테 차 사 주면 나도 똑같은 액수를 달라고 할 테니까 그렇게 알아."

"안 사 줘."

"나는,"

하지메가 입을 열었다.

"어, 새 책상이 있으면…… 좋겠는데."

목소리가 잠겨 말이 매끄럽게 나오지 않았다. 그는 지금 한창 변성기다.

그러나 하지메의 말은 두 여자에게 완전히 무시당하고 만다. 스피츠는 싱크대로 걸어갔고, 고양이는 앞머리를 끌어 올리며 "목소리 진짜 이상하다."라고 하고는 부엌을 나갔다.

●

"엄마."

잘 안 나오는 목소리를 쥐어짜며 말했다.

"내 책상은?"

"왜 그렇게 말이 많니. 빨리 먹기나 해. 꿈지럭거리다가 지각하겠다. 네가 빨리 먹어야 설거지를 하지. 엄마도 외출해야 하는데 자꾸 늦어지잖아. 굼벵이도 이런 굼벵이가 또 있을까. 아니, 이런! 여기다 빵 부스러기를 흘렸잖아. 정말, 아유, 정말. 뭐 하나 제대로 하는 게 있어야지."

스피츠가 계속 깽깽거렸다.

이런 현상이 언제부터 시작되었는지 하지메는 기억이 잘 나지 않는다. 언젠가부터 주위 사람들이 대부분 인간이 아닌 동물로 보였다.

물론 상대의 인간성을 모를 때는 인간으로 보인다. 그런데 대개는 한 번 본 순간부터 인간의 형태가 무너지면서 동물의 모습으로 변해 간다. 물론 시각적으로 그렇게 인식되는 것은 아니다. 눈으로는 인간의 모습을 보는데 머릿속에는 인간이 아닌 다른 모습이 형성되고, 그러다 최종적으로 인식할 때는 뒤죽박죽 섞인다고 표현하는 게 맞을 것이다. 그래서 눈앞에 있는 동물이 사실은 인간인지 아니면 진짜 동물인지 구별하지 못하는 경우는 없었다.

상대가 어떤 동물로 보이느냐 하는 것은 그 사람의 첫인상과 밀접한 관련이 있다. 하지메의 통찰력은 적중률이 매우 높아서, 오래 알고 지내는 사이에 다른 동물로 변하는 일은 전혀 없었다.

집에서 나온 그는 걸어서 학교로 향했다. 공립 중학교다. 그의 형과 누나는 이 중학교를 다니지 않았다. 그들은 모 사립대학 부속 초등학교를 거쳐 부속 중학교에 진학했다. 형이 현재 적을 두고 있는 대학이 그 사립대학이고 누나도 그 부속 고등학교에 다닌다. 그들은 둘 다 입시를 치르지 않았다. 누나는 내년 봄에 역시 입시를 치르지 않고 대학생이 된다.

하지메가 그들과 달리 부속 초등학교에 들어가지 못한 이유는 참으로 단순했다. 아빠가 다니던 회사가 불황으로 실적이 악화된 탓에 전과 같은 생활수준을 유지할 수 없게 된 것이다. 그에 따라 자녀 교육에 투자할 수 있는 금액에도 한계가 생겼다. 형과 누나가 다닌 부속 초등학교의 입학금과 수업료는 공립학교와는 단위가 다를 만큼 비쌌다. 그리고 무엇보다 그 학교에 들어가려면 어느 실력자에게 돈을 갖다 바칠 필요가 있었다. 형과 누나 때는 부모가 그만한 돈을 지출할 각오가 되어 있었다. 충분한 수입이 있었으니 말이다. 그러나 하지메 때는 상황이 달랐다.

"열심히 공부하면 어디든 가고 싶은 학교에 갈 수 있으니 오히려 잘된 일이지."

엄마는 그런 말로 그를 위로했다. 아니, 위로라기보다는 무마, 라는 표현이 맞을 것이다. 그러는 한편으로 그녀는 하지메가 공립학교에 다닌다는 사실을 잊으려고 했다. 자신들의 달라진 생활수준을 상징하기 때문인지도 몰랐다.

한편 형과 누나는 자신들이 부속학교에 다녔거나 다닌다는 사실만으로 동생에게 우월감을 느끼는 듯했다. 물론 영 바보는 아니니까 약간의 미안함도 느끼기는 하지만, 그런 부정적인 심리를 그들은 애써 지우려 했다. 그래서 하지메라는 존재 자체를 적극적으로 무시하는 것이었다.

아빠는 가정사에는 조금도 관심이 없었다. 맏아들과 맏딸의 교육에 관해서는 그나마 열심이더니 막내에 이르러서는 염증이 난 듯했다. 그의 관심사는 집 밖에 있었다. 회사에서의 자신의 지위와 새로 생긴 애인. 그것이 전부였다. 애인이 있다는 사실은 가족 모두가 어렴풋이 눈치챈 듯했다. 하지메도 확신이 있었다. 언젠가부터 아빠의 냄새가 달라졌던 것이다. 물리적인 냄새가 아니라 정신적인 냄새다.

하지메네 집에는 가족이 한 명 더 있다. 1층 큰 방에 할머니가 있다. 하루의 대부분을 이불 속에서 지내는 할머니가 하지메의 눈에는 하얀 여우로 보였다. 털이 거의 빠져서 볼품없는 여우다. 그러나 두 눈은 늘 총기를 띠었고, 그것은 "이제 늙을 만큼 늙었으니, 하루빨리 저세상으로 갔으면 좋겠구나."라고 입버릇처럼 하는 말에도 불구하고 삶에 대한 집착을 버리지 않았음을 말해 주었다.

여우는 스피츠를 싫어했다. 스피츠 역시 여우를 증오했다.

하지메가 교실에 들어서니 장수도롱뇽을 중심으로 패거리가 모여 있었다. 여드름이 덕지덕지 돋아 있는 장수도롱뇽은 이 반을 포함해 2학년 전체 불량 그룹의 보스다.

그들은 화투를 치고 있었다. 카멜레온이 화투 패를 나눠 주면서 장수도롱뇽의 비위를 맞추었다. 장수도롱뇽은 책상 위에 올려놓은 다리를 쭉 펴더니 카멜레온의 머리를 툭툭 쳤다. 그런데도 카멜레온은 히죽히죽 웃었다. 그런 카멜레온도 하지메를 비롯한 일반 학생들 앞에서는 눈이 벌게서 위협적인 태도를 취한다. 하지메는 그들 쪽은 쳐다보지도 않았다. 괜스레 눈에 띄었다가는 화투판에 끌려갈지도 모르기 때문이다. 놈들은 화투판의 규칙도 자신들에게 유리하게 바꾸기 때문에 일반 학생이 이길 공산은 없다. 그리고 만에 하나 놈들이 지더라도 돈을 뜯어 간다.

담임선생 염소가 교실에 들어왔는데도 장수도롱뇽 패거리는 화투를 멈추지 않았다. 염소가 얼굴을 찡그렸다.

"야, 너희들. 벨이 울렸잖아. 빨리 제자리에 앉아!"

염소는 몇 번 매애거렸으나 말이 전혀 먹히지 않자 잠시 입을 우물거리다가 출석을 확인하고 연락 사항을 형식적으로 전한 다음 교실을 나갔다.

다른 선생들도 모두 엇비슷했다. 형식적인 주의만 줄 뿐, 불량 그룹이 피우는 소란을 잠재우지는 못했다. 교실이 조용해지는 것은 놈들이 수업 중에 교실을 우르르 빠져나갔을 때뿐이었다. 그럴 때 교단에 서 있던 선생은 무단으로 땡땡이치는 놈들을 뭐라 꾸짖지도 않고 외려 안도의 표정을 짓는다. 선생들의 이런 소극적인 태도의 이면에는 며칠 전 어느 선생이 어둠 속에서 기습을 당해 다리가 부러진 일이 있었다. 그 젊은 선생은 불량 학생들을 눈엣가시처럼 여겼었다.

점심시간이 되자 하지메는 빵을 사러 교실을 나왔다. 도중에 화장실에 들러 소변을 보는데 담배 냄새가 났다. 하지만 늘 있는 일이라 신경 쓰지 않았다. 손을 씻으면서 거울을 보았다.

거울에 비친 것은 회색 파충류였다. 아니, 양서류일지도 몰랐다. 아무튼 본 적 없는 동물이다. 눈동자가 좌우로 오락가락하고, 유별나게 매끄러운 피부는 피지로 번들번들 빛났다. 누나가 대놓고 징그럽다고 말하는 얼굴이다.

나는 대체 뭘까. 하지메는 거울을 볼 때마다 그런 생각을 했다. 누나 말대로 단순히 징그러운 동물에 불과한 것인지, 아니면 뭔가 다른 것으로 변할 여지가 있는지 스스로도 잘 몰랐다. 가능하면 뭔가로 변하고 싶고 그러기를 바란다. 그는 자신이 싫었다. 겁도 많고, 멋도 없고, 뭐하나 내세울 것 없는 인간이라고 생각했다. 여학생들에게도 거의 무시당한다. 하지메의 눈에는 누나처럼 고양이로 보이는 그녀들과 말 한마디 제대로 나눈 적이 없다. 그녀들 중에는 2, 3년 지나면 살쾡이나 표범으로 변모할 듯한 고양이도 있어서 하지메로서는 도저히 감당이 안 되었다.

멀거니 거울을 보고 있자니 점점 더 자기혐오에 빠질 것만 같았다. 하지메가 그 자리를 뜨려고 했을 때 화장실 어느 칸의 문이 열렸다. 그리고 장수도롱뇽과 카멜레온이 나왔다. 둘 주위로 회색 연기가 맴돈다.

"야, 너! 거기 서 봐."

서둘러 나가려는 하지메를 장수도롱뇽이 불러 세웠다. 벌써 오래전에 변성기가 끝난 장수도롱뇽의 목소리는 마치 중년 남자 같았다.

벽을 등지고 있는 하지메를 장수도롱뇽과 카멜레온이 훑듯이 바라보았다.

"돈 좀 빌려주라."

장수도롱뇽이 말했다.

하지메는 일단 고개를 젓고 난 다음 입을 움직였다.

"나, 도, 돈, 없어."

역시나 쉰 목소리가 나왔다. 불량들은 그 목소리를 자신들의 먹잇감이 겁먹은 증거라고 해석했다. 어느 정도 맞는 말이기도 했다.

카멜레온이 하지메의 교복 옷깃을 움켜쥐었다.

"거짓말 마, 있으면서."

"지갑 어딨어?"

장수도롱뇽이 퉁명스럽게 말했다. 카멜레온이 하지메의 바지 주머니에서 지갑을 찾아냈다. 안에는 천 엔짜리지폐가 한 장 들어 있다.

"이것 봐, 있잖아."

카멜레온이 말했다. 그때 장수도롱뇽은 이미 화장실을 나가고 있었다. 목적을 달성했다고 여겨서일 것이다.

"그거, 빵 값인데."

"한 끼 정도 굶으면 어때서."

그렇게 말을 내뱉고 카멜레온은 보스의 뒤를 쫓아갔다.

빈 지갑을 바지 주머니에 밀어 넣고 하지메는 터벅터벅 복도를 걸었다. 사립 부속 중학교였다면 이런 꼴은 당하지 않았을 텐데, 하고 생각했다.

학교가 끝나고 집 앞에 이르렀을 때 뒤에서 누가 말을걸었다. 돌아보니 화장이 짙은 서른 살 정도의 여자가 서있었다.

"너, 이 집 아들이니?"

여자가 물었다.

하지메는 고개를 끄덕거리며 그렇다고 대답했다. 역시 쉰 목소리다. 목소리가 뜻대로 나오지 않아 답답했다.

"그렇구나, 흠."

여자가 하지메의 얼굴을 빤히 바라본다. 립스틱을 진하게 바른 입술 사이로 빨간 혀가 보였다.

그 순간 여자의 모습이 뱀으로 변했다. 하얀 뱀이다. 온몸에서 풍기는 요사스러운 기운에 하지메는 저도 모르게 뒤로 주춤주춤 물러났다.

뱀이 핸드백에서 종이로 포장된 네모난 물건을 꺼냈다.

"이거, 네 아빠한테 좀 전해 주겠니?"

"아빠……한테요?"

"응. 몰래. 엄마한테 주면 안 되고, 꼭 아빠한테 줘."

그렇게 말하고서 뱀은 의미심장하게 실죽 웃더니 사라졌다. 하지메는 종이에 싸인 그것을 든 채 잠시 그녀의 뒷모습을 바라보았다.

집은 문이 잠겨 있었다. 하지메는 대문 기둥 안쪽에 놓인 화분 밑에서 열쇠를 꺼냈다. 그리고 문을 딴 뒤 집으로 들어갔다.

하지메는 자기 방이 없었다. 2층에는 방이 세 개 있는데, 그중 두 개를 형과 누나가 각각 사용하고, 남은 하나를 부모님이 침실로 썼다. 옛날에는 누나와 방을 같이 썼지만 누나가 중학교에 올라가면서 쫓겨났다. 하지메는 지금 2층 복도에 형이 쓰다 넘긴 낡은 책상을 놓고 자기 공간으로 사용하고 있다. 밤에는 부모님 침대 밑에 이부자리를 깔고 잔다.

가방을 책상 위에 내려놓았다. 이 책상과 그 옆에 책꽂이 대신 놓여 있는 컬러 박스가 그의 가구 전부다. 책상 옆에는 야구 방망이가 세워져 있고, 컬러 박스 위에는 호랑나비 표본이 담긴 유리 케이스가 놓여 있다. 하지메가 초등학교에 다닐 때 친구 하시모토가 준 것이다. 하시모토는 하지메의 유일한 친구였다. 같이 곤충 채집을 하러 간 적도 있다. 이 나비 표본은 하시모토가 전학을 가면서 주었다. 대신 하지메는 하시모토에게 왕잠자리 표본을 주었다.

그 후로 친구라고 할 만한 존재가 없는 하지메에게 이 나비 표본은 소중한 보물이다. 하시모토와는 한동안 편지를 주고받았지만 점차 뜸해지다가 지금은 연락을 하지 않는다. 그래도 그는 하시모토를 여전히 친구로 생각

한다. 하시모토도 하지메를 잊지 않고 왕잠자리 표본을
소중히 간직할 거라고 믿는다.

부모님 침실에서 옷을 갈아입은 후 하지메는 뱀이 준
종이 꾸러미를 어떻게 할까 생각했다. 엄마에게 들키지
않을 곳에 숨겨야 하는데……. 하지만 그러기 전에 그 안
에 뭐가 들었는지 알고 싶었다.

하지메는 손가락 끝으로 조심조심 스카치테이프를 떼
어 내고 안에 든 것을 꺼냈다. 종이 꾸러미 안에서 나온
물건은 비디오테이프였다.

부모님 침실에는 14인치짜리 텔레비전과 비디오 덱이
있다. 그는 조마조마한 한편 설레는 기분으로 테이프를
비디오 덱에 넣고 재생 버튼을 눌렀다.

화면에 침대가 비쳤다. 침대 위에 남자와 여자가 있다.
양쪽 다 벌거벗었다. 그 장면만으로도 하지메는 심장이
터질 것 같았다. 그런데 다음 순간 또 다른 놀라움이 그
를 덮쳤다.

벌거벗은 뚱뚱한 남자는 너구리, 그러니까 하지메의
아빠였다. 그리고 상대 여자는 아까 하지메에게 테이프
를 건네주었던 뱀이었다.

너구리가 그 커다란 배를 출렁거리며 뱀을 껴안았다.

뱀은 빨간 혀를 날름거리며 몸을 꿈틀거린다. 너구리는 낮은 신음을 뱉고서 짐승처럼 뱀의 온몸을 핥고 더듬었다. 그러자 뱀이 혀를 날름거리면서 그 하얀 몸뚱이로 너구리를 휘감는다. 두 몸뚱이가 서로의 체액으로 점차 끈끈해진다. 보기만 해도 냄새가 나는 것 같아 구역질이 올라오려고 한다. 온몸을 뱀에게 휘감긴 너구리가 황홀한 표정을 지었다. 그런 너구리의 반응을 즐기면서 뱀 역시 쾌감을 만끽하는 듯했다. 너구리와 뱀의 몸뚱이가 뒤엉켜서 언뜻 봐서는 누가 너구리고 누가 뱀인지 알 수 없었다. 너구리는 눈을 희번덕거리고 뱀은 배시시 웃는다.

고추가 선 것을 알아채고 하지메는 심한 자기혐오를 느꼈다. 바람피우는 아빠를 보면서 흥분하다니, 자신까지 더러운 존재가 된 것 같았다.

그는 테이프를 꺼내 원래대로 종이에 싼 뒤 책가방에 숨겼다.

저녁 반찬은 돈가스와 새우튀김이었다. 스피츠가 백화점에서 사 온 음식들이다. 잠깐 외출했다 온다던 그녀는 결국 저녁때까지 들어오지 않았다. 그나마 하지메가 학원에 가는 날이 아니었다면 더 늦게 들어왔을 것이다.

학원이 저녁 7시에 시작하므로 토요일과 일요일을 제외하고 하지메는 6시쯤 혼자서 저녁을 먹는다. 스피츠가 언제 저녁을 먹는지 하지메는 정확히 몰랐다. 아마 조금 늦게 들어오는 하이에나나 고양이 둘 중 하나와 같이 먹을 거라고 짐작했다. 그러나 그 둘도 밤이 늦어서야 들어오는 일이 심심치 않게 있다. 아무튼 이 집에서는 벌써 몇 달째 온 가족이 모여 저녁을 먹은 적이 없었다.

기모노 전시회에서 원하는 물건을 원하는 가격에 구입하지 못했는지 스피츠는 기분이 좋지 않았다. 하지메는 너구리와 뱀의 테이프 건을 엄마에게 얘기할 마음이 없었다. 안 그래도 귀찮고 골치 아픈 일이 많은데 그런 일에까지 시달리고 싶지 않았다. 게다가 하지메는 엄마를 조금도 동정하지 않았다. 엄마가 똑같은 짓을 하는 장면을 목격한 적이 있기 때문이다. 하지메가 초등학생 때였다. 그날 하지메는 깜박 잊고 공작 도구를 안 가져가서 선생님께 허락을 받고 집에 되돌아왔다. 여우가 외출한다고 했던 터라 집에 스피츠만 있을 줄 알았다. 그런데 거실에서 사람 목소리가 들려 기웃거려 보니 스피츠와 말이 벌거벗은 채 뒤엉켜 있었다. 말은 그 무렵 하지메네 집에 자주 드나들던 판촉 사원이다. 덩치가 크고 근육질

에 체력이 넘치는 그가 진짜 말처럼 스피츠의 등에 올라
탄 채 그 넘치는 체력을 전부 스피츠에게 쏟아 내고 있었
다. 스피츠는 진짜 개처럼 엎드려 있었다. 카펫으로 땀이
뚝뚝 떨어졌다. 삼단으로 층을 이룬 뱃살이 흔들릴 때는
스피츠가 돼지처럼 보였다.

　그날 일을 떠올리며 불쾌해하고 있는데 더 우울한 상
황이 벌어졌다. 여우가 나타난 것이다. 하지메가 저녁을
먹을 시간이 되면 여우는 자신도 식사를 하려고 어기적
어기적 나타난다.

　"에이그, 또 기름진 음식을……."

　돈가스와 새우튀김을 본 여우가 한심하다는 듯이 혀
를 차며 자신의 배를 쓱쓱 문질렀다. 그게 여우 특유의
연기라는 것을 모르는 사람은 이 집안에 없다.

　"채소 절임, 드릴까요?"

　스피츠가 무미건조한 목소리로 물었다.

　"채소 절임? 그래, 늙은이는 채소 절임이나 먹으면 되
겠지."

　그러고서 여우는 냉장고 문을 열어 그 안을 들여다보
았다.

　"아이고, 이렇게 아무것도 없어서야……. 이러니 반찬

을 어떻게 만들겠어."

다 만들어진 반찬을 사 왔다고 슬쩍 비아냥거리는 소리에 스피츠의 눈썹이 실룩 치켜 올라갔다.

여우가 이번에는 냉장고 문을 닫고 그 위를 손으로 쓱 문지르더니 얼굴을 찡그렸다.

"아니, 이게 뭐야. 기름때가 잔뜩 끼어서 끈끈하네."

스피츠가 여우를 획 노려보았다. 그러나 여우는 모르는 척했다.

"어쩔 수 없지, 뭐. 이거라도 먹어야겠네."

그러고서 여우는 돈가스와 새우튀김이 담긴 접시와 함께 밥과 채소 절임을 쟁반에 담아서 들고 나갔다. 스피츠가 의자에서 일어나 문을 쾅 닫았다. 그 바람에 먼지가 풀풀 날렸다.

스피츠의 분노가 실내에 가득 차올랐다. 하지메는 불길한 예감이 들었다. 그리고 그 예감은 정확하게 맞아떨어졌다. 스피츠가 그 자리에 선 채 말했다.

"하지메 너, 지난번에 학원에서 본 시험, 어떻게 됐어? 무라카미는 십 등 안에 들었다고 하던데, 너는 몇 등이야?"

"음, 이십……."

목소리가 잘 나오지 않아 헛기침을 했다. 그리고 고개를 숙인 채 말을 이었다.

"이십삼 등."

"뭐, 이십삼 등?"

스피츠가 하지메의 맞은편 의자에 그 투실투실한 엉덩이를 올려놓았다.

"너 뭐 하는 애야? 또 떨어졌잖아. 대체 어떻게 된 일이야?"

그러고는 테이블을 쾅 내려쳤다. 컵에 담긴 물이 출렁거렸다.

"공부를 하는 거야 마는 거야? 뭐 때문에 널 학원에 보내는데. 무라카미도 야마다도 다 성적이 올랐어. 너 하나잖아, 성적이 계속 떨어지는 사람은. 정말 창피해서 못 살겠다. 어쩔 셈이야, 정신 좀 차려. 그런 식으로는 좋은 고등학교에 못 간다니까."

깨갱깨갱 줄기차게도 짖어 댄다.

학원은 9시에 끝났다. 하지메가 집 근처에 다다르니 길가에 BMW가 서 있었다. 차 문이 열리고 안에서 내린 사람은 누나, 고양이였다. 하지메는 순간적으로 옆에 있는 우체통 뒤에 숨었다.

차 안에서 뻗어 나온 손이 고양이의 팔을 잡고 다시 차 안으로 끌어들이려고 했다. 그녀는 싫어하는 기색이 전혀 없이 가르릉, 어리광을 피우며 도로 차 안으로 들어갔다.

하지메는 눈에 힘을 주었다. 유리창 너머로 사람 그림자가 꿈틀거리는 게 보였다. 잠시 후 고양이가 다시 내렸다. 교복 블라우스 앞섶이 흐트러져 있다. 그녀가 차 안에 있는 남자를 향해 손을 흔들었다. BMW는 배기가스를 내뿜으며 사라졌다.

"야!"

다른 쪽에서 목소리가 들렸다. 이어서 하이에나가 고양이에게 뛰어갔다.

"누구야, 방금 그 사람?"

"누구면 어쩌려고."

"숨길 필요 없어. 돈푼깨나 있어 보이던데."

"그런가 봐."

고양이가 앞장서서 걸어갔다.

"야, 거기 서 봐. 담배 냄새 나잖아."

"어, 그러면 안 되는데."

고양이가 팔을 구부려 소매에 코를 대고 킁킁거렸다.

"정말이네. 여기 좀 있다 들어가야겠네."

"입 다물 테니까, 내가 아빠에게 차 사 달라고 하는 데 협력해라."

흥, 하고 고양이가 콧방귀를 뀌었다.

"안 될걸. 집에 돈도 없는데."

"돈이 없기는 왜 없어. 집 융자금도 얼마 안 되는데."

그 말은 사실이었다. 할아버지 소유의 땅에 집을 지은 덕분이다.

"앞으로 돈이 들 테니까 그렇지. 할머니를 요양 병원으로 보낼 모양이던데."

"할머니를?"

하이에나가 얼굴을 찡그렸다.

"그대로 놔두면 얼마 안 있다가 죽을 사람을 왜?"

"내 생각도 그런데, 히스테리가 더는 못 참겠나 봐."

히스테리는 스피츠를 말한다.

하이에나가 침을 탁 뱉었다.

"엄마도 그래. 그렇게 못마땅하면 미련 없이 이혼하면 되잖아. 그런 대머리한테 매달리지 말고 말이야."

"그럴 배짱이 있어야 말이지. 아무 능력도 없는데 혼자 어떻게 살아가겠어."

"진짜 짜증 나네. 아마 꽤나 오래 살 거야, 할머니처럼."

"빠도 마찬가지야."

빠는 아빠의 준말이다.

"그 영감탱이랑 할망구를 어쩌냐."

"그 사람들 노후는 누가 보살피지?"

고양이가 자신과는 무관하다는 듯이 물었다.

하이에나가 팔짱을 끼더니 말했다.

"집은 있으면 좋겠는데, 그 노인네들을 보살피고 싶지는 않아."

"약아 빠졌네."

"그럼 이렇게 하자. 우선 내가 보살피기로 하고 집을 내가 가진 다음 바로 팔아 버리는 거야. 그 돈은 너희들에게도 나눠 줄게."

"나눠 주긴 뭘 나눠 준다는 거야? 당연한 권리인데."

"일단 들어 봐. 그리고 나서 나는 다른 데다 집을 사서 거기 사는 거야."

"그 사람들은 어쩌고?"

"낸들 알 게 뭐야. 너도 보살피기 싫으면 방법은 하나밖에 없겠네."

고양이가 크크크크 웃더니 노래하듯이 말했다.

"저엉말, 불싸앙하네. 하지메가 불평하면 어쩔 건데?"

"걱정 마. 그 녀석 속여 먹는 것쯤 간단하니까."

"하긴."

고양이도 동의했다.

11시 반쯤 너구리가 들어왔다. 스피츠도 하이에나도 고양이도, 그리고 여우도 각자 방에 틀어박힌 채 나와 보지 않았다. 늘 그렇다. 하지메만 복도에 있었다. 책상 앞에 앉아 숙제를 하고 있었던 것이다.

하지메가 1층으로 내려가 보니 너구리는 부엌에서 물을 마시고 있었다. 아들을 보고 좀 놀라는 표정이다. 뱀을 만나고 왔나, 하고 하지메는 생각했다. 뱀이 이 집 근처까지 왔었다는 걸 너구리는 알까.

"이거."

하지메가 종이 꾸러미를 내밀었다.

"뭐냐, 이게?"

"오늘 어떤 여자가 줬어. 아빠에게 전해 달라면서."

여자라는 말에 너구리의 안색이 싹 바뀌었다.

"엄마는 모르지?"

하지메가 고개를 저었다. 그러자 너구리는 일단은 안

심하는 눈치였다.

"회사 사람인가 보다. 그래도 엄마에게 말할 필요는 없지."

너구리가 꾸러미를 가볍게 흔들었다. 그러더니 또 표정이 변했다. 안에 비디오테이프가 들었다는 걸 짐작한 모양이다. 무슨 테이프인지 알아차렸는지도 모른다.

"안녕히 주무세요."

"그래, 잘 자거라."

너구리는 불안한 기색이었다.

하지메는 2층으로 올라가는 척하다가 거실로 통하는 문에 귀를 바짝 갖다 댔다. 최근에 너구리는 부부 침실에서 자지 않고 거실 소파에서 담요를 덮고 자는 일이 잦다.

텔레비전 소리에 이어 찰칵, 하는 소리가 났다. 비디오 덱에 테이프를 밀어 넣은 듯했다. 그런데 얼마 안 있어 테이프를 꺼내는 소리가 들렸다. 테이프의 내용만 확인한 모양이다.

잠시 후, "어, 나야." 하는 너구리의 목소리가 들렸다.

"아들에게 테이프 받았어. 왜 아까 아무 말 안 했어? ……무슨 소리를 하는 거야, 이러면 곤란하지. 마누라가 보면 어쩌려고 그래? ……터무니없는 짓을. 농담도 분수가 있는 거야. 아무튼 다시는 이런 짓 하지 마. ……알고 있어. 어떻게든 해 볼게. ……그래, 걱정 마. 그 사람도 이혼하고 싶어 하니까. ……응, ……응. 아이들은 신경 쓰지 않아도 돼."

하지메는 살금살금 계단을 올라갔다.

어느 일요일 아침, 여우가 요양 병원에 입원하게 되었다. 여우가 그 사실을 안 것은 그 전날 밤인 듯했다. 그래서 밤늦게까지 불단 앞에서 경을 외웠나 보다고 하지메는 생각했다. 여우의 독경 소리에는 뭐라 말할 수 없는 원망이 담겨 있었다.

그날 저녁때, 여우가 사용하던 방을 어떻게 할 것인지 결정하는 가족회의가 열렸다. 웬일로 전원이 테이블에 모여 앉았다. 집안에 뭔가 변화가 있을 때 재빨리 자기 의견을 주장하지 않으면 손해를 본다는 걸 다들 알기 때문이다.

"그 방은 평소에는 아빠 서재로 사용해야겠다. 지금까지 집에서 느긋하게 일할 수 있는 방이 없었으니까 말이지. 손님이 오면 손님방으로 사용하면 되고."

스피츠도 고양이도 하이에나도 시큰둥한 표정이다.

서재는 무슨 서재야, 집에서 할 일이 뭐가 있다고, 라고 얼굴에 쓰여 있었다. 그러나 가장 낙담한 사람은 하지메였다. 방이 하나 비니까 자기 방이 생길지도 모른다고 기대했던 것이다.

"그래서 그 방에 있는 짐 말인데, 아까 벽장 안을 봤더니 할머니 물건 말고도 뭐가 엄청 많이 들어 있더구나. 거기는 창고가 아니니까 자기 물건은 각자 자기 방으로 가져가도록."

하이에나와 고양이가 얼굴을 찡그렸다. 자기 방에 있던 잡동사니를 종이 상자에 대충 담아 여우 방 벽장에 처박아 두었던 것이다. 스피츠 역시 상황은 비슷했다.

"내 방 벽장은 너무 작단 말이야."

하이에나가 말했다.

"나도."

고양이도 말했다.

"그럼 정리를 해야지. 버릴 건 버리고 보관할 건 보관하고. 그 정도도 못하면 어쩌겠다는 거야?"

너구리의 말에 하이에나와 고양이가 노골적으로 얼굴을 찡그렸다. 경멸하는 너구리에게 잔소리를 들은 탓에 자존심이 상한 것이다.

나도 내 방을 원한다, 하지메는 그렇게 말하려고 했다. 그런데 목소리가 나오지 않았다. 변성기여서 그런지 어떤지는 알 수 없었다. 그래서 그냥 잠자코 있었다. 말해 봐야 결과는 같을 것이라는 생각도 들었다. 스피츠는 그런 같잖은 소리 하지 말고 공부나 하라고 깽깽댈 것이고, 하이에나와 고양이도 싸늘하게 웃을 게 뻔하다. 그리고 너구리는 못 들은 척하리라.

화장실에 갔을 때 하지메는 세면대 위의 거울을 보았다. 늘 보던 파충류가 거기 있었다. 그런데 피부색이 조금 달라져 있었다. 미세하게 거뭇거뭇해졌다. 그리고 피부가 울퉁불퉁해지고 있다.

거울을 향해 입을 벌렸다. 아, 하고 소리를 내어 보았다. 목소리가 조금 편하게 나왔다.

다음 날 점심시간. 하지메는 교직원실에 불려 갔다. 담임인 염소가 학생 지도부 불도그와 함께 하지메를 기다리고 있었다.

불도그가 먼저 질문했다. 장수도롱뇽에게 돈을 빌려 준 적이 있느냐는 것이었다. 하지메는 일단 부인했다.

"그럴 리 없을 텐데."

불도그가 부르르 뺨을 떨었다.

"네가 화장실에서 돈을 건네는 장면을 본 학생이 있어."

하지메는 화들짝 놀랐다. 누가 그 장면을 보고 있을 줄은 몰랐다. 하지메의 반응으로 불도그는 진실을 알아챈 듯했다.

"사실대로 말해. 돈 빌려준 거 맞지?"

하지메는 고개를 끄덕였다. 그래, 하며 불도그도 고개를 끄덕였다. 염소는 옆에서 얘기를 듣기만 했다.

"얼마 빌려줬어?"

"천 엔요."

"돌려받았니?"

하지메는 살랑살랑 고개를 저었다. 불도그가 다시 한 번 고개를 끄덕였다.

"알았어. 가 봐. 앞으로 싫은 건 싫다고 똑바로 말해. 상대가 누구든 말이다."

학생 지도부 선생은 야단치는 투로 말했다.

교실로 돌아와 보니 장수도롱뇽이 똘마니들을 모아 놓고 야단법석을 떨고 있었다. 하지메는 자기 자리에 앉아 몸을 웅크렸다. 그때 염소가 나타나 장수도롱뇽과 카멜레온을 불렀다. 선생답지 못하게 주눅이 든 말투였다.

두 불량은 잠시 불안해하는 표정을 보이다가 그런 마음을 감추려는 듯 어깨에 잔뜩 힘을 주고 교실을 나갔다.

둘은 5교시 도중에 돌아왔다. 수업 중이던 선생은 사정을 이미 아는지 아무 말도 하지 않았다. 하지메는 그들 쪽을 바라보기가 겁났다. 하지메의 증언 때문에 그들이 불도그에게 질책당했을 게 분명했다.

5교시가 끝나고 쉬는 시간인데도 하지메는 자리에 앉아 꼼짝하지 않았다. 금방이라도 그들이 다가올 것 같아 바늘방석에 앉은 심정이었다. 그러나 그들은 오지 않았다.

6교시가 끝나고 종례도 끝난 후 하지메는 반 아이들과 섞여 교실에서 나가기로 했다. 고개를 푹 숙인 채 사방을 힐끔거렸지만 그들의 모습은 보이지 않았다. 다행이라며 안도의 한숨을 내쉬었다. 앙갚음을 당하지 않고 일이 마무리될 것 같다고 생각했다.

그러나 그 생각이 얼마나 경솔했는지를 하지메는 몇 분 후에 알게 되었다. 돌아가는 길에 둘이 하지메를 기다리고 있었던 것이다. 도망칠 도리가 없어 하지메는 그 자리에 섰다.

"야, 너, 이리 좀 와 봐."

카멜레온이 하지메의 교복 소매를 부여잡았다. 하지

메는 좁은 골목으로 끌려갔다.

장수도롱뇽이 주머니에서 천 엔짜리를 꺼내더니 하지메의 가슴 주머니에 쑤셔 넣었다.

"이제 분명히 갚았다."

살기가 묻어나는 목소리로 말하고 하지메를 노려보았다. 하지메는 다리가 후들후들 떨렸다.

장수도롱뇽이 하지메에게서 조금 물러섰다. 그래서 하지메는 마음을 놓았다. 아무 일도 당하지 않나 보다고 생각했다. 그러나 그 직후 장수도롱뇽의 얼굴이 흉측하게 일그러지는 것과 동시에 하지메는 얼굴에 충격을 느꼈다. 그리고 정신을 차려 보니 엉덩방아를 찧고 나둥그라져 있었다. 얻어맞았다는 것을 알기까지 잠시 시간이 걸렸다. 얼굴이 얼얼하다가 마침내 아픔이 밀려왔다.

카멜레온이 하지메의 멱살을 잡았다.

"또 한 번 고자질하면 죽을 줄 알아."

하지메는 아무 말도 하지 않았다. 카멜레온이 떨쳐 내듯이 멱살을 놓았다.

불량 둘이 사라진 후에도 하지메는 한참이나 일어서지 못했다. 공포는 여전히 가시지 않았고, 자신의 몸에 무슨 일이 있었는지 도무지 이해되지 않았다. 이토록 얻어맞기는 처음이었다. 왼쪽 뺨이 욱신욱신하고 화끈거렸다. 얼굴 근육이 제멋대로 경련을 일으켰다.

꾸물꾸물 일어나 걷기 시작했다. 굴욕의 불길이 몸 안에서 활활 타올랐다. 자신을 둘러싼 모든 것이 증오스럽고, 스스로에게도 화가 났다. 얼굴을 찡그리고 걷는데 왼쪽 눈에서 눈물이 흘렀다. 지나가던 사람들이 예외 없이 하지메를 흘끗거렸다.

저녁 6시가 넘도록 공원에 있었다. 손수건을 물에 적셔 계속 뺨에 대고 있었지만 부기는 빠지지 않았다. 입안의 속살도 터져서 혀가 닿으면 따끔따끔 아팠다.

공원을 나와 다시 걸었다. 도중에 차가 한 대 서 있기에 얼굴이 얼마나 부었는지 확인하려고 도어 미러를 들여다보았다. 거기에 비친 동물은 검은 파충류였다. 아니, 이미 파충류와는 다른 동물이었다. 얼굴이 바윗덩이 같았다. 저게 뭐지, 하고 생각했다. 버럭 소리를 지르고 싶었지만 뭐라고 내뱉어야 할지 알 수 없었다.

집에 돌아오니 웬일로 아빠를 제외한 가족 모두의 신발이 현관에 놓여 있었다. 하지메는 소리 나지 않게 계단을 올라갔다. 늘 그랬듯이 책상에 가방을 내려놓으려다

동작을 멈췄다.

책상 옆에 종이 상자를 비롯한 잡동사니가 어지럽게 쌓여 있었다. 하지메는 무슨 일이 벌어졌는지 이내 이해했다. 하이에나와 고양이, 그리고 아마 스피츠까지 모두가 자기 방에 불필요한 물건들을 상자에 담아 갖다 놓은 것이다.

어이없어하며 그것들을 바라보던 하지메의 눈이 마룻바닥 한 부분에 멈췄다. 하지메는 몸을 구부려 상자 밑에 깔려 있는 뭔가를 잡아당겼다. 하시모토가 준 나비 표본이었다. 유리가 깨지고, 안에 든 호랑나비는 짓뭉개져 있었다.

하지메는 그걸 주워 들고 계단을 다다다다 뛰어 내려갔다.

"이, 이거, 이거, 누가 그랬어?"

부엌으로 뛰어들면서 외쳤다.

스피츠와 하이에나와 고양이가 서로 얼굴을 마주 보았다. 3초 정도 어색한 침묵이 흘렀다.

"그런 데다 두니까 그렇지."

하이에나가 하지메 쪽에 눈길을 주지 않은 채 말했다.

"아니, 그렇지만 나는 아니야."

"순 얌체."

고양이가 빈정거렸다. 그리고 앞머리를 끌어 올리면서 말했다.

"어쩔 수 없잖아. 나방 같아서 징그러우니까 없는 게 좋아."

"누나가……, 누나가 그랬어?"

"나는 아니야."

"그럼……?"

하지메가 스피츠를 쏘아보았다.

스피츠는 식사 준비를 하면서 미간을 찌푸리고 말했다.

"그런 게 뭐가 중요하다고 그러니. 그보다 지금까지 어디서 뭐 하다 온 거야? 학원 갈 시간이잖아. 그렇게 싸돌아다니니까 성적이 떨어지지."

하지메는 표본을 들고 부엌을 나왔다. 귓속이 윙윙거리고 온몸이 화끈거렸다.

2층으로 올라가 짓뭉개진 표본을 책상에 올려놓았다. 눈물이 왈칵 쏟아졌다.

바로 그때 아래층에서 웃음소리가 들려왔다. 입을 막고 웃는 듯한 소리였다. 그 웃음에 온기라고는 눈곱만큼도 묻어 있지 않았다.

하지메 안에서 뭔가가 터졌다. 그는 책상 옆에 세워 둔 야구 방망이를 들고 우당탕탕 계단을 뛰어 내려갔다.

부엌문을 열었다. 셋 중 누구도 곧바로 하지메 쪽을 돌아보지 않았다. 처음 고개를 돌린 건 고양이였다. 새초롬한 표정이던 고양이는 문을 열고 나타난 동생의 얼굴을 보고 꺄옹 비명을 질렀다. 그러자 나머지 둘도 하지메를 돌아보았다.

"다 때려죽일 거야."

하지메가 방망이를 휘둘렀다. 테이블 위의 그릇들이 산산조각 나 사방으로 튀었다.

"다 때려죽일 거야."

다시 한 번 방망이를 휘둘렀다. 식기장의 유리가 깨져 유리 조각이 이리저리 튀었다. 악을 쓰는 그의 목소리는 이미 소년의 그것이 아니었다.

스피츠가 도망가려다가 의자에서 굴러떨어졌다. 하이에나는 하지메를 붙잡으려다가 옆구리에 방망이 세례를 받고 기절했다.

고양이는 거실로 도망치려고 했다. 그러나 다리가 뒤엉켜 넘어지고 말았다. 하지메는 방망이를 휘두르면서 쫓아갔다. 고양이는 울면서 오줌을 지렸다.

"다 때려죽일 거야. 다 때려죽일 거야. 다 때려죽일 거야!"

집 안의 물건이란 물건은 모조리 파괴할 기세로 하지메는 방망이를 휘둘렀다. 유리 조각이 이리저리 튀고 형광등까지 깨져 집 안이 캄캄해졌다. 전자 제품이 부서질 때는 아크 용접을 할 때처럼 불똥이 튀었다.

하지메는 마당이 내다보이는 유리문 앞에 섰다. 그리고 그 유리문을 향해 방망이를 휘둘렀다.

"다 때려죽일 거야!"

유리문에 괴수가 비쳤다. 그 괴수가 괴성을 지를 때 입에서는 시퍼런 불길 같은 것이 뿜어져 나왔다.

울적한 전철

전철을 제일 많이 이용한 때는 아무래도 학생 시절이었다. 긴테쓰 전철을 타고 후세에서 쓰루하시까지 가서 순환선으로 갈아타고 덴노지까지 가는 루트는 늘 콩나물 시루 같았다. 치한이나 소매치기도 많지 않았을까 싶다. 후세와 쓰루하시 사이에 이마자토라는 역이 있는데 그 역에서 타는 친구는 때로 여자 엉덩이를 만졌다.

"손등만 닿는 건 치한이라고 할 수 없거든."

그런 알 수 없는 소리를 해 가면서 말이다. 한번은 그 자리에 같이 있었는데 짙게 화장한, 직장 여성인 듯한 여자가 뭔가 착각했는지 나를 힐끗 노려보았다.

지하철을 타면서부터는 만원 열차에 시달리는 일도 없어졌다. 제일 가까운 역이 출발점이었기 때문이다. 다만 그 역으로 가려면 15분 이상을 걸어야 했다. 집에서 도보로 30초 거리에 지하철역이 생긴 것은 내가 오사카를 떠난 후다.

회사원 시절에는 자가용으로 출퇴근했으므로 다행히 만원 전철을 타는 일도 없었다. 매일 도로 정체 때문에 곤혹을 치르기는 했지만. 아슬아슬한 시간에 나와서 지름길을 전속력으로 달리는 게 가장 효율적이었다.

차로 출퇴근하면 몸은 편하지만, 일이 끝난 후 동료들과 술을 마시러 갈 수 없었다.

작가가 된 후로는 대개 집에서 일했지만, 딱 2년 동안밖에 작업실을 빌려 그리로 다닌 적이 있다. 자가용으로 20분이면 도착할 수 있는 곳을 일부러 버스와 전철을 갈아타면서 한 시간 가까이 걸려 오갔다. 힘들기는 했지만 즐겁기도 했다. 작업실이 도심과 가까워 편집자들이 좋아했다. 현재 우리 집은 도심에서 뚝 떨어져 있어서 한 시간 반은 족히 걸린다. 아마 불평들이 대단할 것이라고 생각한다.

이 작품은 그 작업실에 다니던 때에 아이디어가 떠올라 쓴 것이다. 아이디어가 떠올랐다기보다 눈앞에 있는 사람들의 심경을 상상했더니 이런 작품이 나왔다고 하는 편이 정확하다.

가끔 그 울적한 전철을 다시 타 보고 싶은 생각이 들기도 한다. 하지만 매일 타는 건 싫다.

할머니 광팬

　요즘 들어 텔레비전에서 자주 보이지 않는 배우나 트
로트 가수가 고액 납세자 순위의 상위에 올라 놀라게 하
는 일이 간혹 있다. 그들에게는 아주 단단한 지지층이 있
는데, 그런 광팬의 대부분이 노인, 그것도 여성이다.

　우리 부모님도 아주 가끔은 그런 연예인의 공연을 보
러 가는 듯하다. 그러나 당신들의 주머니를 털어서 가는
일은 없다. 신문 대리점에서 티켓을 줄 때만 간다. 아버
지는 그런 종류의 구경거리가 취향이 아닐 텐데도 꽤 즐
기고 오는 눈치다. 나이가 들면 여러 가지로 변화가 있구
나 싶다.

　아버지는 귀금속 세공을 하며 생계를 꾸려 간다. 고급
스러운 가게가 아니라서 이상한 손님도 찾아온다. 그런
데 언젠가부터 희한한 손님이 드나들었다. 며칠 전에 맞
춘 반지를 이번에는 귀걸이로 바꾸고, 그다음에는 금속
을 조금 더 보태서 브로치로 바꾸고, 그런 식으로 같은

금속을 몇 번이나 다른 종류의 액세서리로 만들어 달라는 것이었다. 이상한 손님이다 싶어서 사정을 물었더니 어느 연예인의 광팬이라고 하더란다.

그 얘기를 힌트로 소설을 써 보려고 했을 때 맨 처음 떠오른 생각은 그 희한한 손님을 상대로 세공사가 추리를 해 나가는 설정이었다. 그런 구조로 소설을 쓰는 편이 훨씬 간단한 데다 훈훈한 스토리로 완성되면 독자들에게도 반응이 좋지 않을까 싶었는데, 그러자니 할머니 광팬들의 파워를 표현하기 힘들겠다는 생각이 들었다.

고집불통 할아버지

만화 '거인의 별'과 '내일의 조'는 소년 시절 내 바이블이었지만, 지금 생각해 보면 이상한 구석이 한두 군데가 아니다. 그중에서도 제일 이해되지 않는 것이 호시 잇테쓰가 발명한 마구다. 3루에서 1루로 던지는 공의 일종으로, 일단 타자 주자의 얼굴을 향해 공을 던지는데, 주자가 겁을 먹고 움찔거릴 때 크게 커브를 그리면서 1루수의 글러브 안으로 쏙 들어간다는 엄청난 공이다. 호시 잇테쓰는 뛰어난 3루수였는데 어깨 부상으로 빠른 공을 던질 수 없게 된 탓에 이런 명기를 발명한 것이다.

그런데 아무리 생각해 봐도 좀 이상했다. 주자의 발보다 빠른 공을 던지지 못한다면 주자의 얼굴도 맞힐 수 없는 것 아닌가.

뭐, 그야 그렇다 치자. 어떻게든 논리를 갖다 붙일 수 없는 건 아니니까. 내가 진짜 이상하게 여기는 것은 이 마구에 대한 호시 휴마의 생각이다.

그는 자이언츠에 입단한 직후 직구만으로 승부를 걸 수 없다는 생각에 새로운 변화구를 발굴하려고 한다. 그 결과 마침내 메이저 리그 볼 1호를 체득하게 되는데, 여기서 잠깐.

휴마, 너는 아버지에게 배운 마구를 던질 수 있잖아. 그 엄청난 변화구 말이야. 그런 공은 아무도 받아칠 수 없어. 바늘구멍이라도 통과할 컨트롤 강속구와 결합하면 천하무적. 몇십 승이든 할 수 있잖아.

그런데 휴마는 타자를 향해 마구를 던진다는 생각을 좀처럼 하지 못한다. 메이저 리그 볼 2호를 던질 때에 이르러서야 겨우 생각하게 되는데, 그때도 마구를 그대로 사용하지 않고 사라지는 마구로 응용한다. 그런데 그게 또 이상하다. 사라지는 마구의 정체가 마송구로 판명되자 타자들이 다들 툭툭 받아치는 것이다. 다시 말하는데, 이 마송구는 엄청난 변화구다. 풍압으로 흙먼지가 일 정도다. 사라지면 칠 수 없는 건 당연하지만 보인다고 해도 칠 수 있을 리 없다.

이것저것 트집을 잡았는데, 뭐, 원한이 있는 것은 아니다. 애정의 표현이다. 사실 이 마송구는 '거인의 별'에서 메이저 리그 볼보다 훨씬 큰 역할을 한다. 스토리 전개의 매 국면마다 반드시 얽힌다. 이는 마송구가 아버지의 분신이기 때문이다. 휴마가 마송구를 끊지 못하는 한 그는 자신의 인생이 아니라 아버지의 인생을 사는 셈이 된다.

그런 딱딱한 생각을 하면서 썼는데 작품은 이렇게 완성되고 말았다.

역전 동창회

내 작품을 읽어 본 독자들이라면 짐작하겠지만, 나는 선생을 싫어한다. 그 이유는 아무래도 내가 선생 복이 없어서인 듯하다. 세상에는 어른이 된 후에도 스승의 은혜를 느끼는 사람이 적지 않은 것 같으니 말이다. 그런 사람들을 보면 무척 부럽다.

친하게 지내는 작가 구로카와 히로유키 씨는 과거에 고등학교 미술 선생이었다. 그런 사람이 담임이었다면 어른을 불신하게 되지 않았을 텐데, 하고 생각한다. 안타깝지만 내가 만난 선생들은 자신을 훌륭한 인간으로 포장하는 데 급급한 멍청이들뿐이었다. 중학 시절의 젊은 선생은 유머 감각도 있어서 내가 좋아할 뻔했는데, 사고로 왼쪽 눈의 시력이 나빠진 나를 모두가 보는 앞에서 아무렇지도 않게 입에 담기에도 끔찍한 차별적 언어로 불렀다. 나는 그 정도 일로 상처받지는 않았지만, 그 선생의 본성을 미처 꿰뚫어 보지 못한 자신에게 화가 났다.

'역전 동창회'는 물론 창작이지만, 어떤 일을 힌트로 삼았다. 실제로 나는 이와 비슷한 전직 교사 모임에 초대받은 적이 있다. 와 달라고 의뢰하는 편지는 민망하리만큼 정중했다. 다만 동창회에 참석하는 것이 아니라 와서 강연을 해 달라는 취지였다.

나는 결국 일정상 시간을 내기 어렵다는 이유로 거절의 답장을 썼다. 그 이유도 사실이었지만, 편지에 쓰지 않은 또 다른 이유가 있었다. 의뢰 편지에 '강연료는 지불할 수 없지만'이라는 한 줄이 씌어 있었기 때문이다.

내가 돈을 원하는 것은 아니다. 강연료를 제안했으면 이쪽에서 사양했을 것이다. 그러나 지불할 수 없다는 조건이 붙어 있으면 '선생이란 역시 이렇다니까.' 하는 생각이 들고 만다.

다른 예를 들어 보자. 몇 년 전, 과거에 다녔던 회사의 사내지에 에세이를 쓴 적이 있다. 그때는 회사에 다니던 시절의 선배가 먼저 전화를 걸어 내게 쓸 의사가 있는지 타진했고, 그 후에 사내지 담당자가 정식으로 원고 청탁서를 보내 주었다. 거기에는 '원고료에 관해서는 최선을 다하겠습니다.'라고 씌어 있었다. 그러고 나서 수락 여부를 묻는 선배의 전화가 다시 걸려 왔다. 이때 나는 글을 쓰겠노라고 대답했다. 그러자 선배는 "물어보기가 좀 껄끄러운데……."라며, 원고료는 얼마나 준비하면 되겠느냐고 물었다. 이 경우 원고료 얘기가 뒤로 밀린 것은 어쩔 수 없다고 생각한다. 나는 돈은 필요 없으니 한동안 그 사내지를 보내 줄 수 있느냐고 물었다. 정말 그래도 괜찮겠느냐고 재삼 확인한 후 선배는 흔쾌히 승낙했다. 덕분에 기분 좋게 일했다.

한편 내가 졸업한 대학에서도 몇 번 원고 청탁이 있었

다. 한번은 두툼한 봉투가 날아와 뭔가 싶어 열어 봤더니 원고지와 회신용 봉투, 그리고 원고의 테마와 필요한 매수 및 마감 날짜와 연락처 등이 적힌 종이가 한 장 들어 있었다. 그런데 필요한 매수가 4백 자 원고지로 환산하면 약 20매 정도, 마감 날짜는 20일 후였다. 원고료에 관해서는 적혀 있지 않았으니 무조건 써 달라는 의미다. 이런 청탁은 거절하지 않으면 골치가 아프거니와 겨우 몇 매짜리 에세이를 받으려고 한 달 전부터 전화하는 편집자가 딱하다. 당연히 무시하고 그냥 내버려 뒀더니 마감 날짜 직전에 담당자가 전화를 걸어 와 징징거렸다. 하는 수 없이 매수를 확 줄여서 쓰기는 했지만, 이런 일을 당하면 명색이 대학이라는 곳이 참 상식도 없다고 여겨진다.

학생은 학교의 병졸도 수하도 아니다. 제자와 스승 사이는 더욱이 그렇다. 마땅히 각자 직업이 있는 사회인으로 대우해야 한다.

내게 강연을 의뢰한 선생도 그 정도는 알았을 것이라고 생각한다. 그러나 좀 안이하지 않았나 싶다. 도쿄에서 오사카까지 강연을 하러 오라고 할 때 보통은 강연료를 지불할 수 없다고 쓰지 않는 법이다. 그리고 그런 안이함

을 수용하기에는 나의 '선생 알레르기'가 상당히 심하다
고 할 수 있겠다.

초너구리 이론

　과학적이지 않은 얘기를 싫어한다. 비과학적인 소설
을 싫어한다는 뜻이 아니다.
　나 자신도 그리 과학적이라고 할 수 없는 소설을 많이
써 왔다. 내가 싫어하는 것은 실화에 비과학적인 설명을
갖다 붙이는 일이다.
　"××초등학교 화장실에서 소녀 유령을 본 사람이 있
대."
　이런 얘기는 괜찮다. 그런 사람이 있다는 사실은 입증
이 가능하다.
　"××초등학교 화장실에 소녀 유령이 나타난대."
　이런 얘기는 안 된다. 유령이란 존재는 과학적으로 확
인되지 않았으니 그런 게 나타난다고 주장한 이상 증거
가 필요하다. 봤다는 사람이 몇백 명이나 있다면 수긍하
겠느냐고? 그래도 안 된다. 극단적으로 말해서 내 눈으

로 보지 않는 한 수긍할 수 없다. 이 시점에서 수긍할 수 있는 얘기는 '거기에 가면 소녀 유령 같은 것을 볼 수 있다'는 정도일 뿐이다. 그게 무엇인지는 그다음 일이다.

'과학자들은 자신들이 구축해 놓은 이론이 무너지는 것을 원치 않으므로 초현실적 현상을 외면한다.'라는 말을 자주 듣는데, 문명을 이끌어 온 위대한 과학자들에게 몹시 실례되는 의견이라고 본다. 과학자만큼 기존의 개념을 뒤흔드는 현상을 고대하는 사람도 없다. 그들은 자신들이 믿는 어떤 것이 완전히 뒤집히는 날을 늘 꿈꾼다. 왜냐하면 그런 일의 반복으로 과학이 진보해 왔기 때문이다. 그런 시각으로 보면 그들은 때로 참 냉혹하다. 한신 아와지 대지진이 일어났을 때 건축 공학자들을 비롯한 과학자들은 큰 충격을 받았을 것이다. 그러나 그 참사를 데이터의 보고로 생각하는 사람도 과학자들이었다.

오히려 진실을 줄곧 거부해 온 부류는 과학자 이외의 사람들이다. 지구가 돈다는 사실을 부정한 사람이 과학자였던가, 아니면 종교가였던가.

물론 과학자들도 실수를 한다. 과거에도 서둘러 결론을 내리고 싶은 나머지 데이터를 잘못 파악해서 일대 소동이 벌어진 사례가 몇 번 있었다. 그러나 과학의 세계는 오해가 끝까지 통용될 만큼 만만하지가 않다. 반드시 다른 과학자가 실험을 통해 그 결론이 옳은지 그른지 검증한다. 그리고 검증을 거친 데이터를 들이대면 과학자는 이내 자신의 잘못을 인정한다. 상온 핵융합에 의문을 제기한 사람들도 과학자들이다.

초과학을 내세우는 사람들이 과학자로부터 냉대를 받는 이유는 데이터를 제시하지 않기 때문이다. 봤다거나 들었다는 것은 증거가 될 수 없다. 그들이 제시하는 유일한 물증이 사진이나 비디오테이프인데, 그런 자료 중에 '초현실적 현상이라고 설명할 수밖에 없는' 경우는 아직 한 번도 본 적이 없다. 뻔히 날조된 자료를 내놓는 경우도 많다. 굳이 강조할 필요도 없는 일이지만, 과학의 세계에서 데이터를 날조했다가 발각되면 그 과학자는 일선에서 물러나지 않을 수 없다. 그런 의미에서도 초과학의 세계는 꽤나 느슨하다고 할 수 있다.

이 작품은 『과학 내일』이라는 잡지의 1993년 5월호에 실린 'UFO 현상의 무대 뒤'라는 글을 참고했다. 특히 과학 저널리스트 구보타 히로시 씨가 쓴 글이 힌트가 되었다. 이 자리를 빌려 감사드린다.

마지막으로, 나는 아직 초현실적 현상을 믿지 않지만,

언제든 받아들일 준비가 되어 있다. 과학적인 데이터만 제시해 주면 유령이든 네시든 UFO든 초능력이든 뭐든 믿을 것이다. 아니, 오히려 그런 것들이 있었으면 하고 바라는 사람이다.

무인도 스모 중계

내가 초등학교 저학년 때 일이다.

그 아저씨는 늘 쥐색(회색이 아니다) 셔츠를 입고 다녔다. 팔짱을 낀 채 입속으로 계속 뭐라고 중얼거리면서 길을 걸었다. 마른 체형에 얼굴도 야위었고, 머리는 아주 짧은 데다 흰머리가 희끗희끗 섞여 있었다. 눈은 초점이 늘 저 먼 곳을 향해 있었다.

그 아저씨는 거의 매일 같은 시간에 어디선가 나타나서는 놀고 있는 우리 옆을 주절주절 뭐라고 내뱉으면서 지나가곤 했다. 우리 모습은 전혀 눈에 들어오지 않는 듯했다. 아저씨는 몸 주위에 눈에 보이지 않는 울타리를 치고 자신의 세계를 완벽하게 확보하고 있어 아무도 그 안에 들어갈 수 없었다. 겉으로 보이는 모습은 여느 아저씨들과 별로 다르지 않았지만 풍기는 분위기에는 수도승 같은 면모가 있었다. 그래서 우리는 그 아저씨가 불경을 중얼거릴 것이라고 생각했다.

아마도 내가 대중탕에 가는 길이었다고 기억하는데, 그 아저씨가 앞에서 팔짱을 끼고 등을 약간 구부린 채 뭐라 뭐라 중얼거리며 걸어가고 있었다. 나는 거리를 조금 좁혀 그 아저씨 뒤를 좇았다. 그리고 중얼거리는 말의 내용을 확실히 들었다. 정말 놀라웠다.

"8회 말, 타자는 나가시마. 오늘 나가시마는 3타수 1안타. 자, 어떻게 할 것인가, 무라야마. 주자는 1루와 2루. 투수, 던졌습니다. 볼이 외곽으로 흘렀습니다. 나가시마, 1회에 이어 2회에서도 헛스윙을 반복하는군요. 마운드에는 무라야마. 캐처와 사인을 주고받은 후 제2구 모션. 던졌습니다. 와! 쳤습니다! 3루수와 유격수 사이로 날아갑니다. 유격수, 따라잡지 못합니다. 안타! 좌익수 앞에 떨어진 안타입니다. 자, 2루 주자는 3루를 밟고 홈으로 향합니다. 좌익수, 볼을 잡아 홈으로 뜁니다. 주자와의 경쟁입니다. 미묘한 타이밍……. 포수가 잡아 터치할 것인가……, 세이프! 세이프, 세이프, 홈인! 포수, 곧장 3루로 던집니다. 세이프, 이번에도 세이프. 자이언트가 1점을 추가하고, 다시 주자는 1루와 3루⋯⋯."

이 내용은 지금 내가 생각해 낸 것이다. 아무튼 이런
식의 말을 주절주절, 끝도 없이 늘어놓았다. 도중에 막히
는 법이 없었다. 그야말로 라디오 중계를 듣는 느낌이었
다. 실제 생중계보다 더 매끄럽지 않았나 싶을 정도였다.

나중에 안 사실이지만, 어른들은 그 아저씨에 관해 잘
알고 있었다. 행복하게 살아온 사람은 아닌 듯했다. 그런
데 엄마가 이렇게 말했을 때는 왠지 모르게 기뻤다.

"어쩜 그리 매끄럽게 잘하나 몰라. 원래는 머리가 아주
좋은 사람이었을 거다."

그 아저씨를 생각하면 지금도 그리움에 젖는다.

시로카네다이 분양 주택

상식적으로, 집을 사는 일이 평생에 가장 큰 쇼핑이 아
닐까 생각한다. 물론 집을 사지 않는 사람도 있으니 어디
까지나 집을 산 사람 또는 사려는 사람의 경우에 말이다.

내 경험을 말하자면, 집을 선택하는 과정이 꽤나 힘들
고 피곤하다. 더 솔직히 말하자면 귀찮다. 이런저런 상상

을 하는 동안은 즐거운데, 정작 행동에 나서면 온통 우울해지는 일뿐이다. 자금을 마련하는 것도 즐겁지 않은 일 중의 하나였다.

집을 선택하는 일이 힘들고 피곤한 까닭은 '절대 실패해서는 안 된다'는 심리가 작용하기 때문일 것이다. 무엇보다, 고가의 물건이다. "아아, 잘못 샀네. 이건 그냥 버리고 새로 사야겠어." 그러기가 쉽지 않다. 다시 사려면 지금 살고 있는 집을 팔아 그 자금을 밑천으로 하지 않으면 안 된다. 그런데 본인이 '잘못 샀다'라고 느끼는 집은 비싸게 되팔기도 힘들다. 자칫하면 샀을 때보다 더 낮은 가격에 팔아야 할지도 모른다.

그래서 집을 사려는 사람들은 골머리를 앓는다. 그러다가 갑자기 충동구매를 하기도 한다.

집을 선택하는 기준은 사려는 사람이 뭘 가장 중시하느냐에 달렸다. 세대주가 일과 가정 중에서 어느 쪽을 우선시하느냐는 것이 중요한 분기점이다. 자신은 원거리 통근을 해도 좋으니 아이들에게 큰 방을 주고 싶다는 사람의 애정과 노고에는 머리가 숙어진다. 가령 그 노고 뒤에 집값이 올라갈 것을 기대하는 마음이 있다 해도 역시 대단하다고 생각한다.

이 단편은 거품 경제가 끝난 직후에 썼다. 이미 그 시기가 지난 지 오래지만, 이 같은 이야기가 아직은 어딘가에 있을 듯하다. 물론 시체가 나뒹굴지야 않겠지만.

어느 할아버지의 무덤에 향을

할머니가 만으로 아흔일곱 살에 돌아가셨을 때, 이렇게 말하면 이상할지 모르겠으나, 장례식이 참으로 상큼하고 좋았다.

나는 오사카를 떠나 산 지 오래이므로 사촌들을 만나기도 거의 20여 년 만이었다. 와글와글, 꺄악꺄악하는 것이 마치 동창회 같았다. 대체 누구 친척이야, 싶은 여자들이 나와 나이가 같은 사촌들이어서 충격을 받았다. 장례식장을 분주하게 오가며 일하는 젊은이들이 대부분 그녀들의 자식이었다.

삼촌과 숙모의 얼굴에서도 오랜만에 한자리에 모여 반가워하는 웃음이 끊이지 않았다. 장례 분위기가 그렇게 화기애애했던 건 할머니의 연세 때문이기도 했을 것이다. 아들들은 몇 년 전부터 장례식 비용을 미리 준비하면서 견적까지 받아 놓은 상태였다. 아쉬운 일은 백 살을 넘기지 못한 것 정도랄까. 그런데도 장례식 중에 사회자가 '향년 구십구 세'라고 했을 때 오오, 하는 무언의 소리가 식장 전체에 울린 듯한 느낌이 들었다.

할머니의 친딸인 숙모 한 사람만 눈물을 흘렸다. 관에 꽃을 넣을 때 할머니의 얼굴을 어루만지며 울었던 것이다. 그러나 그 숙모도 화장터로 향하는 버스 안에서는 뼈를 줍는 게 무섭다는 손녀딸에게 "아무렇지도 않아. 사람 뼈라고 생각하니 무섭고 징그러운 거지 생선 뼈라고 생각하면 괜찮아." 하면서 깔깔 웃었다.

이 단편은 그 장례식 전날 밤, 그러니까 빈소에서 아이디어가 떠올랐다. 제목에서 알 수 있듯이 대니얼 키스의 '앨저넌에게 꽃을'의 형태를 빌렸다. 사실은 장편으로 쓰고 싶은 적도 있었지만 '앨저넌에게 꽃을'도 단편이 좋았다고 회자될 정도니 이 작품도 단편으로 족하다 치자.

동물 가족

인간은 누구나 조인(鳥人)과 어인(魚人)으로 구분된다.

이는 히가시노의 설이다.

이렇다 할 근거도 없는 단순한 설에 불과하다. 그런데 친구들에게 말했더니 의외로 동조하는 이가 많았다.

"어, 그럼 나는 어인이겠네."

"나는 어느 쪽도 아닌 것 같아."

이렇게 다양한 반응을 보이니 어느 정도 맞는 것 같기도 하다.

이 엉터리 설에 따르면 나는 전형적인 조인이다. 비행기를 매우 좋아하고, 번지 점프나 스카이다이빙도 기회가 있으면 해 보고 싶다. 무섭다는 생각은 들지 않는다.

반대로 스쿠버다이빙은 싫다. 스쿠버다이빙은 고사하고 바닷속 경치를 보는 것 자체가 싫다. 나와 친하게 지내는 사람들은 다 알지만 수족관도 싫어한다. 아동용 도감에서 해저가 그려진 그림만 봐도 등골이 오싹해진다.

전에 캐나다의 어느 박물관에 갔더니 바다에 살았다는 공룡 모형을 전시한 코너가 있었다. 태고의 해저 모습으로 꾸민 공간이었는데, 거기 들어서자마자 기분이 나빠졌다.

어렸을 때는 수련 학교(지금으로 말하면 스위밍 스쿨)에 다녔고, 오사카부 수영 대회에 출전한 적도 있으니 수영을 못하는 것은 아니다. 물에 잠기는 것도 아무 문제 없고 좋아하기까지 한다. 그런데 바닷속은 아니다.

단, 어패류는 무척 좋아한다. 싫어하는 어패류가 거의 없다. 그래서 나는 자신을 동물에 비유할 때면 보통 '갈매기'라고 말한다.

이 작품에 관해서는 불필요한 말을 하지 않으려고 한다. 독자에게 넘기는 수밖에 없다고 생각한다. 나로서는 지금까지 쓴 단편 중에서 가장 애착이 가는 작품인데, 독자의 기호와 반드시 일치하지는 않을 것이기 때문이다.